転生したいらない子は異世界お兄さんたちに守護られ中！

薔薇と雄鹿と宝石と

Characters

ローゼン

華族の公爵で雪夜の保護者。
冷血な美青年……だったが、
溺愛する雪夜のエキセントリックな言動に
振り回されている。文字通りの独身貴族。
ヒルシュとは犬猿の仲。

雪夜

転生した日本人の五歳児。
元の世界ではシビアな生活を
おくっていたが、ローゼンに拾われ
ハッピーライフを愉快に満喫中。
クッキーとローゼンが大好き。

ヒルシュ

雪夜の前に現れた樹族の青年。
ローゼンとは顔見知り。
女性的な美しい外見とは反対に
とりあえず物理で語るタイプ。
鋼のメンタルを持つ武闘派。

キリ

華族の少年でローゼンの従者。
迷い込んできた雪夜を暗殺者と
誤解していたが、同居後は躾役として
世話を焼くようになる。
身長はこれから伸びるはず。

サイアン

雪夜に興味を抱く謎の人物。
雪夜の行く手に現れては、
試すような言動をする。
一見、種族の判別がつかない外見。

ロカ

鉱族の青年で商人兼発明家。
ひょんなことから出会った雪夜を
手助けしてくれる。友達がいない
心優しきぼっち。発明オタク。

Words

華族［かぞく］
花と虫の特徴を持つ種族。主食は水。弱点は足。足を切られると死に至る。
美に執着する。見た目は最も人間に近いが、固有の芳香を持つ。

樹族［きぞく］
樹木と獣の特徴を持つ種族。華族同様足を水に浸けることで養分を得る。
野山で群れを作って生活しており、力こそ正義と考える。

鉱族［こうぞく］
鉱石と魚の特徴を持つ種族。肌に魚のような鱗を持ち、人間より長命な
三種族の中でもさらに長寿命で頑健だが水に浸かると動けなくなる。

人間［にんげん］
異世界では伝承上の生き物。華族の間では食べると美しくなれると信じられており、
高値で取引されているがその多くは偽物。珍味。

第一章　真紅の薔薇の公爵ローゼン

木漏れ日の間を縫うように血の如《ごと》く鮮やかな花弁が飛び散り、視界を覆《おお》う。

それは生まれてから見たモノの中で最も美しい光景だと思った。

その後、花弁に混じって宙を舞ったのは生温かい液体。

それらが頬に、髪に、手足に痣《あざ》の如《ごと》く付着してゆく。

薔薇の花と共に土の上に転がった四肢と臓物は、鮮やかな化粧のように紅色の液体を纏《まと》って動かない。

血飛沫と花弁に染まった視線の先では、それよりもなお、赤い瞳をもつ美しい青年が立っていた。

青年は濡れた鴉《からす》のように艶《つや》やかな髪を長く伸ばし、漆黒の外套《がいとう》を風に靡《なび》かせながらも、表情は眉一つ動かしていなかった。

右手には無数の棘がついた鞭《むち》を持ち、左手の指には薄紫色に淡く光る蝶をとまらせている。

その鞭《むち》と蝶が、今や大地に還るのを待つだけとなった数多の屍《しかばね》を作り出した武器であるのを子供は見たばかりだった。だというのに、言い知れぬ高揚が小さな心臓を早鐘のように動かしていた。

恐怖や不安ではなく、熱い何かが胸を打っている事に気づき、己の薄い胸に触れてみる。

（ぼく……ドキドキしてる？　こんなのはじめて……？）

子供にとっては『初めて』の連続だった。

先程まではいつも通り、殴られて風呂場に転がされていたのに、目を覚ました時には森の中で見知らぬ男達に囲まれていたのだ。

その男達も今は元の姿が判別できない程になっているが、元々は奇妙な容姿をしていた。

頭部に枝のような角を生やしていたり、犬か狼のような耳がある者も居た。そんな獣じみた姿の男達は笑いながら此方《こちら》を見下ろしてきた。髪の毛を掴まれ、引きずり回されかけて『いたい！』と訴えるとゲラゲラ笑っていた。

「何だ？　この汚ぇガキは」

「ん？　髪が抜けても華族《かぞく》みたいに花弁にならねぇし、オレたち樹族《きぞく》みてぇに頭に枝角も生えてねぇ。鱗《うろこ》がついた鉱族《こうぞく》どもとも違う。何だコイツ？」

「浮浪児か？　まぁ、こんな腫《は》れ上がった顔じゃ売れねぇだろうがな」

「こんなのでもウサ晴らしで殴るには上等だろうよ！」

そう言いながら角を生やした男が拳を振り上げた時だった。

目の前の相手は突然、稲妻に撃ち抜かれたかのようにそのまま動きを止め、次の瞬間には屈強な体を四散させたのだ。

不思議な事に、血飛沫からは鉄の臭いではなく、青臭い葉っぱの匂いが放たれていた。

現れた黒い長髪の青年は男の体を金属製の靴で踏みつけると、血に染まった鞭《むち》で土を抉《えぐ》りながら残った男達に鋭い眼差しを向けていた。

　残った男達が全て肉片になって転がるまで時間はかからなかったが、幼子はずっと青年を見つめていた。花に惹きつけられた蜜蜂のように夢中で見ていた。

（このおにいさんがたすけてくれたんだ……！　ぼく、たすけてもらったのもはじめてだ！）

　無体を強いられ、泣いていた声を聞き届けたように彼は現れた。男達を鞭《むち》で切り刻み、逃げようとした者も蝶に足を抉《えぐ》られて残らず倒されていた。

　全てが終わった後、青年は気怠そうに溜息を漏らすと、手首を振るって薔薇の鞭《むち》を何処かに消した。

「わ！　す、すごい……！　テジナだ……」

　思わず声を上げると、青年は目を細めた。初対面の相手には挨拶をするように言われていた子供は慌てて頭を下げる。

「こんにちは！　おにいさん！　あぶないところをありがとうございますです……！　あ、あの、ぼくは……」

　お礼を伝えようと、ヨタヨタと短い手足を使って起き上がって近づこうとすると、その紅《あか》く煌《きら》めく瞳を縁取る睫毛《まつげ》が、蝶の羽ばたきのよう何度か瞬く。とうとう口を開いてくれるのかと、彼の薄い唇が紡《つむ》ぐ言葉を待っていた。

　しかし青年は声を発する事なく、外套《がいとう》を脱ぐと、それを此方《こちら》の頭に無造作に落としてきた。

　視界が黒に覆《おお》われた後、外套《がいとう》から花の香りと、青年の体温の痕跡を感じた。

（わぁ……、あったかいなぁ～……あれ？　でもなんで、ぼくが、かっこいいマントを？）

脱いで畳もうとして落としたのかと思い、幼子は急いで外套《がいとう》を脱ぐ。

ぐちゃぐちゃのまま返してはいけないと思って丁寧に畳んだつもりだったが、完成したものは鼻をかんで丸めたティッシュのようだった。それでも肌寒い森では落とし主が困っていると考え、両腕と爪先《つまさき》を伸ばして外套《がいとう》を青年に差し出す。

途端、彼は不愉快そうに眉を寄せた。

こめかみに青筋が立ち始めている。更には小声で「何たる無礼……」と言っているのが聞こえた。

苛立《いらだ》った表情の青年は鋭い眼差しで此方《こちら》を睨《にら》みつけて口を開く。

「施しは受けぬと言いたいのならば、せめて無様を晒《さら》さぬように努めるべきではないのか？　与えられたものが不要であるからと、持ち主の前で粗雑に扱って叩き返すような真似は品性を問われる醜《みにく》い行為だと知っておけ！　惨《みじ》めな子供でなければ、その足、刎《は》ねて死体を晒《さら》していた所だ！」

その様子から彼が怒っているのだと気づき、言葉を付け足した。

「あ、あの、これ、おとしものです！」

「は？」

彼は驚いていたが、ズイズイ近づいて服を差し出す。

「ほかほかのおようふくです！　ここ、ちょっとさむいから、はやくマントをバサァ！　ってしないとカゼひいちゃうかもなので！　でもぼく、おててがちっちゃいから、キレイにたためなくて、ぐちょってなっちゃったけど……」

「何だと？」

青年の表情は怒りから別の色へと変わっているように見えたが、それでも外套《がいとう》には手を伸ばそうとしない。そろそろ両手が疲れてきたが、それでも差し出し続けた。

「おとしものはもちぬしにってテレビでいってたから、どうぞどうぞ！　まだほかほかですよ！」

「……」

言わないと伝わらないと思ったのか、意図を告げる子供に相手は束の間、黙り込む。

「要らん。汚らしい下郎の返り血がついたものなど使えるか。そのようなもの、貴様にくれてやる」

血はついていたが、まだ使える程に綺麗で肌触りも良い外套《がいとう》だった。血を取ればまた使えると思ってゴシゴシこすっていると、シミは落ちるどころか広がってゆく。青年は呆《あき》れたように見ていたが、それにも飽きたようで話しかけてきた。

「無駄な事はするな。森の出口は、この小道を真っ直ぐ行けば辿り着く。途中に水辺もある」

「みずべ？」

「……水を飲める場所だ。水さえあれば飢える事は無かろう」

彼は面倒くさそうにしながらも律儀に答えてくれた。幼子は今まで大人に何かしら質問をしても無視されるか、怒鳴られたりするかが多かったので、嫌そうにしながらも答えてくれる青年の態度は温かく感じられた。

その上、彼は屈み込んで視線まで合わせてくれた。

それが嬉しくて、サッと外套《がいとう》を差し出す。しかしそれを手の甲で横に避けながら彼は告げる。

「出口も補給地点も教えてやった。それでもまだこの森をウロつくようならば、その時は命の保証はしない。さっさと親元に帰れ」

その言葉の最後の方は何故か寂し気に聞こえた。それきり青年は背を向けて森の中を歩いてゆく。

後に残されたのは、血の海と、薔薇の花弁と、傷だらけの自分だけだった。

（おにいさん、いっちゃった……？　てれびをみに、おうちにかえったのかな？）

自分を見て殴ったり罵《のの》ったりしない大人の男は初めてだったから、子供は目を輝かせて青年が消えた森の小道の先を見つめた。

（あ！　ぼく、たすけてもらって、マントももらったのに、おれいができてない！　ちゃんとおれいしないといけないよって、いちばんめのおとうさんがいってたから、おにいちゃんにおれいするぞ！　でも、そのまえに……）

バラバラになった男達の体を一か所に集めておいた。

（ふぅ……！　こわいおじさんたち、おきてバラバラになってたらビックリするとおもうので、あつめておいてあげました！　ぼくも、にばんめのおとうさんになぐられて、おきたら、よるになっててビックリしたから……。けど、ちかくにカラダがあったら、きっとこまらないとおもうんだ～。でもどうやって、カラダくっつけたらいいかわからないから、このままにしておくことを、おゆるしください……）

テレビのドラマの台詞《せりふ》を思い出してペコリと頭を下げる。

一番目の父に買ってもらったレンゴーブロックの人形は、母から何度壊されても元に戻せた。だから、彼等の体も目が覚めれば自身で戻せると思っていたのだ。

それから外套《がいとう》を肩にかけて、地面を引きずりながらも慌てて青年の後を追う。けれどそれも少しの間の事で、途中でシロツメクサの花畑を見つけて立ち止まってしまった。

鬱蒼《うっそう》とした森の中に零《こぼ》れる陽の光を受けて、白く可憐な花は手を振るように揺れていた。

（かわいい！　そうだ！　おにいさんとチョウチョさんたちに、おはなをもっていこう……！　おみやげがないと、オチャヅケがでてくるって、テレビでいってたけど、オチャヅケって、どんなあじなんだろう〜？）

血と泥だらけの手を着ていた衣服で擦る。青年の外套《がいとう》は汚さないようにしつつ、出来るだけ綺麗な指にしてから繊細な茎を優しく摘み取って、小さな花束を拵《こしら》えた。それからシロツメクサの群れにペコリと頭を下げる。

「おはな、ありがとうございました！」

シロツメクサにお礼を言ってから鼻歌まじりに森を歩いていると、黒い茎に棘と薔薇の花がついた蔓《つる》が道に張り巡らされている光景に遭遇した。

「なんだろこのおはな……。さっきのおにいさん、ひっかかってころんだりしてないかな……。だいじょぶかな……」

彼が重そうな靴を履いていた事を思い出して案じていると、棘のついた蔓《つる》がクタリと折れ、そのままズルズルと繁みの方へと下がっていった。

勝手に動く薔薇の姿に最初こそ驚いたものの、最後には笑顔で見送って手を振っていた。

（おはなも、おうちにかえったのかな？　きをつけてかえってね）

そこで腹から、グウと音がした。思わず腹部をさする。

「……ぼくも、おなかすいたなぁ……」

手の中の瑞々しい花束を見つめて、ついヨダレが出た。しかし直ぐに首を振る。

「だ、ダメだぞ……。これはおにいさんとチョウチョさんのおみやげなんだ……！　だからたべちゃダメなんだ……！」

口に出す事で意思を固める。木と草と土だけの景色がようやく変わったのは、太陽がオレンジ色に染まった頃だった。

「わぁー！　おっきいおうちがニョキニョキはえてるー！　おにいさんちかな？　パンフレットでみた、ユーエンチにあるおしろみたいだ！」

頭を反らして見上げるあまり尻餅をついてしまう。その弾みで着ていた外套《がいとう》の上に倒れてしまった。外套《がいとう》から花の残り香が再び漂い、幼子は疲れも忘れて決意を固めた。

（よーし！　やさしいおにいさんに、ちゃんとおれいをいうぞ！）

玄関らしきドアが見えたので階段を上り、ドアノブに手を伸ばしてみた。しかし背伸びをしても手は空を切ってしまう。

「あ、あれぇー……？」

何度やってみても手が届かず、しょんぼりしていると何処からか食器のようなものが割れる音が聞こえた。その方向に急いで向かってみる。

玄関から庭を横切り、音を頼りに探し回っていると、頭上にある窓の向こうから話し声がした。

「もー！　ローゼン様！　ムカついてるからって食器を投げつけるの止めてくださいよ！」

張りのある少年の声だった。その後に低く重い青年の声がする。

「五月蠅《うるさ》いぞ、キリ！　従者風情が私に口出しするな！　足を斬られて殺されたいのか！」

子供は近くにあった小さな木箱を重ねて上り、そっと中を窺《うかが》ってみた。

室内には先程の黒髪の青年と、赤毛で猫目の少年が居た。見覚えのある黒髪の青年の姿に、どきりと胸が高鳴る。

(ぼくをたすけてくれた、ヒーローのおにいちゃんだ……！　ローゼンさまって、ゆうんだ……。ふむふむ……。おぼえたぞ！　ローゼンさまだな！)

早速シロツメクサを渡してお礼を言おうと思い、窓から中に入り込もうとする。けれど、小さな体と短い足では窓を乗り越えられず、モゾモゾと動き続ける。

もがいている間にも、絨毯《じゅうたん》の上に散らばったティーカップを拾っていた少年がブツブツ文句を言っていた。

「ったく、何だって今日はまたそんな荒れてんですか」

「……」

無言で返すローゼンに少年はそれ以上の質問を止め、また片付けに戻りながらも呟《つぶや》く。

「疲れてんのに暴れるとか意味不明なんですけど。てか、茶でも飲んで落ち着くとか、読書して落ち着くとか色々あるでしょうに、モノ投げるんだからなぁ……」

ローゼンは眉間を寄せたまま、長い指の先の艶《つや》やかな赤い爪でテーブルを何度も叩き続けていた。

「我ら華族《かぞく》の社会で流通している書物など、浮ついた恋愛小説か、凡骨の付け焼刃でしかない美の本しかなかろう！　そのような低俗なものに時間を費やして何になる！」

「まぁ、仕方ないんじゃないですか？　学術書とか医学書が読みたいなら、頭でっかちの鉱族《こうぞく》どもの国まで行かないと、この国じゃ手に入らないですよ」

少年の言葉にローゼンは片眉を上げて口元を歪《ゆが》めた。

「汚らしい土くれだらけの国になど二度と行きたくもない！」

「そこは同感ですけどね。で、低俗なもので気を紛らわせる事もせずに食いモン投げつけて鬱憤を晴らそうとなさってる、高尚でお美しいローゼン様は一体、何にお怒りで？」

ローゼンは少年を睨《にら》みつけると、少し間を置いてから理由を話す。

「……森で醜《みにく》いものを見た。そして、どうするのが正解かわからん不愉快な目にも遭った」

そう告げるローゼンに赤毛の少年は大仰に両手を上げて眉を寄せる。

「は～……、また出たよ！　華族《かぞく》の上流階級特有の『美しいものにだけ愛する価値がある！　醜《みにく》いものは罪！』ってやつ！　ンな事言ったって、アンタと比べたら大概のヤツは、カスミ草ですよ！　そんなアンタがオレみたいなパッとしない奴を従者にしてるのがオカシイんですけどね～」

「他に大人しく見目が善い者が居ればそちらを傍に置く。貴様のような無礼で品の無い男を好きこのんで従者になどしていない」

「へいへい。どうせオレはアンタにとって金さえ渡せば便利に使える下僕でしょうよ。で、結局、森で不細工を見たからキレてるって事ですか」

破片を素早く片付けている少年の動きは手慣れているように見えた。

それを見てもローゼンは特に何も反応せず、ずっと声が荒ぶっている。

「我が領地を、醜《みにく》い屑《くず》どもが我が物顔で暴れている様が腹立たしかったので皆殺しにした。だが、その時に下賤の者の返り血が外套《がいとう》についたのだ」

「ああ、あのお気に入りのお高い外套《がいとう》ですか。てか、汚れたなら洗えばいいじゃないですか。洗うのオレですけど」

「下賤の血にまみれた花弁を恥じぬ薔薇など薔薇ではない。誇りも持たぬ羽虫どもは惨《みじ》めに土の下でも這うておれば善いものを……」

ローゼンは組んだ足の爪先《つまさき》を上下させると、憤りに満ちていた表情を冷たい嘲りの笑みへと変える。

「蛮族の血がついた汚らわしい衣をこの私に着ろと言うのか？　あのようなもの、捨ててきた」

「も、勿体《もったい》ねぇ～！　つか、捨てるくらいならオレに下さいよ！　ったく、後で森に拾いに行こうかなぁ……。モノ投げつけられて、この給料じゃワリに合わねぇし」

二人が笑っているのを見て、幼子は目を輝かせる。

（おお？　あたらしいアソビかな？　いいなあ……！　ぼくもまざりたい！）

興味津々で見つめていた時だった。

不意にローゼンが此方《こちら》を見た。

赤い瞳が見開かれる。

目が合った瞬間、ローゼンは直ぐに立ち上がり、長い足で部屋を横切り近づいてきた。

あっという間に目の前までやってきた青年に見下ろされて、子供は慌てて自己紹介をした。

「あ、あの、こんにちは！　さっきたすけてもらった、ぼくです！　さっきは、ありがとうございました！　あ、あの、これ……おにいさんと、チョウチョさんに……」

握り締めていたシロツメクサの花束を懸命に差し出した。

◆
◆
◆

ローゼンは目の前の弱々しく汚い『モノ』に対して、警戒心を抱き始めていた。

汚れていても売ればそれなりの金になるであろう外套《がいとう》を与え、森の出口まで教えたのに、家に帰らずローゼンを追いかけてきた動機がわからなかったのだ。

（モノを与えた事で、また何かしら貰えるとでも思ったのか？）

最初は外套《がいとう》を受け取る素振りも見せず此方《こちら》を案じるような、無欲な存在に見えた。それが結局は味をしめて物乞いに来たのかと思うと、何故だか酷く仄暗い気持ちに陥った。

襲われたばかりの子供を前に、どうすればいいかわからなかった。だから最低限生存出来る状況を与えて置き去りにしたのだ。その行為は正しかったのかと、ほんの少しだけ悩んだ時間すら無駄なものだったと苦い気持ちになる。

(やはり、他者は見返りなしには動かない、汚らしいものなのか)

目の前で風に揺れる白い野草と、へらへら笑う小さくて汚い生き物……ソレを改めて見ると、耐え難い程に醜《みにく》く思えた。

脂《あぶら》で濡れた髪、垢《あか》だらけの皮膚、ひび割れた唇。顔も痣《あざ》だらけで目元は腫《は》れ上がり、瘡蓋《かさぶた》まであった。衣服は薄汚れて破れや糸引きだらけで、肌を隠すだけのボロ布も同然だ。そんな惨《みじ》めな身体に巻きつけられた外套《がいとう》は、本来の壮麗さを失って幼子のみすぼらしさをより色濃く見せる。

いくら幼子といえども、そのような無様な姿を他者の前に晒《さら》すなど、美と芳香を尊ぶ華族《かぞく》の筆頭であるローゼンには理解が出来なかった。

(このように見苦しい姿を他人の前に晒《さら》すくらいならば死んだ方がマシだ……！　何故『これ』は己の醜《みにく》さを恥じるでもなく能天気に笑っているのだ……？)

そう思いながら、この無恥で汚い生き物を見下ろしていたのに、ソレは傷だらけの顔に満面の笑みを浮かべて花を差し出してきた。

受け取れという事らしいが、その花が更にローゼンの怒りを買った。

(この私に、みすぼらしい雑草を……？)

頭に血が上るあまり、小さく薄汚い存在を雑草ごと薔薇の鞭《むち》で八つ裂きにしてやろうかと思った。

しかしそれでは部屋や庭を死骸《しがい》と流血で汚す事になる。汚されたくないらしい赤毛の従者のキリが咄嗟《とっさ》に口を挟んできた。

「ローゼン様！　そいつ何なんです？　樹族にしては頭に角も耳も無いし、華族《かぞく》にしては汚すぎますよね？　鉱族《こうぞく》どもみたいに肌に宝石の鱗《うろこ》もないし……」

従者の制止で血気にはやりかけた己に気づいて手を止める。

そうでなければ、この無礼で醜《みにく》い生き物をすぐさま駆除していたかもしれない。

美しさ、そして肉体から生み出される花の芳香を何よりも尊ぶ華族《かぞく》の国において、贈る花束の質は相手への評価として受け取られている。

だからこそ大輪の薔薇や百合という、絢爛《けんらん》豪華な花束しか受け取った事がないローゼンにとって、そこらの野に図々しく自生しては勝手に増え続ける雑草を贈られるのは最大級の屈辱でしかなかった。

『お前の美貌は道端で泥にまみれて咲いている雑草のようなもの』

『お前の存在は厚顔無恥に生えまわる雑草と同じ』

華族《かぞく》社会においてはそう言っているに等しい行為だ。公爵に位置する者にそれを行うなど、殺されたいのかと思い、ローゼンは目の前の汚物に怒りを抑えつつ問いかけてみる事にした。

「……この私に、その花が相応しいと貴様は思ったのか？」

しかし窓の外から此方《こちら》を見つめる汚い生物は、見栄えの悪い顔を崩れさせる事に羞恥を覚える意識すらないらしく、ローゼンを真っ直ぐに見上げて臆面もなく破顔した。

「うん！　あ、あのね、シロツメクサ、はなことばにコウウンっていみがあるって、おこってないときのおかあさんがおしえてくれたんだ！　だから、ぼくをたすけてくれて、やさしくしてくれたおにいさんに、いっぱいシアワセがきますようにって……」

その言葉に一瞬、思考が止まった。

『美しい』や『恐ろしい』は何度も言われた事があったものの『優しい』と言われた記憶は、数える程も無い。

困惑していると、子供は窓の外から更に身を乗り出した。外套《がいとう》が何処かに引っかかったらしく、危なっかしい動きをしていたが、落ちて転ぶかもしれない痛みや恐怖はまるで感じられず、花を渡す事しか考えていないように前だけ見ている。

だから手を差し出すべきかの判断もつかなかったのだ。

そうしていると、窓枠で頑張っていた幼子が床に転げ落ちた。

即座に背後でキリが動く気配を感じたが、無言で制して幼子に視線を戻す。

子供はフラつきながら起き上がった。しかし泣きもせず、手の中の花束を気にしている。赤くなった鼻先や床に打ちつけた体の痛みよりも、花を案じていた。

花を様々な角度から見て確認を終えた子供は立ち上がり、両手を上げて体を目いっぱい反らせる。

「よかった～！　おはな、ブジだった～！」

こっちを見て上機嫌で報告してきたが、どう反応すればいいかわからずにいると、無遠慮に近づいてきた子供がローゼンの手にシロツメクサを握らせた。

「はい！　どうぞ！　キレイなおはなですよ！」

普段なら払いのけているのに、事態に呆気《あっけ》に取られて貧相な花を受け取ってしまった。その不覚に眉を寄せる。

手の中の花の香りが、存外に悪くなかったのも居心地が悪かった。

手の平から身体を侵食してゆくような生温い感覚を振り払おうと、シロツメクサを床に叩きつけようとしたローゼンは、脳裏に浮かび上がった過去に動きを止めた。

遠い昔……床に叩きつけられて無残に首を折られて飛散する百合の花弁は、まるで砕けた白骨のようだった。


——幼いローゼンが贈った百合を、祖父は地面に打ちつけた後、金属製の靴で何度も何度も踏みにじっていた。

『おじい……、さま……？』

祖父の生誕を祝う為にローゼンが懸命に育てた百合の花は、見る影も無い姿で潰れていた。

しかし、その惨《みじ》めな残骸よりも、美しいものを踏みつけて怒鳴る祖父の姿の方がローゼンには醜《みにく》くおぞましく見えた。自分を可愛がってくれていたはずの祖父の変貌に呆然《ぼうぜん》としていると、老人は乾いた声で叫び続ける。

『このようなモノを儂《わし》が喜ぶとでも思っているのか！　可愛がってやった恩も忘れて、赤薔薇《あかばら》一族の当主の儂《わし》より目立ち、出しゃばりおって！』

『儂《わし》が老いて醜《みにく》くなり、芳香も衰えて花蟲《はなむし》を操れずになっているのを、傲慢なお前は内心で喜び、嘲笑《あざわら》っているのだろう？』

『子供の癖に所構わず薔薇の匂いを撒《ま》き散らして調子に乗りおって！　弁《わきま》えぬ恥知らずな小僧めが！』

　そんな事は思ってもいないと訴えても祖父は聞く耳をもたず、それ以来、何かとローゼンを罵《ののし》り、苛《さいな》み続けるようになった。

　ただし祖父は他人の前では前と同じくローゼンを可愛がる素振りをした。なのに二人だけになると顔を歪《ゆが》めて物を投げつけ罵《ののし》ってくる。

（どうして……？　以前は愛してくださったのに、どうしてなのですか……？）

　祖父の豹変ぶりが理解出来ずにいたローゼンは、社交界に出るようになってから、ようやく老いた花が己を憎悪した理由を知った。

　華族《かぞく》の慣習で、式典等では『相手の格に相応しい』と思う花束を贈る。

　祖父と共に舞踏会や茶会に赴けば必ず花束を貰ったが、瑞々しく鮮やかな赤い薔薇を受け取るローゼンを睨《にら》みつける祖父の手には、くすんだ色の乾いた薔薇の花束が渡されていた。

　幼い頃はそれが他者による悪意の格差と気づかず、落ち着いた雰囲気の祖父には苛烈《かれつ》な赤い薔薇よりも、穏やかな色こそが彼の風格を表すのに相応しいからだと思っていた。

　だから心からの賛辞を述べたのだ。

『おじいさま、とても素敵な花束ですね！　僕もそんな花が貰えるような立派な公爵になりたいです！』

　本当にそう思っていた。風格と落ち着きを持つ老い方に憧れてすらいた。

しかし笑顔で伝えたローゼンの背中を祖父は杖で殴りつけたのだ。

『やはり貴様は儂《わし》を引きずり下ろしたいのだな！　何も知らないふりをして、薄汚い野望を抱く、性根の汚れた外道めが！』

公衆の面前で暴力を振るう程に激昂《げっこう》した祖父に驚くローゼンは、視界の端で両親が慌てて駆け寄ってくる姿に気づいた。

しかし、何よりも恐怖したのは周囲の反応だった。

祖父や自分に花束を贈った周りの大人達は扇子で顔を隠しながら、事態を嗤《わら》って愉しんでいたのだ。老いに恐怖する惨《みじ》めな老人と、虐げられる哀れな少年という下衆な絵面を、見世物のように消費し、祖父を止めるふりをして煽《あお》る者まで居た。

殴られたローゼンに労わる素振りで近づいて囁《ささや》く者が居た。

『可哀想に。年をとると嫉妬深く醜《みにく》くなってしまいますもの。小公爵様はあのような方になられてはいけませんよ』

当時のローゼンはまだ公爵位を継いでもいないのに、当代の主と口にする周囲の者も多かった。それも祖父を苛《いら》つかせたのだろう。

華族《かぞく》の社会では優れた美貌と芳香を持つ者こそが優秀とされているが、その実、他者の美貌や才を素直に賞賛出来る者は一握りも居ない。

相手の欠点を少しでも見つければ貶《おとし》めてかかり、それが見つからなければ誹謗中傷で高嶺の花を地に引きずり下ろす。

社交界の華と謳《うた》われた清楚な令嬢が、翌日には『何人もの男を咥《くわ》え込む淫売』と蔑《さげす》まれて格下の家柄の中年男に囲われるのも見てきた。

噂が事実かどうかではなく、隙を見せれば罠《わな》にかけられ、悪評を連ねられて買い叩かれるのが、この華族《かぞく》の国の常……。

だからこそローゼンは人前では絶対に酒を飲まなかったし、見知らぬ誰かと個室で二人になる事も避け、常に気を張り続けていた。

足元を掬《すく》われれば自分とて嬲《なぶ》り者として消費型の娯楽にされかねない。

誰が何処で見ているのかわからない。一時たりとも気の休まる日など無い。

目の前で笑っている相手の中身までもが、その貌《かお》と同じ色とは限らないのだから。

◆
◆
◆

つまらない過去を思い出し、ローゼンは舌打ちをする。

思えば華族《かぞく》の社会は足の引っ張り合いばかりだ。誰かの幸せを願うなど、した事もされた事も数百年近く無い。

四百歳を過ぎてようやく諸々の事象に葛藤する事も無くなったというのに、何故に今更、こんな些末《さまつ》な出来事に心を乱されるのか。

そう思い返しつつ、目の前の子供を見つめる。

彼は相も変わらず呑気《のんき》な顔で幸せそうだった。

しかしこんなにも弱くて醜《みにく》いのに、何故にこの国で美しく権威ある誰よりも満ち足りた顔で笑うのだろうか？

美しさを尊ぶこの国では、醜《みにく》い者は際限なく萎縮し、まるで重い罪でも犯したように人目を避けて生きている。

そういう者達はローゼンの姿を見ても青ざめて目を逸らすか、獅子を前にしたネズミの如《ごと》く怯《おび》え震えるばかりで、その姿は見ていて気分がいいものではない。

恐怖に震えるだけしか出来ぬ弱者ならば、その無様を見せる事なく、虫のように物陰にでも潜み、獅子が過ぎ去るまで惨《みじ》めに伏していれば善いものを……。何度もそう思った。

彼等の気持ちなど、生まれつき美しいローゼンには理解が出来なかったし、する気も無かった。

醜《みにく》い者の気持ちはわからない。彼等がローゼンの気持ちに理解が及ばないように。

ただ、誰かを一途に想い、愛を込めて花を贈る気持ちならば……幼い頃の自分になら、わかったかもしれない。

子供の頃だったら感じる事が出来ただろうシロツメクサの素朴な香りや美しさも、今のローゼンには全く価値を見出せず、安っぽくて無様なゴミにしか、もう見えなかった。

だからローゼンは手の中の花の色も、香りも、遠く感じながら、目蓋《まぶた》を閉じる。

（血族ですら憎み合い、殺し合うのだ……。己の益よりも他者の幸福を願う者など、最早この国にいるわけがない）

この国では自らの美しさを増す為に、生まれた我が子の生き血を搾って浴びる呪術まで密かに流行っているような、爛《ただ》れ、腐敗しきった国だというのをローゼンは痛い程に体感してきた。

だから城の周囲には自分に敵意や負の感情を持つ者は入り込めないように、茨の罠《わな》を敷いたのだ。

それを思い出したローゼンは子供に問いかける。

「貴様、何処から我が領地に入り込んだ？　私の城の周囲には漆黒の茨が張り巡らされていたはずだ」

子供の真意を探ろうとするも、相手は小さな人差し指を大きく上下に動かしながら窓の先を示した。

「はい！　まっすぐきました！」

「嘘をつくな！」

思わず声を荒げるも、相手は堪えていないらしく説明を始めている。

「ホントです！　くろいトゲトゲさん、ぼくがきたら、シューッて、かえったので！　だから、バイバイしてきたんです！」

意味不明な話をし始めた。

「そんなわけがない。あの茨は……」

「トゲトゲさんも、おにいさんのおトモダチでしたか」

「いや、違……」

「おにいさん、さいしょにトゲトゲがついたヒモをブンブンふりまわしてたし、トゲトゲがスキなんだって、ぼくにはわかる……！　ぼくもトゲトゲダイスキなワンパクコゾウだから……！」

「だから話を聞け！　トゲトゲではない！」

怒鳴るも、これでは子供にのせられたままだと眉間を指で押さえて冷静さを取り戻そうとする。

そして、よく見てみると確かに、子供の体には茨で出来たと思われる傷が全く無い事に気づいた。

長年仕えている従者のキリですら、ローゼンが張り巡らした茨には近づかない。

上級の華族《かぞく》は己の芳香で幻想生物の花蟲《はなむし》を操れる。それだけでなく、上級の中でも選ばれた高位の者は肉体から特殊な武器や毒花を生み出す事が出来た。

ローゼンの薔薇の鞭《むち》も、黒の茨の罠《わな》も、彼が作った半身のような武器である。

黒の茨はローゼンに対して僅かでも負の感情を抱いている者が近づけば、即座に敵に絡みついて蛇の如《ごと》く締め上げる。それだけではなく、そのまま八つ裂きにして哀れな獲物の血を搾りとるという処刑道具としての側面も持っている。

無傷など、有り得なかった。

茨が攻撃しないなど、ローゼンに対して恐怖も嫌悪も嫉妬も欲望もどれも持ち合わせていない……どころか、むしろ純粋な……と、考えかけて首を振る。

目の前で大多数を殺して見せた存在に、微塵も恐れを抱かずに慕ってくる幼体など、いっそ生物として異常としか思えない。

きっと茨に何かしらの問題があったのだろう。もしくは……。

（無邪気な子供のふりをした刺客《しかく》か……）

恨まれる事も妬まれる事も多いローゼンはこれまでにも何度も命を狙われており、刺客《しかく》は老若男女を問わなかった。気まぐれで慈悲をかけて見逃した者がまた殺しに来た事もあった。

そこまで考えたローゼンは、シロツメクサを握り直す。そして割れた食器の片付けを終えたキリを呼びつけた。

キリは子供が部屋の中で動き回った所為《せい》で足に付着していた土が零《こぼ》れているのに気づくと、掃除の手間を考えてか不快そうな顔をしていたが、構わずに命じる。

「キリ、この子を浴室に」

生意気ながらも聡い従者は短い命令だけで子供の末路を察したらしく、口角を上げた。

「あ～……。ハイハイ、この時間、もう湯殿の支度は出来てますよ。でももう少し『準備』してきますね」

普段から文句が多い従者は、部屋の中で刺客《しかく》を殺す度に、床や家具が汚れると小言を言ってくる。風呂場なら後の始末が楽だと考えたらしく、いそいそと退室していった。

キリは無礼で生意気だが、汚れ仕事に耐性がある事が長所の一つでもあった。

どんな死体を前にしても、処理の手間に対して愚痴は言うが、絶対に手は抜かない。死体処理に耐性が出来る程、ローゼンは数えきれない暗殺者を返り討ちにしてきたという事でもある。

(それにしても……)

目の前の子供の傷口はあまりにも臭った。鼻をつまみたい程に鉄臭い。

華族《かぞく》ならば体液から種族を示す花の香りがするし、樹族《きぞく》ならば青臭い葉の臭いか樹液のような匂いがする。鉱族《こうぞく》でも塩辛い潮の香を漂わせると聞くのに、目の前の幼子の傷口からは返り血で錆びた刃物のような、おぞましい鉄の武器の臭いがした。

（まるで獣だな……）

森に住む獣か家畜のような臭いがする。

一体どこの種族の者なのかと観察してみたが、やはり頭に耳も角もなく、肌に宝石の鱗《うろこ》も無い。

（樹族《きぞく》でも鉱族《こうぞく》でもない……？　いや、場合によってはこのまま殺すのだから、どの種族でも同じか）

そう冷ややかに考えているのに、子供は退室しようとするローゼンの後ろをノコノコついてきた。

その上、森の土の上を引きずり回したらしい外套《がいとう》をずっと着ているので、付着した泥やら小石に雑草が室内に撒《ま》き散らされている。ゴミを散乱させている当の本人は瞳を煌《きら》めかせ、次は前に進むのか、右か左に動くのかと、此方《こちら》の真似をしようと前後左右に動く準備をしている。そしてその無駄な動きでまた小石がバラ撒《ま》かれていた。

その汚しっぷりに、汚らしい不審者がついてくるな！　と言い放ちたかったが、下手に動き回られるよりは、部屋に閉じ込めて油断させておいた方が得策だろう。

そう考え、子供にここでじっとしているように告げる事にした。更に、何かしら武器でも隠し持ってはいないかと、屈み込んで見つめる。

「その外套《がいとう》は脱いでおけ。此方《こちら》で捨てておく」

「はい！　わかりました！」

これ以上、部屋を汚されたくなかっただけなのだが、子供は素直に返事をした。しかし外套《がいとう》は脱がず、くるまったまま鼻歌を歌っている。脱ぐ気配が全く無い。

「……脱げと、言ったのだが？」

苛《いら》ついて震える声を悟られぬように切り出したが、幼子は首を左右に振った。

「わかりましたけど、これはぼくのたからものだから、いっしょがいいです！」

初めて貰った贈り物のように、汚れた外套《がいとう》を握り締めて強く言い切られた。

「確かに庶民にとっては高価なものかもしれんが、薄汚れて地面を引きずって摩耗したモノに何の価値がある？　そんなに気に入ったのなら、もっと良いものを幾らでも買ってやってもいい」

そんな気など無かったが、甘言で騙《だま》そうとしても子供は頑として従わなかった。

それからもずっと、『これがいい』『ぼくをたすけてくれた、おにいさんがきてた、うれしくて、あったかくて、たいせつなおもいでのマントだからです！』と手放そうとしない。

それから、子供は何かに気がついたように目を輝かせた。

「……何だ、その目は」

不愉快さから思わず問いかけると、子供は弾んだ声で理由を話してきた。

「かがんで、おはなししてくれるひと、いちばんめのおとうさんいがいにいなかったから、ぼく、うれしいな〜って……」

「お前の為ではない」

この子供と話していると、何故だか胸が痞《つか》えるような、言い知れない迷いが込み上げてくる。

その正体を解き明かすのは何故だか不安になり、吐き捨てるように告げて部屋から出ると、廊下ではキリが待機していた。

「ローゼン様、風呂場の準備終わってます。いつでもあのニンゲンをブッ殺してバラせますよ」

近づいてきたキリが小さな声で告げる。

「あの子供がニンゲンだと？」

予想外の言葉に思わず問い返す。キリは頷《うなず》いて説明を続けた。

「華族《かぞく》みたいに花の香りがしませんし、樹族《きぞく》みたいに頭に耳も角も無い。角を切って偽装してる痕跡もありませんでしたし、鉱族《こうぞく》どもみたいな宝石の鱗《うろこ》も肌に無い。で、血からは鉄錆《てつさび》みたいな臭いがしてるあたり、猿の亜種と言われるニンゲンしか有り得ないんじゃないかと思いまして」

「ニンゲン……。ニンゲンの干物などという胡散臭《うさんくさ》いモノは見た事があるが、実在しているというのか？」

ニンゲンとは異界から迷い込んでくる獣人だと聞く。

見た目は華族《かぞく》、樹族《きぞく》、鉱族《こうぞく》の三種族に酷似しているものの、体から花の芳香を出せず、獣のような体臭で、血からは鉄の臭いがしているらしい。

飢えて死に、首を斬られるだけでも死に、短命で貧弱でありながら同族間で争い合う、低俗で狡猾な怪物と蔑《さげす》まれていた。

しかし華族《かぞく》の中ではニンゲンは珍重される風潮があった。

勿論、愛玩する為では無く、喰らう事で美しくなる栄養食として。

基本的に華族《かぞく》と樹族《きぞく》は口からの捕食を必要としない。根である足を水に浸ければそれだけで栄養が摂れる為、獣のように口から食物を摂り、排泄という非効率で不衛生な行為を必要としないのだ。

ただ、どの種族も味覚はある為、栄養の摂取というよりも舌への快楽として料理を口にする事はあった。もっとも、火を恐れ嫌う華族《かぞく》と樹族《きぞく》は生の果実や肉を食べる事がほとんどだったが。

そして――『肉』という言葉を思い出し、ローゼンは気分が悪くなった。

以前、上流階級の集まりでニンゲンの干物を見せられた事があったが、ローゼンには干からびた猿の死体にしか見えなかった。

対して同族達は有難そうにニンゲンの血肉の効能を語っては、干し肉を切り刻んで食んでいた。

『ニンゲンの血や体液は華族《かぞく》の美しさを増し、精力も増す』

『ニンゲンの肉を食べると若さを取り戻せる』

『ニンゲンを生きたまま皮を剥がし、それで肌を覆《おお》うとシミもシワも消えて美しい肌になる』

『ニンゲンの骨で作った装身具を身に着けていると、どんな相手も恋に落とせる』

『ニンゲンの骨髄《こつずい》を啜《すす》ると美声を得られる』

『ニンゲンの灰を溶かした水で髪を洗うと艶《つや》が出る』

そんな怪しい噂に踊らされた同族達は気色の悪い猿の死体が原型を全て無くしても、骨を削って髄液までしゃぶり尽くしていた。

その姿は無残な死骸《しがい》よりもおぞましく見えたものだった。

それを思い返していると、キリが「オレの予想通り、本当にニンゲンだったら殺すのはカンタンですね」と子供を閉じ込めている部屋の扉を見て目を細めた。

「華族《かぞく》や樹族《きぞく》みたいに急所が両足だったら切断に手間がかかりますけど、ニンゲンなら少しでも首を斬ったら殺せるはずですし！　あんな狙いやすい位置で、バカみたいに丸出しの『首』なんかが急所って、ニンゲンどういう構造してんだって気がしますけど」

鉱族《こうぞく》は不死に近いが、華族《かぞく》と樹族《きぞく》にとっては二本の足が急所だ。

その重要性を示すかの如《ごと》く、華族《かぞく》と樹族《きぞく》は下肢に傷を負うと他の部位の何倍もの激痛が走る。首を斬られても直ぐに再生し、心臓を刺されても死なない両種族だが、唯一、足だけは切り落とされると再生せず、即死を免れたとしても飢えて死んでしまう。

片足だけであれば生き残れない事もないが、栄養の摂取効率が著しく落ちる。華族《かぞく》であれば美しさを維持できず、樹族《きぞく》であれば脆弱《ぜいじゃく》となり、それぞれの種族としての存在価値を薄れさせてしまうのだ。

だから両種族のものは、急所を守る為に誰もが堅牢な足の装備を身に着けていた。

ローゼンも特注の防具型の長い靴・ヴァルツァーを履いている。

ニンゲンが他の獣と同類という事は、首を斬るだけでなく、頭を潰しても心臓を貫いても腹を割っても殺せると予想できた。手段は多く、それ故に殺害は容易《たやす》い。

あの子供が自分にとって有害であると判断すれば速やかに始末する。

だが無害であったならば、近隣の村に知己が多いキリの伝手で、口が堅い者に身柄を渡してやるぐらいはしてやってもいいかもしれない。罪無き幼子を殺す罪悪感を抱えるよりかは、手間がかかったとしても里親をあてがった方が気分的にマシだ。

心配なのは有害だった場合だ。殺した後に臭う血や臓物が出て城を汚す事だった。その為の風呂の準備だった。

キリが口を尖らせる。

「で、死体はどーします？　ニンゲンなら死体も臭くて汚いですよね。この間、ローゼン様との狩りで捕まえた猪、勢い余って腸が飛び出した時に凄い臭ったから、オレもうああいうの片付けたくないんですけどー」

思い出して吐き気まで甦《よみがえ》ったのか、舌を出すキリにローゼンも眉を寄せて不快感を露わにする。

「全くだ。だから獣は好かん。此方《こちら》の空気を察する知性ももたず、己の思うがままに無遠慮に踏み込んでくる厚顔無恥さに殺してやりたい気持ちを抑えるのが大変だった。殺した暁には森にでも捨てておけ。どうせ直ぐに鴉《からす》が片付ける」

キリと幾らか会話した後、念のため掃除道具の準備を命じると、キリが足を止めて声をかけてくる。

「ローゼン様、その雑草いつまで持ってんですか」

ローゼンの手元を指差した。

子供に渡されたまま握り締めていたシロツメクサの花束を見つめる。哀れな植物は白い花弁を握り締めた指の間から無邪気そうに覗《のぞ》かせていた。

「……捨てておけ」

そう言って手渡したのに、指にしみついた花の残り香が消えず、ローゼンは言い様の無い不快感と戸惑いを覚えた。

キリと別れたローゼンが再び部屋に戻ると、例の子供は部屋の隅の床で外套《がいとう》にくるまって寝ていた。その姿にほっとする。

あの野良の、醜《みにく》いニンゲンがソファーや絨毯《じゅうたん》の上に転がっていたらと思うと、身の毛がよだつ程に汚らわしいと思っていたのだ。

子供は猫の子のように小さくなって、すうすうと寝息を立てていた。

硬い床の上でよくそこまで熟睡できるものだと呆《あき》れてしまう。触れて起こすのも嫌だった為、声をかけて眠りから覚まそうと思った。

「おい」

屈み込んで呼びかけると、子供は直ぐに目をこすりながら起き上がった。それからローゼンの姿を認めると、ぱっと花が咲いたように笑いかけてくる。

そのまま起き上がって駆け寄ろうとした為、直ぐに手の平を向けて制止した。

「寄るな」

こんなものに抱きつかれて服を汚されるのは避けたかった。

意図が通じたのか子供は走りだす体勢のまま、その場で停止する。

「おにいさん！　おはようございます！」

しかし相変わらず嬉しそうに目を星の如《ごと》く輝かせており、まるで次の言葉を待っているようだった。

『待て』を命じられて、主の指示を待つ犬に似ている気もした。

「おにいさんではない。ローゼンだ」

「うん！　しってます！　ろーぜんって、さっきあかいおにいさんが……」

「呼び捨てにするな！　私の名はローゼン・ガルニエ。ガルニエ領を統治する公爵で赤薔薇一族の当主だ。それを凡俗の徒に接するように馴れ馴れしい呼称を向けられるなど、屈辱の極みでしかない！」

しかしローゼンの怒りをよそに、子供は瞬きをした後に噛み締めるように頷《うなず》いていた。

「きれいななまえ！　うたってるみたい……！」

その名の美しさを褒めてきた。

顔や肉体を褒められる事は多くとも、名についての賛辞は初めてだった。その戸惑いからローゼンが押し黙ると、今度は子供が手を上げる。

「あ、ぼくはね……」

それをローゼンは途中で遮る。

「ついてこい」

直ぐに殺すか捨てるかする動物の個体名など聞いた所でどうでもいいと思ったのだ。

子供は照れくさそうに黙り、頷《うなず》くと大人しくついてきた。

部屋から出る時、扉を開けたまま観察していると、深々と頭を下げてきた。

「あ、あけててくれてありがとう！」

「貴様の為にしたわけではない」

さっさと風呂場で始末をつけたかったからなのに、子供は何を自惚れて勘違いしたのか、外套《がいとう》を引っかけたり挟まないように抱えつつ、ちょこまかと出てきた。

「でもぼく、おててがとどかないから、たすかりました！」

無視して先を歩きつつ、後方を窺《うかが》うと、ニンゲンの幼体は必死に小走りで追いかけてきていた。

歩幅を合わせてやる気など無かった為、直ぐに距離が開いたが、子供はそれでも辛そうな顔ではなく、これから楽しい場所にでも連れていってもらえるかのように、頬を少し上気させ、目が合うと此方《こちら》を真っ直ぐに見つめて笑いかけてきた。

何故この生き物はこんなに警戒心がないのか？

それともこれすら演技なのか？

今から殺されるかもしれないのに莫迦《ばか》で呑気《のんき》な動物だと観察していると、おかしな点に気づく。

外套《がいとう》でよく見えなかったが、子供が手足を振り回して歩く度に服から露出する肌。その皮膚は異常に血色が悪く、骨が浮き出ている箇所まで見て取れた。

ローゼンの領地に暮らす下層階級の者達ですら、ここまで痩せていない。

ふと、また疑問が頭をかすめだした。

（この貧弱な子供に、華族《かぞく》の中でも特に攻撃的な能力をもつ私を暗殺したり、密偵のような役目を任せる者など本当にいるのか……？　だが……）

無知で無力だからと言って、害にならないわけではない。

過去には、鉱族《こうぞく》の国で肉体に毒を仕込まれ、記憶を消された上で兵器として送り込まれてきた樹《き》族《ぞく》の少女も居た。

それを思い出しつつ、白い花を持って現れた異界の子供を見つめる。

目の前で無邪気に笑う、痩せ細ったニンゲンも、もしかしたら、その少女のように誰かの、何かの悪意の犠牲者ではないか……？

結局、弱い者は無関係な柵《しがらみ》に巻き込まれて一方的に心身を踏みにじられる。

ローゼンも、過去の出来事さえなければ、例え異種族であろうとも弱った子供に迷わず手を差し伸べられる者になれていたのだろうか。

一体自分は何処で幼い命を奪う事に躊躇《ためら》いを覚えぬ、異質な化物に作り変わってしまったのか。

そこまで考えて、我に返る。

（いや……。誰も私に慈悲など与えなかった。与えられるのは侮りか、畏怖か、欲望ばかりだった。この身の幸福など願われなかった。なのにどうして、私が他者にそんなモノを与えねばならない？死を悼み、惨《むご》たらしい現実に涙しようとする心が私の何を救った？　それらは我が身を苦しませるだけの不要な感覚でしかなかったではないか……！）

そう結論づけると、到着した浴室の扉を開ける。

後ろをついてきていた子供が楽し気に声を上げた。

「わー！　おっきー！」

その無邪気な声に、鬱屈としていた気持ちが何故か少しばかり晴れ、かと思えば此方《こちら》の気も知らずに能天気に飛び跳ねている姿に苛立《いらだ》ってしまう。

幼子が何か隠し持っていないか、体に毒や兵器を仕込まれていないか確認する為に衣を脱ぐように告げる。しかし子供は外套《がいとう》を捨てられるのではないかと思ったのか首を振り、目で不安を訴えてきた。

「……捨てたりはしない。お前があまりにも汚いから、風呂に入れるだけだ。それが終われば返してやる」

また捨てると言えば言う事をきかないと思い、嘘をついた。

だが、その嘘に子供は安堵《あんど》の溜息をつき、頷《うなず》いて大人しく服を脱ぎだした。

それを目にすると、心の奥が軋む感覚を覚える。

ローゼンを完全に信じて背中を向け、そらぞらしい言葉一つで大切なものを手放そうとしているように見える子供。そんな幼心に付け込む己は、幼い頃に自身を利用し、振り回した華族《かぞく》の大人達と変わらぬ薄汚いものではないかと思ったのだ。

葛藤を覚えだすローゼンの足元では、子供が何やら喋《しゃべ》りながら蠢《うごめ》いていた。

「ずぼんずぼん～、ぱんつぱんつ～。くつした～。つぎは～うわぎ～。しゅうてんは、うわぎ～」

何をしているのかと見ていると、脱いでる服の名称らしきものを口にしているようだった。

しかし上着には手こずっているのか、顔の途中で脱げなくなって停止していた。そして動かなくなった。

全裸で頭と両腕を上着に巻き込まれている物体が此方《こちら》を向いている。

ローゼンはどうすればいいかわからず、しばらくソレと向き合っていたが、我に返って一喝する。

「何をしている！　さっさとしろ！」

「は、はい！　さっさとします！　ウググ……！」

急かすと子供は飛び上がって驚いた。が、動き回れば脱げるとでも思ったのか、そのままの姿で上半身を振り回しだす。

「止めろ！　もう動くな！　じっとしていろ！」

「はい！　じっとします！」

足元で暴れられては堪らないので、動かぬように命令すると子供は微動だにしなくなった。

いつでも首を斬って殺せるようにと刃物を確認し、そっと呼び寄せた花蝶《はなちょう》を待機させる。

仮にこの子供が特殊な力で抵抗して逃げようとしても、花蝶《はなちょう》が何処までも追いかけ、毒の鱗粉《りんぷん》や肉を喰い尽くす凶暴性でもって確実に息の根を止めるだろう。

そう予想しながら観察していたというのに、幼い体の異常な有り様にローゼンは直ぐに息を飲む。

痣《あざ》、そして何か熱いものを押しつけられたようなヤケドの痕が肌を埋め尽くしていたのだ。

どう見ても暴行を受けた痕跡……、腕同様、肋骨《ろっこつ》は浮き出て、栄養も足りていない体だった。

もしも『華族《かぞく》を殺す事に特化した、何も知らない生体兵器』に仕上げるならば、かつての樹族《きぞく》の少女同様、見目麗しく、庇護《ひご》したくなるような可憐な外貌《がいぼう》に仕上げてくるだろう。こんなに甚振《いたぶ》られた痕跡があるものを送り込んできた所で、これを憐れみ、愛する華族《かぞく》は居ないからだ。

屈み込むと、そっと手を伸ばし、子供の体から捩《ねじ》れた服を取り去ってやる。

どう見てもか弱い子供にしか見えない相手に、ここまでの無体を強いる事が出来る理由がわからなかった。

「ぷはー！　ビックリした～！　ありがとう！　ローゼンさま！」

子供は解放された喜びを顔いっぱいに浮かべ、両手を上げて全力で感謝を伝えてくる。

だが幼子が泣き喚《わめ》いて苦しさを口にするよりも先に、礼を述べる事に何となく違和感を覚えてしまう。

自分が幼かった頃は、まず泣いて痛みや辛さを周囲に訴えていた気がしたのだ。

それもいつしか、訴えても無駄だと気づいてからは泣く事も忘れたが。

「貴様は何か罪でも犯したのか？　この傷は誰がつけた」

思わず問いかけていた。

子供が起こす犯罪ならば窃盗などが多い気がしたが、ここまで肌に傷を残す苛烈《かれつ》な行為は、傷を恐れ疎《うと》み、美を尊ぶ華族《かぞく》の国では余程の重罪以外に有り得なかったのだ。

すると子供は先程までの明朗な様子を翳《かげ》らせ、目を逸らしだした。

「……誰にも言わん。だから話せ」

視線を合わせて会話を促すと、ようやく幼子は理由を口にした。

「あ、あたらしいおとうさんと、おこったときの、おかあさん……。ぼくが、バカだからって……」

（わからん……。ニンゲンは我が子を理由もなく痛めつける生物だというのか？）

考え込んでいると、子供が此方《こちら》を見つめている視線に気づく。向き直ると相手は目を逸らした。

「……ぼく、わるいこだからシツケだって……。あたらしいおとうさんも、そのまえのおとうさんも、そのつぎのおとうさんも、わるいこのぼくに『おまえをなぐるのはつらいけど、おまえのためにシツケしてやってるんだ』っていってくれたんだ」

あまりの理由と、しかもそれを信じている子供。

「だからこれは、しかたのないことなんだ……」

その姿に、また幼い頃の己と哀れな子供の姿が重なる。

『僕が、はしたなく花の匂いを垂れ流す汚い子だから、おじいさまは僕を嫌うんだ……』

だからどれだけ責められても自分が悪いと思い込み、耐え続けていた。

悪意に満ちた存在が周りに溢れているのを認めるよりも、自分に罪があると己を責めた方が辛くない。今となってはそれがどれだけ無為であったかを知っているローゼンは、子供を真っ直ぐに見つめて告げた。

「躾《しつけ》……とは、右も左もわからん幼子に大人が圧倒的な力でもって己の思想を叩き込む暴力の事を示すのか？」

「え……？」

目をぱちぱちさせる子供に語り続ける。

まるで幼い頃の自分に言い聞かせるように。

「それを躾《しつけ》と言うならば、貴様の父とやらを全て連れてこい。幼く無力な存在に無体を強いる無恥な獣どもに、私の道理で『躾《しつ》け直して』やる。種として守るべき幼子を虐げる道理と、そのような者どもを駆除する私の道理……どちらが生物として正常かは誰が見ても歴然だろう？　その私がお前は悪ではないと断言するのだ。ならば獣どもの道理に引きずられて己の誇りを自らの手で捨てるような真似は止めろ」

言い切ってから、ムキになっている己に気づいて羞恥を覚えた。

しかし子供は最初こそ驚いていたものの、次第に目元に涙を溜め始めた。それを拭《ぬぐ》ってから何度も頷《うなず》いては、熱弁し始める。

「う、うん！　わかった……！　やっぱり、おにいさんはヒーローです！」

「ヒーロー……？　何だそれは？」

聞き慣れない言葉を問い返すと、子供は興奮気味に語りだす。

「セイギのミカタです！　こまってるヒトをたすけてくれて、すっごくつよくてカッコイイ、ぼくのあこがれなんです！」

その羨望の眼差しから直ぐに目を背けた。

「……私はそのような者ではない。二度と私をその名で呼ぶな」

低い声で唸《うな》るように告げると、子供は小首を傾げた後に「うん！　わかった！」と頷《うなず》いた。その能天気な姿にまた苛立《いらだ》ちを覚えた。

「『うん』ではない。目上の者への返事は『はい』だ。二度は言わせるな」

「はーい！」

『はーい』でもない。『はい』だ」

「はい！　わかった！」

「『わかった』ではなく『わかりました』だ！」

「はい！　わかりましたぞ！」

「……もういい」

　頭痛を覚えていると、子供はそんな苛立《いらだ》ちなど意に介さず歓喜の声を上げていた。大理石と宝石で飾られ、薔薇の花を浮かべた湯船を見て飛び跳ねている。

「わ、わー！　すごい！　おっきいー！　プールみたいだー！」

「プール？　何だそれは？」

　子供は瞳を輝かせながら両手の拳を握り締めて力説し始めた。

「およぐとこです！　ぼくはつれてってもらったことないけど……おかあさんたちが、よくいってたんだ！　パンフレットにのってたのをみたことあって」

「……」

　それは一人だけ置いてきぼりにされたのではないのか？　そう察していると、子供は眩《まぶ》し気に浴槽を見ていた。

「でも、パンフレットにのってたプールより、きれいだなあ～」

　また意味のわからない事を言いだしていたが、掃除をしたのが自分だと思われているらしく、憧れの目で見てくる。それが嫌で訂正した。

「キリの手入れが行き届いているからな」

「そうなの？　あの赤毛のおにいさんがしてるの？」

　キリは城の手入れから何から一手にこなしており、その仕事ぶりは捻《ひね》くれた性格とは真逆で、真摯で丁寧なものだった。それを適当に話していると、幼子は話を聞きつつも風呂の方を何度も見ている。

　走って飛び込むかと思ったら、一歩も中に入ろうとしない。

　問いかけると彼は驚いていた。

「入らないのか」

「……ぼくも、はいっていいの？」

「お前の為に準備させたものだ。好きにしろ」

　好きに身動きを取らせれば怪しい動きをしても直ぐにわかるだろうと考えたのだが、子供は風呂とローゼンを交互に見て、唇と目蓋《まぶた》を震わせていた。

「……いいの？　ぼくも……いいの？」

　そう繰り返して凝視してくる幼子に頷《うなず》いて見せる。

「だから同じ事を二度言わせるな。好きにしろ」

　てっきり喜ぶのかと思っていると、子供は黒い瞳が滲む程に目元を潤ませだした。

　それから鼻を啜《すす》り、滲んだ視界で湯気の先にある世界を見つめて何度も頷《うなず》く。

「よかった……。ぼくも『みんな』に、なっていいんだ……」

その表情に、何故か胸の奥が締めつけられるような感覚に陥った。

誰かに手を差し伸べてもらいたくてたまらなかったあの頃の自分が、もしもその『誰か』から情けをかけられていたなら……今のこの子供のように泣いていたのではないか、と。

そう考えかけたが、直ぐに頭を振って払拭《ふっしょく》した。

とある本で読んだニンゲンの記述では、彼等は獣のように野蛮で不潔、足の間から汚物を垂れ流し、美と芳香を尊ぶ高貴な華族《かぞく》との相互理解は不可能だと書かれていた。

(だから、警戒しなければいけない。これは我らとは違う、血も涙も別物で、親が無意味に子を殺すような、矛盾した生物で……)

ふと、子供の涙が脳裏を過る。

自分達とは全く違う、下等な生物が『皆と同じになっていいんだ』と涙を流すだろうか……？

ローゼンも抱えていた寂しさや痛みを同じように感じ、心を震わせる生命が、本当に殺してもいい下等生物なのか？

そう考えていると、子供は屈託のない笑顔で見上げてきた。

ローゼンにはその瞳に映った己の姿の方が、狩人を前にして怯《おび》える、哀れな獣のように見えた。

(私、は……)

目の前の幼体は確かに汚らしく、顔も体も傷だらけで醜《みにく》く、良い匂いもしない。警戒心の無さからいって、知性も低そうだ。

しかし、書物や伝承にあるニンゲンのように、利己的で凶暴なおぞましい生き物には全く見えなかった。

ローゼンが呼び寄せていた花蝶《はなちょう》は、主の動揺が伝播したかの如《ごと》く周囲をひらひらと舞いだした。

子供は湯殿で舞う紫の蝶に見惚れて手を伸ばしている。

誰もが怯《おび》えて恐怖する猛毒の蝶を前に、美しい虹でも見たように感激している。

猜疑心《さいぎしん》さえ捨ててしまえば、体に武器も毒も仕込んでおらず、どれだけ疑って見ても刺客《しかく》の空気など無い、隙だらけで無邪気な子供に見える。

けれどもし、この子供が刺客《しかく》でないとすれば、自分に懐く理由がわからない。

どんな幼子もローゼンを見ると怯《おび》えて逃げるばかりで、話しかけられた事も無かったのだ。

「おい」

呼びかけると子供がローゼンの方を振り返る。

「お前は何故、私に付き纏《まと》う？　何が目的だ？　正直に言え」

搦《から》め手ではなく直球で問いかけると、子供は破顔したまま即答した。

「ローゼンさまは、ぼくをたすけてくれたスゴイひとなので！」

「何……？」

問い返している間にも幼子は矢継ぎ早に嬉しかった事を挙げだした。

「それだけじゃないんです！　マントをくれたし、いっぱいチョウチョさんをみせてくれたし、まどからのぞいててもおこらなかったし、しゃがんで、めをあわせてくれたし、シロツメクサもうけとってくれて、ドアもあけてまっててくれました！　おはなしするときも、すごくゆっくり、ていねいにはなしてくれて、あるいてるときも、なんかいもふりかえってみててくれたし、ぼくがおようふくをぬげなくてモゴモゴしてたらたすけてくれて、こんなおっきなプールも、ぼくにつかっていいっていいってくれたんです！　ローゼンさま、すっごくやさしい、いいひとで、ぼくはソンケーしました！　ぼくはローゼンさまがだいすきになりました！」

「……」

ほとんどが自分の為にした事であり、この子供を思っての行動ではない。

なのに、それらを全てを揺るぎない善意と受け取って宝物のように語る子供に、初めて罪悪感を抱いた。

困惑し始めるローゼンの前で、子供は恐る恐る足を踏み入れた風呂場の中を見て回っていた。幼児特有のおぼつかない足取りは、今にも湯船に落ちてしまいそうでローゼンは身構える。

ニンゲンは脆弱《ぜいじゃく》と聞いていたので、湯船程度でも溺死するかもしれない。

そう思い呼びつけると、子供は直ぐに走って戻ってきた。その姿に思わず声を荒げる。

「風呂場で走るな！　滑って転んで足にケガをしたらどうす……」

言いかけて止める。

場合によっては殺してしまおうと誘い込んだ相手に、罪の意識まで抱え、挙句の果てに何を言っているのか。

溺れて死ねばいい、転んで死んでもどうでもいい……そう思うべきなのに、慌てて止めていた。

ワケがわからなくなり、俯《うつむ》いてしまう。すると大理石の床にしなだれるように零《こぼ》れた長い黒髪の間から、子供が顔を覗《のぞ》き込んできた。

「ローゼンさま、だいじょぶ？　あたまいたいの……？」

自分よりも傷だらけで死にかけている幼子に真剣な面持ちで案じられ、カッとなった。

弱っている姿を他者の前に晒《さら》す等、華族《かぞく》として恥でしかない。

「何でもない！　私に構うな！」

「でも、ローゼンさま、いたそうなおかおをしてたよ？」

眉を寄せて見上げてくる子供に動揺する。

どれだけ邪険にされても、辛い経験を語っていても、そんな表情を見せなかったのに、何故、他人の痛みには敏感なのか？

子供の処遇を決めかねたローゼンは、周囲に漂う鉄臭さから逃れたい気持ちと考える時間を取る為に椅子を示した。

「もういいから、お前は此処に座れ！」

「はい！　すわります！」

子供は返事をして椅子にちょこんと腰かけた。

それから湯船の温水を静かにかけてやると、相手が驚いて振り返ってくる。

ニンゲンは湯で虫のように死ぬのかと焦ったが、子供は自分の体を流れる湯を見つめて何やら繰り返していた。

「おゆだ……おゆだ……」

「熱かったか」

「ううん！　きもちよかった！　オフロのときはね、ぼくは、おゆをつかっちゃいけないんだって、おかあさんが……。おゆは、カゾクのみんなしかダメだからって……」

「……」

「きょうは、いっぱい、みんなといっしょになれたな～。いいゆだな～」

鼻歌を口にしながら両足を楽し気に動かす子供の姿に、胸が軋む。

何度考えてもこの子供の何処にも、殺すべき邪悪さが見当たらない。

ローゼンは既にこの子供を自分達と同じように傷つく心を持っている存在だと認識し始めていた。

子供の髪を洗ってやると、埃《ほこり》や脂《あぶら》でわかり辛かった髪が艶《つや》をもった姿を見せ始めた。汚れていたのでわからなかったものの、髪だけでなく肌もキメが細かく、顔さえ腫《は》れていなければそれなりに美しいだろうと予想させた。

しかし仮にこの子供が二目と見られぬ醜《みにく》い容貌をしていたとしても、ローゼンは心揺さぶられていた気がした。無垢《むく》で真っ直ぐな感性が、ローゼンの冷えた心に温度を取り戻させていたのだ。

この子だけではなく『好き』と言われただけなら無数にある。

そんな台詞《せりふ》に特別な感覚を覚える程、初心な童貞ではない。

美しい子孫を残す事こそ華族《かぞく》の本懐だと考える数多の異性から手を変え品を変え、豪奢《ごうしゃ》な花束の如《ごと》く飾り立てた愛の言葉を囁《ささや》かれ続けた。

ただ、誰もが褒めちぎるのはローゼンの容姿や芳香、血統や戦歴についてばかりだった。

先程の子供の言葉を思い出しながら静かに洗ってやっていると、不意に子供が胸に倒れ込んできた。

まさか、水をかけすぎて弱ったのかと慌てたローゼンは、子供の顔を見て再び驚いた。

「……ぐう」

寝息をたてていた。湯の温かさが心地よかったのか、幼子は眠ってしまっていた。

そっと頬に触れても目を覚まさず、寝息だけでなく涎まで垂らしている。

完全に安心しきっている無防備な姿だった。

「……何なんだ、この子供は」

◆◆◆

「スッキリしました～！　うまれかわったぼくです！　ありがとう！　ローゼンさまー！」

風呂に入れてもらい、さっぱりした。風呂場の前で全力の万歳ポーズで感謝を伝える。

ローゼンは飛び散った湯で濡れた自身の髪を拭《ぬぐ》うよりも先に、此方《こちら》の頭を拭《ふ》いてくれていた。黒髪から滴る水滴を見ていると、彼が風邪をひいてしまわないか心配になって声をかける。

「ローゼンさま！　おみずふかないと、カゼひいちゃうよ！　は～い、ふきふきしま～す」

拭《ふ》いてくれている布でローゼンの髪先を拭《ぬぐ》ってあげると、彼は口元を僅かに動かしてから、その指を止めた。

「……別に私の事はいい。お前よりは丈夫な体だ」

言いながらも丁寧に水気を拭《ふ》いてくれている青年の姿に胸が温かくなる。

そうしていると、長い廊下の先から赤毛の少年・キリが歩いてきているのが見えた。

ローゼンと仲良くなれたので、ローゼンと仲良しのキリとも親しくなれるかもと期待を覚えて手を振って声をかけてみる。

「あ～！　キリだ～！　お～い、キリ～！」

しかしキリは露骨にイラッとした表情を見せた。

「は？　呼び捨て？　は？　何お前、ケンカ売ってんの？」

すると隣のローゼンがキリを叱った。

「私の従者ともあろう者が、品の無い言葉を吐くな。己より目下の相手といえども最低限の礼儀作法ぐらいは弁えろ」

ローゼンの反応にキリは目に見えて困惑していた。よく見るとキリは手に大きな袋を持っている。テレビで見たサンタクロースの袋みたいだと考えている間に、キリはローゼンに近づいて何やら耳打ちし始めた。

「ちょっ、どういう事なんですかローゼン様！　殺すか捨てるかって話だったでしょ！」

「どうもこうもない」

「何でそんな甲斐甲斐しく世話してやってんですか！　意味わかんないですよ！」

漏れ聞こえてきた言葉が気になってコッソリ近づいて耳をそばだててみる。内容は難しい単語が多くてよくわからなかったが、二人の会話は白熱しているらしく、此方《こちら》に気づいていない。

「……少々、気が変わった。殺すのも捨てるのも保留だ」

「だから何でですか！　オレ、処理用の袋も解体用の鉈《なた》も準備して……って、何でそんな怖い顔すんですか！　ローゼン様が命じた仕事でしょ！」

二人が何か仕事をしようとしているのだと思い、近づいて声をかけた。

「ぼくもおてつだいします！　おしごとします！　よろしくおねがいします！」

その途端、ローゼンとキリが同時にぎょっとした。そして気まずそうにしていたローゼンが突然キリにビンタしたのだ。キリはよろめいて数歩後ずさっている。あまりにも痛そうに見えて思わず手で目を覆《おお》ってしまったが、ぶたれたキリは思ったほど痛くなかったのか、頬を押さえながら涙目でローゼンに不満を叫び出した。

「いってぇ！　もう！　だから何すんですか！　カオ殴るの止めてくださいよ！」

「五月蠅《うるさ》い！　貴様は配慮が足りぬ！」

「ローゼン様に配慮とか気配りとか説教されたくないですよ！」

「それが従者の吐く言葉か！」

急にケンカしだした。

キリは涙目で吠《ほ》えているが、そんな彼にローゼンは何やらクドクド言っている。

さっきまで食器投げごっこをしていた仲良しの二人がケンカしているのは悲しい事だ。ローゼンの服の裾を引っ張って止めた。

「ねえねえ、ローゼンさま～！　ぼく、もう、ゴサイだから、おにいさんだよ！」

説教していたローゼンは此方《こちら》に気づくと、眉間のシワを解き、当惑しながらも応えてくれた。

「そ、そうか……まだ……いや、もう、五歳か……というか、それは今、必要な話題なのか？」

「はい！　ひつようです！　もうゴサイです！　おにいちゃんだから、もめごとをみたら、ダメだよってとめるんです！　それでローゼンさまは、なんさい？　ぼくより、いくつおにいさんなの？」

「いや、その……」

ローゼンは口籠っていた。

彼と年齢が近ければ、自分も直ぐにローゼンのような立派な大人になれるのだと思って期待しながら服を引っ張って先を促すと、彼は小さな声で教えてくれた。

「……四百五十歳だ……」

よんひゃく……ご……？

と考えてから、子供は考える事を止めて大きく頷《うなず》く。

「へえ～！　よん……、よ……ん？　よんさいかぁ～！　ローゼンさま、よんさい！」

大きな声で繰り返すと、傍でキリが無表情を装いつつもブフォッと吹き出していた。そのキリの頬をローゼンがつねっている。

数字が難しすぎて両手の指を折ったり伸ばしたりしてみたが、やはりよくわからない。しかし会話に混ざれる大人な自分になりたくて、意味もわからずに腕組みしてウンウン頷《うなず》いていると、ローゼンが溜息をつきだした。

「……理解しておらぬな」

怒ったり呆《あき》れているわけではなく、どう言えば伝わるか迷っているように見えたので、困らせないように両手の指を少しでも大きく見えるように伸ばした。

「も、もうちょっとです！　もうちょっとでリカイするところなんです！」

「……」

疑いの眼差しを向けられていたので必死に訴える。

「ほんとうです！　ほんとうなんです！　ぼ、ぼく、はやくローゼンさまみたいに、カッコよくてやさしくて、こまってるコドモをたすけてあげる、りっぱなおとなになりたいから！　ローゼンさまみたいに！」

褒めたのに何故かローゼンは辛そうな顔をしていた。

それを見たキリは呆《あき》れたように溜息をついて独り言を漏らす。

「……あぁ、そういう……。惨《みじ》めで可哀想な捨て猫を気まぐれで助けてやったら、懐かれました～、殺せませんってやつですかぁ……」

ローゼンがキリを睨《にら》んだが、少年は皮肉げな口調で続ける。

「ったく、オレの時と同じですか。行き場が無さそうな哀れなガキを追い出せず、好きでもないのに手元に置いて持て余すっていう……」

そう漏らすキリは何故か寂し気な表情をしているように見えた。

ローゼンの方も見てみると、彼はキリにかける言葉を探しているようで、伸ばした手を引っ込めている。

（ふたりはなかよしなのに、たまにヘンなくうきになるなぁ～）

　それを見て子供は二人の間に歩いていって、ローゼンの横に立って万歳した。ローゼンの視界にはその万歳ポーズが見えたらしい。

「何だ？」

「ねえねえ！　ローゼンさま！　ぼくもいっぱいおしごとします！　キリのおてつだいします！」

「だからお前にキリと同じ仕事は無理だ。あれの仕事は代役が立たぬ難しいものばかりだからな」

　ローゼンがしれっと言った台詞《せりふ》にキリが僅かに困惑していたが、気づいていないローゼンの太股を幼子はパンパン叩く。

「そこをなんとか！　ぼくも、キリみたいにせいしんせいい、がんばります！　ぼく、ゆかそうじができます！　ほらほら！　ルソバごっこ～！　ずごご！」

　床を走り回る自動掃除機の真似をしようと、床に座り込んで尻でズリズリ進む。

　二人は呆気《あっけ》に取られているようだったが、そのまま進み続けているとキリとローゼンが絶叫した。

「何してんだアホー！　尻丸出しのガキが這いずった床を掃除すんのオレなんだから止めろォ！」

「止めんか！　風呂に入ったばかりなのに体を汚すんじゃない！」

　飛んできた二人の声に大きく頷《うなず》いて見せながら、また進み続ける。

「だいじょうぶ！　ぼくのルソバはとまらない！　ずごごー！」

　しかし縦横無尽に走り回る前に二人がかりで止められた。

「あぁ～……」

ローゼンに抱え上げられ、無念の声を漏らしている間にキリによってタオルのようなものを体に素早く巻きつけられる。ノリ巻きのようにされて再び嘆いていると、二人は同時に溜息をついた。

「危ない所だった……。花瓶を置いてある飾り棚に一目散に向かっていたが、ニンゲンの五歳児はこんなにも何をしでかすかわからんものなのか……」

「いやいやいや！　コイツが並外れてバカなだけだと思いますよ！」

ローゼンに抱き上げられるとキリよりも目線が高くなったのは新鮮だった。

あんなに近かった床は遥か遠くに位置しており、いつもローゼンはこの視点で世界を見ているのかと思うと、自分も早く大人になって同じ視点で見たいという気持ちが高まってくる。

しかし二人はまた何やら話し合っていた。

「ローゼン様、こいつ全裸にしとくと、また尻で歩きだしますよ」

「いや、意味がわからん……。ニンゲンは皆、このように床を歩くものなのか……」

「多分こいつだけじゃないですかね……。しっかし、服を着せようにもオレのガキの頃の服とか捨てるか、バラしちまったからなぁ……」

しばらくの沈黙の後、ローゼンが静かな声音で提案した。

「……私の幼少時の服なら母上が残しているはずだ」

そこでキリが驚きの声を上げていた。

「ええ？　ローゼン様の御召し物ですか？　そ、そりゃあローゼン様の衣装なら残ってるでしょうけど、でも、そんな高価なもの、こんなチビスケに……？　まぁ、よく見たらコイツ結構カワイイ顔してますけど……でも、だからって得体の知れないガキに高価なモンを……」

カワイイと言われてキリに喜びの眼差しを向ける。キリはイラッとした顔で舌打ちした。そのキリの頭をローゼンが平手で叩いてから話を戻す。

「別に構わん。全裸でウロつかれたり、またあの汚いボロ布で動き回られるよりマシだ」

キリは叩かれた頭を撫でながら渋々と了承していたが、ローゼンは考え込んでいる。

「だが、私の幼少期の衣装は数百年前のもので、何処に置いてあるかわからぬのが問題だが……」

そんな主に、キリがドヤ顔で自分の頭を指差した。そして八重歯が見える程に得意げに口元を上げる。

「まぁ、そこはキリさんの記憶力に任せてくださいよ。オレ、城のドコに何を仕舞ってるか全て覚えてるんで！　ローゼン様のお衣装の収納場所とか、三日徹夜した後でも余裕で思い出せますよ！　そんな使える従者、キリさんの給料を上げてくださいね！」

それから幼子は二人に連れられ、件の衣装部屋へと向かう事になった。

◆◆◆

長く広い廊下と、数えきれない程の段数を誇る階段の先に、目当ての部屋があった。

ドアは木製で重厚な造りをしており、キリが美しい細工の鍵を使って開ける。

眼前に広がった世界に幼子は感嘆の声を漏らした。

「わ！　わ！　このおへやも、おっきー！　おようふくとか、おクツとか、おぼうしが、いっぱいだぁ～！」

細やかな彫刻が施された純白のクローゼットが悠然と並んでいる。壁には金縁の姿見が並べられていたが、天井や床の一部にも鏡が設置されていた。風呂場や廊下にも鏡は沢山あったが、この部屋の鏡の多さは別格だった。

衣装箱には宝石があしらわれ、それらが赤いカーペットの上に所狭しと並べられていた。近くにあった箱に興味を惹かれてローゼンに視線を向けると、直ぐに此方《こちら》の意図を察してくれたらしく、開けてもいいと言ってくれた。

わくわくしながら箱を開けてみると、中にはレースがたっぷりついた帽子や、生きた薔薇の花と見まがうような精巧な造りのブローチに、大きな宝石をあしらったリボン等が収められており、まるで海賊になって宝箱を開けているような心持ちだった。

「楽しいか」

いつの間にか横に膝《ひざ》をついていたローゼンに尋ねられた。そんな彼に向けて大きく頷《うなず》く。

「たのし～！　すごいね！　こっちのいしころ、あったかいいろしてる！　ローゼンさまのおめめのいろといっしょだ～！　あっ、こっちのおはなはローゼンさまがトゲトゲにしてた、きれいなおはなにソックリだ～！　すごいすごい！　ローゼンさまがいっぱいいるみたいだ～！　うれしいなぁ～……」

全ての美しいものがローゼンのように思えて楽しく話していると、何故かローゼンが横を向いていた。怒ったのかと思ったが、別の箱を漁っていたキリが呆《あき》れたように、つっこんだ。

「ローゼン様、ガキに褒められてガラにもなく照れたからってオレの方をガン見しないでくださいよ。仕事やり辛いんで」

そのキリの頭に箱の蓋が投げつけられた。キリが痛がっているので急いで駆け寄って頭を撫でてあげる。

ローゼンは従者の動きを傍らで眺めながらも、逐一《ちくいち》こちらにも視線を向けてくる。目が合うと彼は低い声で何度も走り回らぬようにと注意してきたので、その度に元気よく了解の返事をした。

しかし箱やタンスを見ていると入りたくなってしまう子供心。

秘密基地にしたくなるような絶妙なタンスを見つけ、ついフラフラと近づこうとするとローゼンに止められた。

それからタンスを熱く見つめている姿を危険視されたのか、手を繋《つな》がれた。

ローゼンはカーペットに膝《ひざ》をついた体勢をとり、大きな手と長い指が小さな手を包み込む。艶《つや》やかな赤い爪は此方《こちら》の肌を傷つけない為なのか、遠慮がちに折り曲げられていた。その温もりと不器用な優しさに顔を上げると、ローゼンは少しだけばつが悪そうに、口籠るように告げる。

「じっとしていろ。動き回るな。お前達ニンゲンは転んでケガをしたら、それだけで死ぬかもしれぬのだろう？」

「へえ～？　そうなんだ～？」

「何故、他人事なのだ……」

「ねえねえ、ローゼンさま！　しぬってなぁに？」

問い返すとローゼンは片眉を上げた。

口籠っている姿に、質問した事で困らせてしまったかと思い、知ってる限りの『しぬ』について話した。

「あ、ぼ、ぼく、しぬをしってるよ！　ぼくのいちばんめのおとうさん、しんじゃったって、おかあさんがいってた！」

「何……？」

ローゼンが問い返してくる。キリは無言だったが此方《こちら》に視線は向けていた。

なので二人にわかりやすく知っている事を説明してあげた。

「ぼくがハンバーグをたべてみたいっていったら、おとうさん、くもりぞらのひに、おかいものにいってくれたんだ〜。そしたら、くるまにひかれて、あたまがぐちゃぐちゃになっちゃったんだって」

二人は口を挟まずに聞いていた。そこで天井を指差す。

「あのね、しんじゃうと、おそらにいって、おほしさまになっちゃうんだって！　テレビでいってたんだよ！　だから、もうあえないんだって！　ふしぎだよねえ……。ぼくは、しぬになっても、おほしさまにならないで、また、すきなひとにあいたいのになぁ……」

「……」

「……」

二人は顔を見合わせて黙り込んでしまった。

まるで一人で会話しているような沈黙が何だか寂しい。

本当に不思議だと思った。

どんな虫も壊れた箇所をブロック人形のように揃えて窓際に置いてあげると、翌日には居なくなっていたのだ。

それは動けるようになった彼等が、空に飛んでいったのだと思った。

死んだ父親も頭部を交換すれば元気になる、あんこが入ったパンのヒーローのように新しい顔で元気に空に行ってしまったのかと思うと、胸がちくりと痛んだ。

なのにローゼンもキリも気まずそうに頷《うなず》き合っている。何故そんな痛々しい表情で自分を見ているのかはわからなかった。

でも、もしかしたら自分も、同じ表情で喋《しゃべ》っていたのだろうか。

(だいすきなおとうさんのおはなしをしてるのに、なきたくなるなんて、ふしぎだなぁ……)

突っ走るように喋《しゃべ》っていないと、何かが零《こぼ》れてしまいそうになってくる。だから、考えたくない事が唇から転げ出ていた。

「……いちばんめのおとうさんが、あいにきてくれないの、ぼくがわるいこだから、もうあいたくなくなって、しぬになって、おそらにいっちゃったからなのかなぁ……」

ローゼンを見上げると、彼は唇を噛んで目を伏せた。

それでも握られた手は優しい温度に包まれている。

だから彼に一生懸命、伝えた。

「ローゼンさま、あのね、ぼく、わるいこだけど、ローゼンさまがしんじゃっても、またぼくにあってくれる……？」

「……」

返事は無かった。その沈黙は否定ではなく、言葉を探しているように思えたから、縋《すが》るように続けていた。

「ぼく、がんばって、いいこになるから……！　おてつだいもいっぱいして、おりこうさんになって、わがままもいわないようにするから……。だから、ローゼンさまは、いちばんめのおとうさんみたいに、おそらにいかないで、ぼくのおてて、いまみたいににぎっててくれる……？」

「……」

動かぬローゼンを見つめながら繰り返す。

「ローゼンさま……」

彼の指を握り、小さく呼びかける。返答を待ちわびていると、ようやく口を開いた。

しかしそれは、明確な否定だった。

「……それは出来ない」

項垂れ、しょんぼりと背中を丸めてしまう。

自分を助けて優しくしてくれたローゼンなら……と考えてしまった己を後悔する。

やっぱり、自分が悪い子だから逢いたくなくなるのかと、目元に熱を感じる。

唯一、自分に優しくしてくれた父親にハンバーグを食べてみたいとワガママを言ってから逢えなくなったのだから。

（おとうさん……、ごめんなさい……。ぼくがわるいこだから……）

だからもう誰も困らせないようにしようと思っていたのに……と考えた時、頭に温かいものが触れた。それは怯《おび》えた猫が距離を測るように恐る恐る頭部を行き来している。

（あれ……？）

視線を上げると、ローゼンが頭を撫でてくれていた。

その手つきは生まれたばかりの雛でも撫でているみたいな動きだったが、彼の優しさが染み入るように伝わってくる。そうしてローゼンは強く言い切った。

「出来ぬ。何故なら、私はお前より先には死なぬからだ」

「えっ？　ぼくのほうが、わかいのに、おとなのローゼンさまのほうが、ながいきなの？」

小首を傾げて問い返すと、ローゼンは眉を寄せて強く言い放った。

「年寄り扱いするな！」

「え、え？」

キョトンとしていると、ローゼンが捲《まく》し立てる。

「先程から聞いていれば、勝手な事をべらべらと！　この私が、脆弱《ぜいじゃく》で貧弱なニンゲンのお前より先に死ぬなど有り得ぬではないか！　逆だ！　お前が私に『無様な死を見せぬから、生を見届けてくれ』と懇願する立場ではないのか？　それを私が先に死ぬだと？　何たる不遜……！」

怒っているというより、早く伝えなければいけないと思って焦っているような勢いだった。

しかしローゼンが何を言いたいのかはわからなくて、とりあえずウンウン頷《うなず》いていると、彼はこっちの様子を窺《うかが》うように何度も見ながら言った。

「故に、私の死を看取ろうなど、お前如《ごと》きが五百年早い！　せめて二百歳まで生きてからほざくがいい！」

に、にひゃくさい……？　驚いて両手の指で数えようとしたが、ローゼンが手を離してくれないので数えられなかった。それからローゼンは「だから」とキリを指差した。

「百年も生きておらぬ小童風情が下らん事を考える暇があるのなら、明日は何をして過ごすかでも考えていろ！　明日はキリを貸してやる！　あれと城の中でも散策しておけ！」

ローゼンの決定に、今まで口を開かなかったキリが不満の声を上げた。

「うえーっ？　ローゼン様〜。そりゃないですよ〜！」

「従者が主に意見する気か！」

その鋭い声音もキリは慣れているのか怯《ひる》まずに答える。

「主人の決定にはそりゃ従いますよ！　こいつを保留するって聞いてから、泊めるんだろうなとは思ってましたし！　でもオレだって明日も重要な仕事があるのに、子守りまでしろって、ムチャぶりですよ！　いや、まぁ、そりゃあコイツ可哀想だなぁ〜とは思いましたけど、だからって何でオレに子守りやらせるんですか？」

反論するキリにローゼンが吠《ほ》える。

「私は用事がある。だが、この子供を我が城に一匹で徘徊させるわけにいかぬだろうが！」

「だからって、なんでオレに丸投げ！　そもそもオレもその用事にお供する予定でしょ！　意味わかんなくって！」

よくわからない緊迫感の後のキリの戸惑い方が面白くて、真似して歌ってみた。

「だからって、なんでって、どうしてってってって〜♪」

瞬時にキリにメチャクチャ怒られた。

「そんなアホみたいな言い方してねーだろ！　真似すんな！」

「ネーダロ！　まねすんな〜！」

また真似してキャッキャしていると、呆《あき》れたキリは怒るのも馬鹿らしくなったのか溜息をついて首を振っていた。だが仕事を増やされてメンドクサイメンドクサイと言いながらも、選んだ衣服を丁寧に並べている。なんだかんだ文句を言いつつも、明日に何をして遊びたいかを訊《き》いてくれた。

「おい、チビスケ、オマエ、何して遊びてぇんだよ」

「キリといっしょなら、なんでもいいよォ〜」

なんでもいいが一番困るんだよと言われたが、ローゼンやキリと一緒にいるだけで心が温かくなってくるので、本当に何でも良かった。

それを伝えると、キリは後頭部を掻《か》いて、ばつが悪そうに口を噤《つぐ》んだ。耳がちょっとだけ赤くなっていた。お耳がまっかだ〜と笑いながら指をさすと、猛獣のようにガオーッと吠《ほ》えられた。

その間中、ローゼンは頭を撫でてくれていた。温かさと優しさに嬉しくなっていると、小さく漏れ聞こえてきたのは、ローゼンの独り言だった。

「……まだ死の概念がわからぬか……。だからお前は殺しを目撃しても、私に恐怖を抱かなかったのか……」

自分を助けてくれて、優しくしてくれるローゼンにどうしてそんな事を思うのか。疑問を抱きつつ、ローゼンの長い髪をちょいちょい引っ張る。

「ぼく、ローゼンさまをこわいとおもったことないよ！　だって、ローゼンさま、ぼくにいたいことも、こわいこともゼッタイしないから！　だからぼくはローゼンさまのことが、だいすきなんです！」

そうしてローゼンの首に抱きつく。ローゼンは肩をびくりとさせて戸惑いながらも、そのまま動かなかった。

しばらくの後、キリが箱から幾つかの服を見繕い、それを見せてくる。

「よし！　この大きさならコイツにピッタリでしょ！　ローゼン様が所持してる服の中でも、ワンパクコゾウ向けの動きやすさと丈夫さ、あと優美華麗さも忘れずに選びましたよ！」

得意げなキリにローゼンは顎《あご》に手を添えて衣装を凝視した後、靴を指差した。

「この靴では、幾分、地味ではないか？　此方《こちら》の金糸の刺繍と麗糸を施した絹の靴の方が美しい」

飾り物のように華やかな靴を示すローゼンにキリは自分が選んだ靴の利点を語りだした。

「いやいや！　それふくらはぎとか爪先《つまさき》に保護用の鉄板が入ってるやつじゃないですか！　このク

ソガキに装飾過多な重い靴なんか履かせたら走り回って躓《つまず》いて大ケガしますよ！　もしくは靴の破壊力を試そうとして家具に『ローゼンさま！　ぼくねぇ～、いっぱいハカイできるよォ～！』とか嬉しそうな顔で飛び蹴《げ》りとかゼッテーやりますよ！」

キリの言葉にローゼンが此方《こちら》を見た。

熱心に見つめられたのでウインクしながら得意のダンスを披露すべく左右に飛び跳ねる。

するとローゼンがキリに向き直り、強く頷《うなず》いた。

「……確かにな」

ン？　なんでゲッソリしてるんだろう～？　と思いつつも左右に蠢《うごめ》いていると、キリに尻を軽く蹴《け》られた。

「でしょ？　こいつじっとしてないんですよ！　大人しかった幼少期のローゼン様と違って、こいつ、尻で歩きますからね！　尻で！」

それから幼子は二人に服を着せてもらった。

キリの見立て通り、体のサイズに合う衣服は肌触りも良く、着心地は最高だった。

一番大きな姿見の前に立たされた。少し前まで薄汚れたイモムシのようだった自分の面影は払《ふっ》拭《しょく》されている。

「わ～！　かわいいなあ～！　ありがとう！　ローゼンさま！　キリ！」

嬉しくて自画自賛しながら、ローゼンの方をクルッと向く。反応を求めて熱く見つめると、彼の感想は『……まぁ、悪くはない』だった。キリからは何故に自分だけ呼び捨てなのかと再び尻をポンと蹴《け》られたが、やはり今度も痛くはなかった。

◆　◆　◆

着ていた服や、ローゼンがくれた外套《がいとう》は明日キリが洗濯をして返してくれるらしい。

それを聞いてホッとしていると、不意にキリに呼びかけられた。

「そういえばオマエ、名前なんつーの？」

「ン？」

ローゼンに抱えられながら廊下を進んでいると、後方を歩くキリに再び問われる。

「ン？　じゃねーよ。名前だよ。あるんだろ？　殺すか捨てるつもりなら名前なんざどうでも良かったけど、そうじゃないなら……って、いってぇ！　ローゼン様！　喋《しゃべ》ってる最中に頭にゲンコツ落とさないでくださいよ！　舌噛んだじゃないですか！」

「五月蠅《うるさ》い！　その程度では我ら華族《かぞく》は死なぬ！」

だからって〜と半泣きのキリ。可哀想なので頭を撫でてあげようとしたが、キリは屈み込んでおり、自分はローゼンに抱えられているので手が届かなかった。

なら質問には答えようと、子供は母や二番目や三番目の父から呼ばれていた名前を教える。

「え〜っとねぇ、ぼくのなまえは……」

会話を止めて耳を傾ける二人に、力いっぱい名乗った。

『おい』『おまえ』『ばか』『アホ』『ゴミ』と呼ばれていた事を。

だから、どれでもいいよと伝えると、ローゼンとキリは何故か絶句していた。

あの日々が何だか遠い昔の事のように感じられた。

母は常々、自分に対して産まなければよかったと言っていた。

お前が生まれたから、ホンメイのカレシに逃げられて、自分はこんな状態になったのだと睨《にら》んで、熱いものや痛いものを与えられた。

一番目の父は、最初の父の友人で、母達から蹴《け》り転がされる幼子をいつも気遣い、ケガの手当てをしてくれた。

優しくて温かくて、大好きな、星になった父親。

ローゼンらにそれを話している間に、最上階の部屋に到着した。

「わぁ～！　てんじょうに、まどがある～！　おっきなベッドには、カーテンがついてる～！」

天窓から見える夜空には灰色の雲がかかり、淡い白雪を降らせている。その下にある寝台は紫色の布地の天蓋がついており、天窓から零《こぼ》れる月明かりを表現しているようだった。

妖精が住む部屋みたいだと感動して、あちこちを指差していると、ローゼンとキリは見るからに苛立《いらだ》っていた。

特にローゼンの怒りは目に見える程で、吊り上がった眉と燃えるように熱が滾《たぎ》る瞳は獰猛《どうもう》な獣のようだった。

ローゼンは、わなわなと唇を震わせている。

「大の大人が、よってたかって無垢《むく》なお前を……？　しかも、誰もそれを止めなかっただと……？　何たるおぞましさだ……！　お前のような者に虐げられるべき罪など何処にある？」

とても怖い顔をしているローゼンをどうすればいいかわからず、キリに視線を向ける。

キリはローゼンほど怒ってはいないように見えたが、それでも不快そうな表情で話しかけてきた。

「オレはオマエの話が嘘であってほしいと思うよ。オマエが稀代の大ウソつきならいいなって」

嘘じゃないよォ～と訴えると、キリは、今度は目を閉じて息を吐く。

「……だろうな。オレらの同情を引きたいなら、そんなユルいアホ面なんかせず、涙の一つでも浮かべて慈悲を乞うだろうよ。オマエ、そういうの一言も口にしてないよな」

「そうなんだ～？」

首を傾げて指を咥《くわ》える。キリの親指は彼の胸を示していた。

「だから、気分悪ぃんだよ。自分より弱くて、周りが助けてやらなきゃ生きてくのさえ難しいチビスケを甚振《いたぶ》って平気な醜《みにく》い奴らが居るって事に。クズのオレでもイラつくくらいにはな」

それからローゼンとキリはまた二人で何か話していた。

漏れ聞こえる言葉は断片的だった。

「元の場所に帰すんですか」「いや……」「まぁ、アイツの体の傷を見るに、バカ親は心配すらしてな……」「しばらく此処で……」「でもローゼン様は独身の公爵ですから。ガキ引き取ってる場合じゃ……。折を見て里親を」「……今はそれよりもニンゲンの生態について」

何だか難しい話をしていた。

子供はローゼンによってベッドに下ろされていたが、その上で飛び跳ねたり転がりながら二人を見つめる。

しかし、弾む体とは裏腹に、心は沈み込み、ちくちく痛んだ。

（ぼくがおはなししたら、ふたりがなんだか、たいへんそうだ……）

彼らが不愉快になるような話をしてしまった自分の頭を抱え、転がり続ける。転がりすぎて酔ってしまい、オエッと声を漏らすと、二人がこっちを見た。

会話を終えたらしいローゼンが近づいてきたので、子供は吐き気を押し込めてベッドから飛び降りて駆け寄った。

履き慣れない靴は毛足の長いカーペットに躓《つまず》いて転びかけたが、ローゼンの腕に抱きとめられる。ケガはないかと問われている最中に、彼の首に抱きついて謝った。

「ごめんなさい！」

息を飲むローゼンの気配と、傍で次の言葉を待つキリに続ける。

「ローゼンさまたちがコワイかおして、イヤなきもちになるおはなししちゃって、ごめんなさい！」

「……は？」

戸惑う気配を感じたが、言葉は止まらず口から零《こぼ》れる。

「ぼく、もう、イヤなおはなししないから！」

「そうではな……」

「ごめんなさい！　ごめんなさい！　ごめんなさい！」

言いかけるローゼンに謝り続ける。小さな背中を不器用に撫でる手の平の熱を感じて、落ち着き始めた頃、ローゼンに抱えられ、床にそっと下ろされる。そして彼は目線を合わせて静かに語りだした。

「そうではない。私もキリもそなたに怒っているわけではないのだ」

「え……？」

それからローゼンは一つ一つ丁寧に説明してくれた。

彼等が気分を悪くしたのは、子供を痛めつけて平気なニンゲンが大勢いた事、誰も助けなかった事、そんな境遇を辛いと思えない程、マヒしてしまっている子供がニンゲンの世界には大勢いるのかと、嫌悪感を覚えた事……

「そなたの周囲のニンゲンに怒っているのだ。だから、そなた自身を疎《うと》んじているわけでは……いや、これではわかり辛いか。私もキリも、そなたの事は別に、その……嫌いではない」

「きらい……？　ではない？　きらいじゃない？」

「ああ、まぁ、その……」

口籠り、目を逸らすローゼンを真っ直ぐ見つめて問いかけた。

「でもローゼンさまは、ぼくのことは、すきじゃない？　んん？　どっち？　ローゼンさま、どっち？」

ズイズイ近づくと、その分だけローゼンは退いているようだった。

「いや……その、そういった内容は、出逢って直ぐの関係の者が口にするべき内容では無い」

「ぼくはローゼンさまとキリがだいすきだよ！　でも、きらいとすきのあいだって、あるの？　どちらかといえばすきだな〜とか、きらいだな〜とかは、あかちゃんのぼくでもわかるよ！」

何気なく問い返すと、ローゼンは言葉を詰まらせる。そして傍らのキリに助けを求めるように目線を向けていたが、キリは明後日の方向を見て口笛を吹いている。

従者の態度にローゼンは舌打ちしてから、此方《こちら》に向き直り、無言で頭を撫でてきた。

どう伝えればいいのか悩んでいるように見えたが、しばらく考え込んだ後に自身の指から全ての指輪を抜いてキリに無造作に投げ渡しだしたのだ。

のんびりしていたキリは投げられたモノを慌てて受け止めながらも驚きの声を上げる。

「あぶねっ！　てか、ローゼン様！　これ、公爵位を継承なさった時にクソジジ……いや、爺様から奪……譲り受けた紅玉の指輪じゃないですか！　こっちは蒼玉と真珠の希少な指輪で……」

しかしローゼンは長い髪を指で背中へ弾き、キッパリ言い切った。

「必要ない。外出時以外は、装飾品など要らん」

「エエーッ？　自宅でも着飾るのが華族《かぞく》の常識でしょ？　指輪も首飾りも耳飾りまで外す必要あります？」

ローゼンの言葉にキリが指輪と主を何度も見ては、声を裏返らせる。

その間にもローゼンは耳飾りやらカメオのブローチやらも投げていた。

それをキリは一つも取り落とさずに見事に受け止めている。

鋭利で硬質な装飾品を取り払い終えてから、ローゼンは自身にしがみつく子供をしっかりと抱えて立ち上がった。そしてキリに告げる。

「そんな誰の得にもならん習慣に何の意味がある！　それともそなたは、私は身を飾る高価な装飾具が無ければ雑魚相手に見劣りするような無様な薔薇だとでも言いたいのか？」

華美な装飾品を外したローゼンは逆に彼本来の美しさが際立っているようで、その姿と圧のある言葉にキリは首を振って否定を示した。

それからキリは溜息をつきながらも、ズボンのポケットから出したハンカチで指輪等を丁寧に包み、宝石箱に仕舞っておく旨を伝えていた。

よくわからないがローゼンが格好良かったので、子供はキリッとした顔で従者の少年に同じ事を繰り返す。

「ざこあいてに、みろとりすぶ……、ぶ、ブザ……ブザ……アーッ！」

噛み噛みになってしまい、羞恥と困惑で何かを投げる真似をする。

ローゼンは何故か非常に気まずそうな顔をし、キリは此方《こちら》を指差して大きな声で注意してくる。

「ほらぁ！　ガキが真似しちゃってるじゃないですか！　ローゼン様は子供への配慮が微妙なんですよ！　子供は身近な大人の真似して社会性とか身につけてくもんなんですから！　いつかコイツの里親を見つけるにしても、それまでは暴言と暴力は控えてくださいよ！」

従者の偉そうな態度にローゼンはイラッとしていたが、キリの台詞《せりふ》に反論の余地は無かったらしく、渋々ながら善処すると小さく答えていた。それでもキリは執拗に念押ししていた。

「子供の手本となる！　美しい！　立ち居振る舞いと！　お言葉で！　あっ、ほら！　眉間を寄せて露骨にイライラしてる顔しない！　そういうのカンジ悪いですからね！　チビスケと話す時も、穏やか目にしてくださいよ！　そういうのガキは直ぐ真似しますから！」

「五月蠅《うるさ》いぞ！　調子に乗るな！」

キリの態度に苛《いら》ついたのか、ローゼンは椅子を蹴飛《けと》ばした。

その姿を見た子供は急いでローゼンの腕から下りると、転がった椅子に駆け寄って同じように蹴《け》る。

「ちょうしにのるな～！　エイッ！」

尊敬するローゼンがやっている事なので『してもいい事』だと思って真似したのだ。

楽し気にポカポカ蹴《け》って転がしてから、ローゼンとキリを振り返る。

「じょうずにマネできました！」

と、エッヘン顔をしていると、それを見たローゼンは凄く反省した顔をしており、幼子はキリから尻を叩かれた。

どうして、ぼくだけおしりを……と、叩かれていないローゼン（オロオロしていた）を涙目で見ながら疑問を抱いている間に、キリに寝かしつけられる運びになった。

柔らかい布団と清潔なシーツは、森を走り抜けて疲労いっぱいの体を眠りに沈めていく。

だが、眠るのは怖かった。

目を覚ました時、彼等は居なくなっていて、あの冷たいバスタブの底で、いつもの日々に戻るのではないか。

そう思うと、目を閉じないように見開いてしまう。

キリからは怒られたが、ゼッタイに眠らないぞ！　ゼッタイにだ！　と意気込んでいた時、ローゼンに額を撫でられる。

「心配するな。そなたが眠りにつくまで傍に居る」

「え……？」

そんな事を言ってもらえたのは初めてだった。

瞬きしながらローゼンを見つめると、彼は此方《こちら》がまだ不安になっていると思ったのか、付け加えた。

「眠っている間も、様子を見に来てやってもいい」

「ほ、ホントに……？」

問いかけると、彼は頷《うなず》いた。

低く優しい声が少しずつ不安を溶かしてゆく。

微睡《まどろ》みに落ちかけた時、幼子はローゼンの指を握り締め、眠気と戦いながらも口を開いた。

「あ、ありがとお……ローゼンさま、ぼく……しあわせだなぁ……」

何とか感謝の気持ちを伝えると、狭まる視界の先で、ローゼンが少し驚きながらも、僅かに口角を上げるのが見えた気がした。

そうして幼子は安らかな眠りに包まれていった。

◆　◆　◆

「おはようございます！　あさです！」

ぐっすり眠って朝を迎えた子供はベッドから飛び起きる。

それから部屋の入り口を目指す。椅子に乗ってドアノブを回すと、扉を開け放ちながらニワトリのように先程の台詞《せりふ》を大きく繰り返した。

「あさです！　ローゼンさまとキリのおうちです！」

またこの城で目が覚めた事が嬉しくて、階段の前で飛び跳ねていると、最下階のドアが開いた。

出てきたのは赤毛の従者・キリだった。

「朝からうるせぇな！　まだローゼン様が寝てんだよ！　静かにしてろ！」

ダンスホールのように広い一階でキリが怒っていたが、既に彼は起床して何らかの仕事をしていたらしい。腕まくりして銀色に光る洗面器を持っていた。

キリの姿を見られて更に安心した子供は何度もジャンプする。

「キリだ～！　おはようございます！　きのう、いっしょにあそんだ、ぼくです！」

「一緒に遊んでねぇよ！　あと危ねぇから階段の傍で飛び跳ねんな！」

「キリ～！　きょうはなにしてあそぶ～？」

キリと早く遊びたいあまり、階段を一目散に駆け下りた。

だがキリは此方《こちら》の姿に仰天して洗面器を落としながら何やら声を上げている。

「バッ、バカァアアア！　階段を駆け下りるな！　転ぶだろアホ！　止まれ！」

「あのねぇ～！　ぼくねぇ～！　キリとオニごっこがしてみた……あっ！」

彼の元に全速力で向かっていると、階段に躓《つまず》いて転がりかけた。キリが更に絶叫していたが、咄《とっ》嗟《さ》に手すりを掴んだので事なきを得た。

「あぶなかったぁ～！　おっこちちゃうところだったけど、ききいっぱつでした！」

ニコニコしながら手すりを頼りにソロソロと下りる。しかし階下に辿り着くまでに、キリが階段を一段飛ばしで駆け上がってきた。

ローゼンよりも短い足なのに凄まじい速さだと目を瞠《みは》っていると、不意に頭をパーンと叩かれた。

「あいた！」

頭を押さえて、痛みにアァ～と呻《うめ》いていると、キリにしこたま怒られた。

「だから言っただろうがアホ！　階段は危ねぇモンなんだよボケ！　足が千切れたりしたら、華族《かぞく》でも死ぬからなタコ！　しかもオマエは脆《もろ》いニンゲンなんだから特に用心しろバカヤロー！　つか、また階段で暴れたら尻ブッ叩くからな！」

「ヒッ！」

昨晩キリに叩かれた尻を手で押さえて怯《おび》えていると、ガミガミクドクド怒られた。

そうしてようやくお説教が終わってから、キリからついてくるように呼びかけられる。

気をつけろと念入りに言われた事を思い出し、子供は手すりに触れつつ、空いた方の手でキリの上着を掴んでついてゆく。

キリは服が伸びると文句を言いつつも、振り解いたりはしなかった。

そんな態度を見せつつも、しばらくしてからキリは、服を掴んでいた手を無言で握ってきた。

柔らかな温度に子供は驚いて見上げるも、やはり彼は何も言わない。

キリの行動のお陰で階段を下りる安定感が段違いになった。幼子はキリの手を握り返しながら元気にお礼を伝えると、彼は特に何も言わなかったが、怒っているわけではないようだ。

ゆっくりと階段を下り、キリが先程まで居た部屋に共に入っていく。

そこは台所のような場所だった。

戸棚に様々な瓶や紙袋が並び、タイル貼りの床には水瓶らしきものや木箱が幾つも並んでいる。

キリは多種多様な瓶や壺から花や水をスプーンのようなもので掬《すく》っては銀の器に浮かべていた。

テーブルの上を覗《のぞ》こうとウロウロしていると、キリが椅子を持ってきてくれた。

椅子の上で暴れたり、仕事の邪魔をしないように釘を刺されたが、なんだかんだ言いつつも仕事を見せてくれるあたり、彼は口調とは裏腹に優しい少年なのだと思う。

子供はテーブルの上の銀の器を指差してキリに問いかけた。

「ねえねえ、キリ、これなぁに？」

白い液体には花弁だけでなく、瑞々しいリンゴや葉っぱが浮いている。

「これはローゼン様の朝食だよ。牛の乳に蜂蜜を混ぜて、エリカの花、迷迭香《マンネンロウ》の葉っぱと茉莉花《マツリカ》を浮かべてんだ。これを摂取すると、声が甘く湿って、肌が潤うって言われてるからな」

テレビで見たホワイトシチューやミルクスープの類だろうか？

見た目は非常に美しかったが、どんな味か想像もつかなかった。

「へえ～？　でも、みるくのスープなのに、おにくとか、おやさいは、はいってないんだ？　ローゼンさま、おにくとか、おやさいキライなの？」

「みるくのすうぷ？　何だそれ？　てか、野菜はともかく、肉なんか入れたものに根をつけたら栄養過多になるだろ」

「？」

よくわからずにいると、キリがテーブルにある銀食器よりも小さな陶器の器を差し出してきた。

陶器には木の実の柄がついており、中身はローゼンの皿よりも具は少ないようだったが、蜂蜜とリンゴがたっぷり入っているらしく、芳しい匂いが鼻に届く。

鼻をフンフン動かして匂いを堪能していると、キリが器を更に近づけてきた。

「ほら、これオマエの分。さっさと食え」

「ええー！　ぼ、ぼくに、ごはん、くれるの……？」

目を丸くして器とキリを交互に見つめる。彼はぶっきらぼうに言い放った。

「当たり前だろ。ローゼン様がオマエを客人として受け入れると決めたんだ。なら、もてなすのが従者の仕事ってもんだ。さっさと食え」

促され、子供は喜びを噛み締めながら頷《うなず》く。

「あ、ありがとお！　ぼく、こんなキレイなスープ、はじめてだあ～！」

感激してお礼を熱く伝えると、キリは目を逸らして無言で頬を掻《か》いていた。

「よーし！　いただきま……」

しかし周りにスプーンも箸も無い。

忙しそうなキリに食器類を頼むのも申し訳なかった。

（あ、でも、てづかみか、ワンちゃんかネコちゃんみたいにたべたらいいかも！）

迷いが晴れた子供は微笑みながら両手を合わせる。

「いっただっきま～す！」

皿の端を掴んで引き寄せ、口を大きく開ける。

そんな時だった。

「何をしている！」

ローゼンの大声に子供は飛び上がる。

幸い、ミルクが入った器は無事だったが、台所の入り口を見ると、険しい表情のローゼンが立っていた。ローゼンは古ぼけた本を幾つも脇に抱えていたが、その姿に子供は顔を綻《ほころ》ばせる。

「ローゼンさまだぁ～！」

「ローゼンさま～！　ローゼンさまローゼンさま！」

逢いたかった存在の登場に椅子から飛び降りる。床に両足で着地してからローゼンに駆け寄った。

長い足に抱きつくと、ローゼンは驚きつつもはねのけたりはせず、その後にぎこちない動きの指で頭に触れてくれた。顔を上げると、相手は目を細めながらも、問いかけてきた。

「眠れたか？」

ぐっすり眠れた事、こんなに穏やかに眠れたのは生まれて初めてだという事を、身振り手振りを交えて興奮気味に伝える。

ローゼンはほっとしたような表情の後に、また眉を寄せていた。怒らせたのかと思ったが、彼が怒りを滲ませて見ているのは、自分ではないのは視線でわかった。

そこで子供はローゼンのズボンを引っ張ってテーブルを指差した。

「ローゼンさま！　ごはんたべたら、えがおになるってテレビが、ゆってたよ！　だからね、ローゼンさまもミルクのもうよ！」

椅子によじのぼり、ミルク皿に指を突っ込む。その指を口に運ぼうとした時、ローゼンにまた止められた。

「止めぬか！」

ローゼンは抱えていた書物を放り出すようにして伸ばした手で腕を掴んでくる。

そのまま抱え上げられた。

「あぁ～！　ぼくのスープ～！」

腹ペコだった子供は遠ざかる皿に嘆きの声を上げて手足をジタバタさせていると、ローゼンがキリを叱りだした。

「キリ！　何故、これに犬食いをさせている！」

だが叱咤《しった》されたキリも幼子の行動に驚いて硬直していたようで、目を白黒させている。

動揺する従者の姿にローゼンは何かを察したのか、幼子に問いかけてくる。

「そなたは何故に足に浸けるものに顔をつけようとした？」

「え？　え？」

皿と自分の足を見て、子供は動揺する。

足に浸けるものならテーブルには置かないだろうし、朝食と言われて皿にミルクを入れられれば普通は口をつけると思うのだが、それを上手く説明出来ず、とりあえず質問に答える。

「で、でも、ごはんって……。だから、ぼく、たべようとして……」

行儀が悪かったのかと、しどろもどろに説明するも、ローゼンとキリが顔を見合わせていた。

だが、その食い違いに気づいたのはキリだった。少年従者は頭を抱えて呻《うめ》きだす。

「あ～！　そうか！　何かの神話で読んだ事あったわ！　ニンゲンって、オレらみたいに足……根で栄養が摂れねぇとかなんとか……。口から食べたモンでしか栄養が摂れないし、野菜やら肉やら満遍なく口に入れねぇと、直ぐ病気になるとか何とか……あれって、マジだったのかよ！」

キリの言葉にローゼンも幼子を片手で支えながら、空いた手でテーブル上の本の頁《ページ》を素早く捲《めく》る。

そして、とある部分を示した。

「城の書庫で昨晩見つけた、ニンゲンに関する古文書だが、記述によると……」

「えっ、ローゼン様、もしかして昨日から寝てないんですか？　夜中に何度もコイツの様子を見に行ったりしてましたよね？」

キリの問いにローゼンが黙り込んでいた。その様子から徹夜で書庫に居たのだとわかった。書庫からニンゲン関連の本を手にして廊下を歩いていたら、犬食いしかけている姿を見つけて驚いて駆けつけたのだとか。

本の一節をローゼンが口にする。

「ニンゲンは基本的に口でしか栄養が摂れぬと……。あまりにも脆弱《ぜいじゃく》で非合理的な生態ゆえに信じられなかったが、本当に経口摂取でしか栄養を摂れぬのか……」

彼等が言うには、華族《かぞく》と樹族《きぞく》は急所である根、人間でいう足を水に浸せば、それだけで生命維持に必要なだけの栄養が摂れるらしい。

口からの食事は足による栄養摂取の補足的なモノ、もしくは美食を味わう為だけに行うのだという。

だから華族《かぞく》と樹族《きぞく》は風呂なり水浴びなりで栄養を得るのが普通だと聞いて驚いた。

「お、オフロにはいるだけで、ごはんになるの？」

問いかけると、逆に「何故、風呂と食事がニンゲンは分かれているのか？」とビックリしていた。

身支度に時間がかかる華族《かぞく》からすれば、全てを分割するのは非効率的に見えるらしい。

それから二人がかりで疑問を投げてきた。

「首が急所であるはずなのに、その細い喉部位を通してしか栄養が摂れないのは構造的におかしいのではないか」

「じゃあ喉をやられたら栄養補給はどうすんだよ！」

などなど、質問攻めにされたが、子供はローゼンの腕から床に下りると、二人を見上げて胸を張る。

「エッヘン！　ぼくも、よくわかりません！」

二人がガクリとしていたが、ローゼンは直ぐに顔を上げた。そして此方《こちら》を指差してくる。

「……いや、では、そなたは……昨日から何も食べておらぬのではないか……？」

ローゼンの言葉にキリまで凍りついていた。

しかし空腹になれっこの子供はローゼンの指先に自分の指を当ててツンツンしながら、はしゃいでいた。おなかペコペコなのは、いつものことです！　と、自信満々に口にすると、二人は急いで書物を捲《めく》りだした。そして何やら話し合っている。

「経口摂取なら、ニンゲンは何を食べるのだ？」

「ニンゲンは華族《かぞく》と違って解毒能力が低いって伝説も聞きましたから、たぶんキノコとかもダメですよね？　いや、でもキノコを鍋にして食ったって話もあったような……？」

「結局、どちらなのだ！　いや、しかし書物の記述によるとニンゲンとは獣の一種のはずなのに、猫や犬のように肉や魚だけ食べていると健康を害するという内容もある……。意味がわからん……」

「生魚と生肉ばっかり食べさせたニンゲンは死んだって話も聞いた事あるような？」

話が終わるまで待っていたが、目の前に美味しそうなミルクやリンゴを置かれた状態で待っているのは次第に辛くなってきた。

「ウググ……！」

子供は『おしごと』の邪魔をしないように、歯と唇を噛み締めて待っていた。

が、遂にテーブルに突っ伏したままヨダレを垂らしてテーブルに大洪水を起こした所で、気づいた二人がまた仰天して騒ぎだす。

「キリ！　これは死ぬのではないか？」

「マジですか！　ニンゲンのクソ雑魚さヤベェ！　え、えっと、何を食わせれば……！」

キリが牛乳が入った瓶や蜂蜜の瓶を持ってアタフタしている傍でローゼンが台所の片隅に設置してある木箱からリンゴを掴んだ。

「とりあえずリンゴを食べさせる！　リンゴならば栄養価もあり、毒も無いはずだ！」

主の台詞《せりふ》にキリも頷《うなず》いた。

「そういえば猿もリンゴ食べるから、これならいけますよね多分！」

「いや、だが喉に詰めて死ぬかもしれぬ。磨《す》りおろせば食えるのか？」

「ギャー！　ローゼン様！　家事経験ないのに、リンゴを磨《す》ろうとなさらないでください！　指や爪に傷でもついたら、どうすんですか！」

そうして、しばらくしてからキリによる磨《す》りおろしリンゴが出来上がった。

それをキリがスプーンで口に運んでくれた。

グッタリしていた幼子はローゼンの膝《ひざ》に乗せられ、鼻先にスプーンを近づけられた瞬間、カッ！と目を開ける。

体を支えるローゼンを見上げると、彼は此方《こちら》を覗《のぞ》き込みながら、遠慮なく食べるように促してきた。

「とりあえず、リンゴを食べられるだけ食べるが善い」

「ほら、食え！　チビスケ！　食わねぇと死んじまうぞ！」

ぱくっと食いつくと、絶妙な甘味と酸味が舌の上で踊る。その染みわたる味わいに頬を押さえて悶えてしまった。

「モグモグゥ～」

美味しさに破顔しながら、飲み込む度にパカッと口を開ける。背後でローゼンが雛鳥のようだなと小声で感想を漏らしていたが、目の前のキリは口を尖らせてブツクサ言っていた。

「クソッ……。オレ、独身なのに何でガキの世話してんだ……。しかも子供って、ちょっとカワイイんじゃね？　とか思っちまったのが悔し……って、おい！　ほぼ液状だけど、ちゃんとゆっくり飲み込めよ！　喉に詰めたら死ぬぞ！　って、食器に食いつくな！　だから急いで食うなって！　幾らでも磨《す》ってやるから慌てんなっての！」

ずっと見ていたローゼンは何だか後ろでウズウズしていたが、キリがリンゴの入った皿とスプーンを主から遠ざけながら注意していた。

「ダメですよ、ローゼン様！　公爵閣下がガキの給餌なんて！」

ローゼンもやりたかったらしい。

しかしキリに制止された。ローゼンは不承不承といった様子で諦めたようだが、代わりに背中を撫でてくれた。その安心感と、美味しいリンゴをたらふく食べた子供は腹を撫でながら、ローゼンの胸にコロンと寄りかかる。そして二人にお礼を伝えた。

「ローゼンさま、キリ、ごちそうさまでした～！　はぁ～……おいしかったぁ～！」

此方《こちら》の様子を窺《うかが》っていたローゼン達は、ほっと息を吐いていた。

するとローゼンが綺麗なハンカチで口元を拭《ぬぐ》ってくれた。

優しい手つきの安心感に子供は目を細めると、ローゼンは少し驚きつつも、口元を緩めていた。

しばらくしてから、キリが先ほど準備していた銀の器をローゼンの足元に持って近づく。

「ローゼン様、すみません。チビスケの飯を先にしちまって」

そう言いながら屈み込んでローゼンの金属製のブーツを外すキリに、主は手を振った。

「構わん。私は腹が減っていない。それに飢えている者に先に与える行為は正しく、美しいものだ」

そう告げて片足を差し出すローゼンにキリが何故か酷く驚いていた。

子供は華族《かぞく》の不思議な食事風景をローゼンの膝《ひざ》の上から見ていた。

足の装身具を外したローゼンは絹の靴下も脱ぎ、白い足を銀皿に浸けていた。その間にまた書物を手に取って読み耽《ふけ》っている。

普通に足湯をしている光景に見えたが、これが彼等なりの食事風景なのだろう。

ローゼンが指を振ると、何処からともなく現れた数匹の赤い蝶が本の頁《ページ》をゆるゆると捲《めく》る。

御伽噺《おとぎばなし》に出てくるような幻想的な摂食行為の間、キリは櫛《くし》やブラシで主人の髪を梳《す》き始めていた。

キリが幾つもの小瓶をテーブルに並べてから器の中身を手の平に垂らし、肌で温めて髪に塗っている。小瓶の液体は何かしらのオイルなのか、ローゼンの艶《つや》やかな黒髪が更に鮮麗さを増し、窓から漏れる朝日を浴びて煌《きら》めくようだった。

美しい光景を見ていた子供は、本とローゼンの間にニョキッと入り込む。

「どうした？」

読書の邪魔をしたのに怒る事なく話しかけてくれる。そんな彼の反応に喜びを覚えた子供は、キリの手つきを真似しながら腕まくりをして見せた。その姿にローゼンは察したのか、また問いかけてくる。

「そなたもしたいのか」

「はい！　ぼくも、ローゼンさまとキリのおてつだいをしたいです！　ローゼンさまのかみのけ、シャッシャッ、ツヤツヤ〜ってします！」

フンフンと鼻を鳴らして意気込むも、キリはローゼンの後ろで凄い顔をしていた。

「バカヤロー！　ローゼン様の御髪は誰でも弄《いじ》れるモンじゃねぇんだよ！　大体オマエみたいなガキの手加減を知らねぇ力で櫛《くし》を通して、貴重な御髪が切れたり抜けたらどうすんだ！」

「だいじょぶです！　ぼくのブラッシングは、ごきんじょののらねこちゃんのあいだではヒョウバンのけづくろいぶりなので！　きっとごまんぞくいただけます！」

実際には窓の傍に来ていた野良猫に触れた事は無かったが、手伝いたいあまり何とか自分を売り込んだ。しかし野良猫発言はキリに怒られた。

「野良猫の毛とローゼン様の美髪を同じように語るんじゃねぇ、尻をブッ叩くぞ！」

「ヒッ！」

怯《おび》えながら急いで尻を両手で隠す。ブルブル震えながらローゼンの胸にしがみついていると、ローゼンは書物をテーブルに置いた。

それから彼は無言で己の長い髪を一房、垂らしてきた。

触っていいのかわからずに見つめていると、ローゼンはテーブルの上にあったブラシの中で一番小さいものを手に取り、柄の方を向けて差し出して握らせた。

キリが声を上げているのを片手で制しながら、彼は静かに告げる。

「……少しだけならば善い」

「えっ！　い、いいのですか！　よいのですか！」

「ああ」

「やった～！」

それから子供は大喜びで毛先をブラッシングさせてもらった。

が、キリのようにはならない。

キリはハラハラしながら見ていたし、ローゼンは特に何も言わなかった。

でも可愛くした方がローゼンも喜ぶかと思い、子供はテーブルの上にあったリボンを使ってもいいかとローゼンに問うた。

「好きに使え」

すきにつかわせていただきます！　と、意気揚々とチョウチョ結びにしてあげた。

上手く結べなかったが、何本も色鮮やかなリボンを結びつけると、まるでクリスマスやバレンタインのプレゼントのように派手になった。

デコレーションされた毛先にはローゼンも片方の眉を上げてぴくりと反応していたが、怒らなかった。（キリは白目を剥いていたが）

ローゼンの毛先の装飾をやり遂げてから子供は額の汗を腕で拭《ぬぐ》い、フウ～と息を吐く。

「よし！　ローゼンさま、ますますかわいくなりました！　ぼくのじしんさくです！」

エッヘン顔で告げる。

ローゼンはリボンだらけの毛先を見て言葉を失っていたが、キリは片手で目を覆《おお》って呻《うめ》き声を上げると、嘆きだした。

「バカヤロォォオオ！　おまっ、オマエなぁああ！　毛先がボッサボサじゃねぇか！　今日はローゼン様は昼から御親族の集まりに向かわれるんだぞ！　こんな謎に浮かれた毛先で行けるか！」

「だいじょうぶ！　ローゼンさま、リボンいっぱいでカワイイので、ダイニンキまちがいなしです！」

「とうが立った男がこんなのつけてても可愛いわけねぇだろ！」

喚《わめ》いているキリに構わず、ローゼンはしばらくリボンだらけの先端を手に取って見た後、キリに命じた。

「……キリ、全ての毛先をこのように出来るか？」

「えっ？　蝶々結びにするんですか？」

「違う。毛先を逆立たせるなど、髪が傷むと思って誰もやらなかったが……」

そこでローゼンが華族《かぞく》界での髪型の流行を教えてくれた。

直毛か結い上げた髪が持て囃《はや》され、誰も毛先をこのようにした事はないらしい。

黒い髪の先に極採色の飾り紐を飾ったり、いっそ先端の毛を染めてみてもいいと新たな発想を得ていた。

それからローゼンの指示でキリは髪を結い直していた。

ストレートの髪の毛先だけを緩くウエーブさせ、更には特殊な染料で染めていく。

そうして支度を終えたローゼンの前にキリが傍の姿見を持ってきた。

子供も横から鏡を見てみたが、ローゼンの威圧的な美貌に柔らかな空気が添えられているようで、今までとは雰囲気が違って見える。一輪だけでは鮮烈すぎる薔薇に差し色が加わったかのようだった。

「ローゼンさま、カッコイイね！」

キリに話しかけると、彼は成功したのに目を閉じて渋い顔をしている。

「ああ、カッコイイよ……。思いつきでやった割には、大成功だと思うよ……。でも……」

でも？　と先を促すと、キリに両頬を引っ張られた。

「でもよぉ！　こんな優美も華麗も理解してないワンパクコゾウの思いつきが元ネタかと思うと、スゲー複雑なんだよ！　クソ……って、あれっ？　ローゼン様、どちらに行かれるんで？」

「会場に向かう」

ローゼンの言葉にキリが慌てだした。

キリ自身は何も準備をしていないかららしいが、ローゼンは昨晩の命令通り、キリに城での待機(子守り)を告げた。

主の命令でありながら、キリは首を振って意見している。

「いやいやいや！　だって今日はローゼン様の生誕をお祝いする集まりでしょ？　なのに唯一の従者のオレが全く顔を出さないなんてオカシイですって！　少しだけ顔出ししてからチビスケのお守りに戻れって言われるのかと思ったら、誕生日の集まりに従者が終日待機とか本気ですか！」

「本気だ」

キリがギャーギャー言っていたが、重要な情報を耳にした幼子はローゼンに駆け寄り、全力で拍手した。ローゼン達が此方《こちら》を見て不思議そうにしていたので、彼等の足元で飛び跳ねる。

「ローゼンさま、きょう、おたんじょうびなんだ～！　おめでとうございます！　ワー！　キャー！」

一人でギャラリーの歓声の真似をしながら、ポチポチと下手な拍手を繰り返して全力でお祝いした。テレビで見た『お誕生祝い』は、皆が拍手で祝福していたからだ。

だからそれを思い出し、ローゼンの周囲を手を叩きながら歌い踊り歩いていると、ローゼンは少し戸惑っているような表情の後に、目元を緩ませて頭を撫でてくれた。

それからローゼンはキリに視線を向ける。言葉は無かったが、キリはそれだけで何かを察したのか、諦観の吐息を漏らした。

「……わかりましたよ。ご自身の社交界でのお立場よりも、そいつが気になるってわけですよね」

「そうだ。キリにしか頼めん」

言い切ったローゼンにキリは鼻先を指で掻《か》いてから、従者の顔へと変わり、丁寧に頭を下げた。

「承りました。我が主。そのご期待、裏切る真似はいたしません」

◆◆◆

キリとの話し合いの後、ローゼンは単身で母方の居城に向かう事となった。

「ローゼンさまぁ～！　いってらっしゃ～い！　でも、はやくかえってきてねぇ～！」

幼子は城の玄関口でキリに抱えられながら、大きく手を振ってローゼンを見送る。

彼は一度だけ振り返ったものの、直ぐに歩きだしていった。

よく見ると、肩越しに遠慮がちに手を振ってくれているようだった。

それが嬉しくて体を伸び上がらせて更に大きく両手を振るとキリに危ないと叱られた。

「ローゼンさま……」

しかし遠ざかる背中を見ていると寂しさが増してくる。小さくなってゆく姿に、幼子は堪らず声を張り上げた。

「ローゼンさま～おかえりなさい！　おかえりなさ～い！」

その声にキリが驚き、ローゼンも驚愕《きょうがく》したのか振り返る。

キリに頬をつねられた。

「バッ！　おまっ、何でだよ！　ローゼン様は出発したばっかだろ！」

早く帰ってきてもらいたくて、ついおかえりなさいと言ってしまったのだが、驚くローゼンの顔を見ていると、目の奥からは堪えていた涙が溢れてきた。

「う、うぇ、うぇ～ん……。ローゼンさまぁ……。ローゼンさま～……」

目元をぐしぐしと擦りながら別れを嘆く。滲む視界の先では痛々しい表情のローゼンが見えた。引き返そうとしていたが、直ぐに彼は唇を噛み、無言で歩き去っていった。

ローゼンの背中が見えなくなっても泣きじゃくっていると、キリがハンカチで涙を拭《ふ》いてくれた。

「オマエがビービー泣いてると、ローゼン様が心配でヘマしちまうかもしれないだろ！　ほら、遊んでやるから泣くなって！」

そう言って共に城の中へと戻ろうとする。キリも少し気まずそうだった。

相手が困っていると察した子供は、ふと思いついた事を口にする。

「ねえ、キリ、ぼく、やりたいことがあるんだけど……」


それから幼子は城の玄関に座り込んでローゼンの帰りを待っていた。

「ローゼンさま、まだかな～まだかな～？　あとごふんくらいかな～？」

キリに何度も部屋の中で待つように言われたが、帰ってきたローゼンを真っ先に出迎えたいと思い、ずっと城の入り口あたりに居た。

最初は外の階段に座っていたが、夕暮れ時の冷え込みを心配したキリによって玄関の方に引きずり込まれたのだ。

それでもキリは此方《こちら》の心理も慮ってくれたらしく、毛布とクッションと様々な飲み物や食べ物も揃えてくれた。しんどくなったら部屋に来い、とも言ってくれた。

「おたんじょうびのローゼンさまをぼくもたくさんいっぱい、おいわいするんだ～！」

毛布をかぶったまま玄関の周囲をウロウロする。ローゼンが空腹で帰ってくるかもしれないと思い、キリの差し入れの食べ物にも手をつけずに待った。

しかし目当ての人物は帰ってこない。窓の外では鴉《からす》が鳴き始めている。

ふと、元の世界を思い出した。

狭くて寒いバスタブで、父親を待ち続けた時間が頭の中に甦《よみがえ》る。

(ローゼンさまは、もどってきてくれるよね……？)

必ず帰ってくると約束して星になった父の事を思い出すと、だんだん不安になってきた。

じわっと涙が滲み、鼻を啜《すす》る。そうしていると様子を見に来たキリに驚かれた。キリは仕事があるので常に傍には居なかったが、合間合間にマメに足を運んでくれていた。

キリが新しいハンカチで鼻を拭《ふ》いてくれたが、そんな少年に胸中の不安を訴えた。

「ローゼンさま、かえってくるよね？　おほしさまに、ならないよね？」

「はあ？」

「もしもローゼンさま、か、かえってこなかったら……ウグ……」

また涙を零《こぼ》しかけると、即座にキリにおでこを指で弾かれた。

「あいた！」

額を押さえていると、キリは強く言い切り、自身の胸を親指で示した。

「バーカ！　オレの主は華族《かぞく》で最も美しくて、最も強いと言われるお方なんだよ！　あの人が簡単に死ぬわけねーだろ？　つうか、華族《かぞく》の社交界はメンドクセーんだよ！　儀礼やら序列やら何やらで、帰りが深夜なんてザラなんだからな！　オマエもある程度、満足したら、部屋で寝ろよ！　不安な状態で待ってると、余計な事ばっか考えちまうからな！」

「わ、わかりました！　げんきがでたので、またがんばります！」

小さな両手を握り締めて意気込む。キリからはまだ待つのかと呆《あき》れられたが、励まされて安心した事で幼子は再び待ち人の姿を望む。

夕闇が訪れ、星と月が窓から見え始めても扉を見つめていた。

ドアが開いて逢いたい青年の姿が現れる希望を胸に座り込む。

(おいわい……するんだ……。ねむるな……ねむると、あしたになっちゃうぞ……！)

毛布にくるまりながら、ウトウトし始めた頃だった。

僅かな靴音が聞こえた気がした。

そして鍵の音がし、ドアノブが回った瞬間、子供は起き上がる。

ゆっくりと開く扉の先に、ローゼンが居た。

子供は毛布から飛び出してゆく。

「ローゼンさまー！」

その声に、ローゼンはハッとしたように目を開いていた。幼子は何だか酷く懐かしい気持ちになりながらも、一目散に駆け寄って足に抱きつき、大騒ぎする。

「おかえりなさい！　ローゼンさま！　ローゼンさま！　ローゼンさま〜！」

「まだ起きていたのか！　しかも何故、このような場所に居るのだ！」

ローゼンは驚きながらも頭を撫でてくれた。そして抱え上げながら、興奮を落ち着かせるように背中をポンポンと叩いてくれる。

しかしローゼンはキリが子守りをサボったのかと思ったらしく、柳眉を吊り上げて視線を巡らせた。キリを探している姿だと気づいた幼子は急いで首を振って、ローゼンの眉間を指で撫でる。

「ぼくが、ローゼンさまにはやくあいたかったから、ここでまってるっていったんです！　かえってきたローゼンさまに、おたんじょうびおめでとうって、はやくいっぱいいいたかったから！」

「そんな事の為にか……？」

驚くローゼンに首を振る。

「そんなことじゃありません！　ぼく、だれかをおいわいするのってはじめてなのです！」

「……！」

そこでローゼンが何かを思い出したのか、酷く傷ついたような表情へと変わる。それが何かはわからなかったが、子供は溜め続けたローゼンへの感謝の気持ちを懸命に伝えた。

「だから、それがローゼンさまだから、すごくすごくたのしみでした！」

「祝う行為が楽しみだと……？」

「はい！　おめでとう、ローゼンさま！　ありがとう！　ぼくにいっぱい、やさしくしてくれて、たすけてくれて！　ぼくね、ローゼンさまにあえて、いっぱいいっぱい、しあわせなきもちになったんだよ！　ローゼンさまのおかげで、こころがあったかいんだ～！」

そう伝えて、庭で摘んだ白い花をキリから貰ったリボンで蝶々結びにしたブーケを差し出した。

ローゼンは花を見つめてしばらく沈黙していた。

受け取られなかったが、花束が要らないという空気でも無いように見える。

本当に自分が受け取っていいのかと躊躇《ためら》っているような感じだったのだ。

だから子供はズイズイと花を押しつけた。

「はい！　これ！」

「いや、私は……、私には、これを受け取る資格など……」

何かを言いかけるローゼンに子供は構わずに祝福を浴びせた。

「ローゼンさまが、またらいねんもいっぱい、おはなもらって、おいわいされて、たのしくすごせますように～」

するとローゼンは何故か泣きそうな表情へと変わってゆく。

心配して顔を覗《のぞ》き込むと、彼は目元を指で拭《ぬぐ》ってから首を振った。そして告げる。

「生誕した日など、社交で煩わしい、不快な記憶しかないものだとばかり思っていたが……」

そこで彼は目を細め、柔らかな眼差しを花に向けた。

「……存外、悪くない」

それはとても素朴で温かい微笑だった。

その後、騒ぎを聞きつけたキリが台所から姿を現し、ローゼンを出迎えたのだった。

◆◆◆

「しっかし、早いお帰りですね？　普通の晩餐会とは違って、ご自身の生誕の祝いでしょ？　明日の朝まで飲めや騒げの狂乱の宴をしてるかと思ってましたよ。てか、主役が抜けてきていいんですか？」

キリはローゼンから外套《がいとう》を受け取りながら連続で疑問をぶつけていた。

ローゼンは窓際の安楽椅子に腰かけて足を組んでいる。ローゼンの後ろをついて回っていた幼子は、フットレストに腰かけて同じように足を組もうとした。が、短くて無理だったので、ドヤッとした顔でカーペットの上で胡坐《あぐら》をかいて二人の会話を聞いていた。

実家の御誕生会に強制的に参加させられていたらしいローゼンだったが、他に用事があるので早々に帰らせてもらうと告げたという。

それでも引き留められたので『五月蠅《うるさ》い。察しろ』と、とりあえず意味深に話して、ようやく帰らせてもらえたとか。

キリは外套《がいとう》に洋服ブラシをかけながらも微妙な顔をしていた。

「ローゼン様……それ、ゼッテー、恋人か愛人が出来たと思われてますよ……」

「何？」

「だって今まで浮いた話の一つもなかった公爵様が遅まきの愛に目覚めた的な感じに受け取られたんじゃないですかね」

「そんなわけがあるか！」

ローゼンが声を荒げて傍らのティーテーブルを拳で叩く。（子供も真似して床をドンと叩く）

外套《がいとう》をハンガーにかけたキリは退室する間際に大きな独り言を漏らしていた。

「いやあ〜明日の社交界のウワサが楽しみだな〜。『冷血漢のガルニエ公爵を夢中にさせる謎の美女あらわる！』とか、尾ヒレ背ビレ胸ビレついて流布されてるんだろうな〜。あ〜ぁ……オレを連れてってたら、上手くかわせてたのにな〜」

ローゼンがイラッとしているが、既にキリは部屋にいない。子供も同じく眉間にシワを寄せてイラッとした顔をしていると（でも別に怒っていないので、口元は笑っているという変顔だったが）それに気づいたローゼンに眉間を指で伸ばされた。

伸ばされた眉間を撫でていると、此方《こちら》を凝視していたローゼンに話しかけられた。

「……そなた、生まれた日はいつだ」

誕生日を聞かれた。少し考えてから、子供は首を振る。

怪訝《けげん》な色を顔に浮かべるローゼンに、誕生日を祝われた記憶が無い事と、母親から言われた台詞《せりふ》を思い出して伝えた。

「ぼくねぇ〜、おかあさんが、おトイレでうんだんだって〜」

「……？」

ローゼンが眉を顰《ひそ》めた。言ってはいけない事だったのかと感じたが、先を促されて話し続ける。

覚えている限りの事を断片的に口にした。

「おそとにすてにいこうとしたけど」

「ぼくのなきごえがうるさかったからできなくて」

「いちばんめのおとうさんがとめるから」

「ぼくがいると、いちばんめのおとうさんがオカネをもってきてくれるんだって」

「だから、しかたなく、そだてたんだって～」

それらを話す度に、ローゼンは見る見る顔色を変えていった。

そして全てを聞き終えてから、彼は額に青筋を浮かべて立ち上がり、拳を壁に叩きつけた。

轟音《ごうおん》に子供がビックリするも、ローゼンは歯を噛み締めて瞳に憤怒を滾《たぎ》らせている。

「……殺す！」

怒り狂った獣のように荒ぶる声が室内に響き渡る。

主の怒張声を耳にしたキリが駆けつけたが、ローゼンは制止する従者を振り切り、吠《ほ》えている。

「ちょ、ローゼン様！　花蝶《はなちょう》だけでなく薔薇の鞭《むち》まで出して何してんですか！」

「五月蝿《うるさ》い！　この子供の母親を殺してやる！」

憤りに満ちたローゼンの言葉に、子供は目を見開いた。

「ぼくのおかあさん……、ころしちゃうの……？」

ぽつりと問いかけると、ローゼン達がハッとなって此方《こちら》を見る。

ころすはしぬだと何となくわかったが、どれだけ報われなくとも母を慕う年頃の子供にとって、その存在を消し去ろうとする行為は耐え難かった。

だから子供はローゼンに走り寄り、彼の服を掴んで訴えた。

「ぼ、ぼくのこと、しぬにしていいから、おかあさんはころさないでください！」

「なっ……」

ローゼンは驚いていたが、子供は泣きながら服を引っ張って訴える。

「ぼくがわるいこだから、おかあさんがこまってるんです！」

「そのような事は無い！　そなたの周りが飛び抜けて悪辣なクズ揃いなだけだ！」

「ちがうよ！　おかあさんは、わるくないんだよ！」

だが庇《かば》えば庇《かば》う程、ローゼンはカッとなって声を張り上げた。

「我が子に、それだけの傷を負わされながらも守りもせず、親としての責任を放棄する生を選んだ者など、そなたが庇《かば》う価値など無い！　殺すべき害獣だ！」

「ちがう！　ちがうよ！　そんなことないよ！　そんなことないよォ～！」

ビエンビエン泣いて縋《すが》ると、見かねたキリが仲裁に入った。

キリはローゼンに声をかけてから、泣きじゃくる幼子を抱え上げてあやす。

ローゼンはまだ憤っていたが、キリは躊躇《ちゅうちょ》なく口を開いた。

「ローゼン様、お気持ちはわかりますし、オレもガキを作るだけ作って守る気の無いバカは全てボロクソになって死ねって思いますけど、これくらいの年齢のガキってのは無条件で母親を慕うもんですよ」

「子供にとって害にしかならん獣でもか」

腕を組みながら苛立《いらだ》たし気に問うローゼンにキリはハッキリと頷《うなず》く。

「そういうもんです。ガキが親を慕うのは生物の本能ですから。それに何よりも、こいつがこんなに懐いてるアンタが、幾らムカついてても、正しい事だと思ってても子供の前で母親を殺すとか言っちゃダメでしょ」

「……！」

「優先して守りたいのは、こいつですか？　それとも腹が立ったご自分のお気持ちですか？」

「……」

そこでようやくローゼンが薔薇の鞭《むち》を手放し、花蝶《はなちょう》を消す。

己を責めるように顔を押さえ、首を振っていた。

あまりにも酷く落ち込んでいる姿に子供は心配になり、キリの腕から下りた。

そしてローゼンの元に近づくと、苦悩している青年の腕にそっと触れてみる。ケガをした場所を撫でるように触っていると、赤い瞳が憔悴《しょうすい》した動きで此方《こちら》を見つめた。その目を見つめ返して口を開く。

「ローゼンさま、ごめんなさい……。ぼく、わがままばっかりで……」

謝ると、ローゼンが腕を伸ばして膝《ひざ》の上に抱き上げた。

「そなたは悪くない。私が……浅はかで無力だった……」

低く静かな声は痛みを滲ませていた。

悲しんでる彼を見ているのが辛くて、子供が涙を零《こぼ》しかけた時、キリが口を開いた。

「暴れたと思ったら、今度は湿っぽいのかよ～。ローゼン様、お誕生日にキレたり落ち込んだりしないでくださいよ。チビスケも、お祝いするって張り切ってたんなら、気合い入れて祝えよな！」

キリの態度をローゼンが咎《とが》めかけたが、少年従者は部屋から飛び出していくと、直ぐにティーカップや色とりどりのお菓子が並んだワゴンを押して戻ってきた。

キリは手慣れた動きで果物や焼き菓子を並べ、紅茶を準備し始める。そしてカップを差し出した。

「大体、ブッ殺すとか以外にも、やれる事あるでしょ。しかもローゼン様にしか出来ねー事！」

「私にしか出来ぬ事だと……？」

カップを受け取るよりも言葉の先を気にするローゼンにキリが子供に視線を向けて教えた。

「チビスケが今まで生きてきて、体験した事がない、嬉しい事や楽しい事、そういうのたった一日でタップリ与えたのはアンタじゃないですか。過去に父親がいなくなったのを怖がってたガキが、アンタが帰ってくるのをそりゃあ楽しそうに何時間も待ってたんですよ！　部屋で寝てろって言っても、アンタに早く逢いたいって聞かなくて、こっちは難儀しましたよ。善行とか積む気もねぇのに、こんなに一人の心を救ってるって、スゲー事だとオレは思いますけどね」

キリの言葉にローゼンが此方《こちら》を見た。

幼子はローゼンの指を握り締めて見つめ返す。

そして今の気持ちを正直に伝えた。

「ぼくね、いまね、おかあさんも、いちばんめのおとうさんもすきだけど……でも、ぼくのために、おこってくれたローゼンさまみたいなひと、ぼくはじめてで、すごくうれしくて、だいすきで……ローゼンさまといっしょにいると、きのうよりももっとだいすきになっていって、ふしぎだね」

必死に気持ちを伝える。

聞き終えた後も彼は何も言わず、ただ泣きだしそうな、それとも微笑む前のような複雑な表情で自身の口元を押さえていた。

その後、キリが淹《い》れてくれたミルクティーを飲んでいると、ローゼンが懐から取り出した小さな菓子袋を渡してきた。

「ぼくにくれるの？」

「ああ」

受け取ってバリバリと紙袋を開けてみると、中には美味しそうなクッキーがたっぷり入っていた。チョコやジャムがのせられたものや、花や動物、魚の形のものまで多種多様で賑やかだった。

「おぉ……！　おぉおおお……！　な、なんとゆう……！　なんとゆう……！」

豪勢な焼き菓子に感激した子供は手に取ったオレンジ色の薔薇の形のクッキーを掲げてローゼンの膝《ひざ》の上に立とうとする。

そのまま回転していると、ローゼンから危ないから座れと止められた。

そこで事態を見ていたキリが驚きの声を漏らす。

「それ、すげー有名な店のビスクイットじゃないですか！　もしかしてローゼン様、ご自分の誕生会を抜けて、途中でチビの為にコレ買ってきたんですか？」

「……別に帰り道の途中で、ついでだ」

素っ気なく言いながら紅茶に口をつけるローゼンにキリが空々しい口振りで付け足す。

「あっれ〜？　これ売ってる店、この城と方向が逆だったような〜？」

「……」

目を逸らすローゼンに子供はクッキーの中でも特に綺麗なピンクのタンポポ形のものをローゼンに差し出した。

一人で食べろと断られたが、子供は大好きなローゼンと一緒に美味しいものを食べたいのだと熱弁する。それでようやくローゼンは納得して受け取ってくれた。

齧《かじ》ったクッキーは非常に甘くて、サクサクしていて美味しかった。何よりも、優しいローゼンの膝《ひざ》の上に座りながら、頭を撫でてもらえるのが幸せで、クッキーはそんな幸せを思わせる味となった。

キリが食器の後片付けで退室し、二人だけになった室内で幼子はローゼンに頭を撫でられていたが、ふと彼が問いかけてきた。

「……母親に会いたいか」

顔を上げると、目線の先には悲痛な空気を漂わせる表情があった。

ローゼンは頭を撫でていた動きを止め、重ねて問いかける。

「家に帰りたいか」

子供は、何となく気づいた。彼が望んでいる答えは『はい』ではないと。

だが何も考えずに、彼が望む答えを口に出すのも、何だかいけない気がした。

「ぼく、おかあさんにあいたい……」

本心を話すと、ローゼンは目蓋《まぶた》を閉じて静かに首を振り、肩を落としている。そんな彼の髪を掴んで「でも」と続ける。

「でも、おかあさんは、ぼくがいないほうがシアワセなんだって……」

「……」

黙して聞いている青年の空気から、話を続ける事を許されている気配がして、幼子は続ける。

「ぼくがいると、おかあさんはシアワセになれないなら、ぼく、どこにいったら、みんながシアワセになれるんだろう……」

「此処は……」

ローゼンが口籠りながら、問いかけてきた。

「此処に居たいとは……、思えなかったか……？」

「いてもいいの……？」

ローゼンとキリが話していた内容を思い出す。

この城に置いておけないから、サトゴに出すという内容だった気がする。

だから、いつかここから出ていくように言われるのだと思っていた。それを幼子は伝える。

「ぼくはここにいたいけど……。ローゼンさまとキリと、あしたもあそびたい。ローゼンさまと、ずっといっしょにいたい。でも、ここにぼくがいると、みんながこまるから、いつかどこかにつれてかれちゃうんだよね……？　ぼくがいると、ダメなばしょなんだよね？」

自分は彼等の家族でも何でもないから、一緒に住むのはダメなのだと思っていた。

すると再び頭を撫でられた。ローゼンはしっかりと告げた。

「好きなだけ居れば善い」

「えっ？」

「望むだけ、好きなだけ居れば善い」

どうして許可してもらえたのかはわからなかったが、ローゼンが窓を指差した。

指の先では、昨日の夜と同じく、白い雪が舞っていた。

きれいだなぁ～と、口を開けて見入っていると、ローゼンが「私が子供の頃に読んだ、古い本の話なのだが」と切り出した。

いつも傷だらけでいじめられてばかりの少年が、夢の中の国で喋《しゃべ》る花や動物と友達になって、幸せに生きるという美しい物語。

幼い頃は、その本が大好きだったという。

「本の題名は……確か、古代語で雪の夜を意味するものだった。雪夜と」

そう言いながら、ローゼンが手の平に指で文字を書いてくれたが、文字がわからない子供は書かれた場所を自身に馴染ませるようにぐっぐっと握って開いてみる。

ローゼンは開いた幼子の手の平に指をのせ、静かに告げた。

「そなたの名前に相応しいと思った」

「ゆきや……？」

「ああ。今朝、そなたは口にしていたな。『こんなに穏やかに眠れたのは生まれて初めてだ』と。その安らかな雪の夜の眠りが、永遠に続くようにと……そう思ったのだ」

「……」

手の平の中で彼の指先が優しく文字をなぞる。

触れた場所から温もりが体の中に染み入るような感覚を覚えていた時、手の中に水滴がポタポタと落ちてきた。

「ゆきや……。ぼくの、なまえ……」

頬を伝う涙を拭《ぬぐ》いながら、何度も繰り返す。

その小さな手と顔に不器用な手つきのハンカチが触れて、雫を受け止めてくれた。

こうして、誰でもなかったひとりぼっちの幼子は『雪夜』となったのだった。

◆◆◆

それから雪夜はローゼンの城で数日を過ごす内に、この世界にも慣れ始めていた。

ローゼンの後ろをついて回ったり、キリの手伝いをしたりしている内に二人も異邦人が同居する環境に違和感をもたなくなったらしく、可愛がってくれた。

特にキリは『寝起きがクソ悪いローゼン様を起こす役を、オマエがしてくれて助かる』と褒めてくれた。

ローゼンは朝に弱く、いつもなかなか起きてこないらしい。しかも起こしに行くと不機嫌になって枕やら花瓶やら投げつけられるので、ただでさえ忙しい朝の時間にキリは困っていたという。

その難行を雪夜が一手に引き受けたのだ。

「ローゼンさま！　おはようございます！　あさです！　ユキヤです！」

イスに乗らなくてもドアノブを開けられるステッキをキリに作ってもらい、それでローゼンの寝室のドアを勢いよく開ける。ドアを思いっきり押すと、壁に激突してバーンと音をたてたが、構わずに中に飛び込んだ。

轟音《ごうおん》を生み出しているのに、まだベッドから起き上がっていないローゼンの裸の背中が見えた。

「おはようございます！　あさです！　ぐっどもーにんぐです！　よいもーにんぐですよ！」

騒ぎながらステッキで床や家具をバンバン叩いて歌い踊り回る。部屋の外からキリが怒っていたが室外に聞こえるほど騒いでいるのにローゼンは起きない。

ただ、目は覚めているらしく、頭を押さえている。

そして小さな声で、もう少し寝るとボソボソ言っていた。

キリから、ローゼンの『もう少し寝る』は絶対に信用するな、夕方まで起きてこないからと言われていたので断った。

「ダメです！　きょうもローゼンさまは、おしごとでいそがしいから、おきないとダメです！」

「……」

「きょうは、ぼくといっしょにクッキーをたべるヤクソクしたので、ダメです！　ローゼンさまとでないと、ぼくはダメなんです！」

するとローゼンが緩慢な仕草で起き上がった。

普段の凛々しい姿が完全に息をしていないような、テレビで見た『日曜日のお父さん』のような有り様だった。

とりあえず起きたので、雪夜はテーブルの上に置いてあった洗顔用の銀の器を持ってゆく。

「さあさあ！　つめたいおみずで、おかおをあらいましょう！　さあ！　さあ！」

ローゼンは寝ぼけているのか、大人しく顔を洗っている。その間に、昨晩の内にキリが用意してくれていたシャツやズボンを持っていってシーツの上に並べた。

そうして身支度を整えたローゼンの周囲を雪夜は大喜びでグルグル走り回る。

「やった〜！　ローゼンさまが、できた〜！　おめでとうございます！　おめでとうございます！」

朝の支度を終えたローゼンはいつも頭を撫でて抱っこしてくれた。

世話をかけたな、と少し恥じらいながら労ってくれる姿が、たまらなく好きだった。

それからキリが待つ食堂へと共に向かう。

食堂の中央に設置されている、長くて大きなテーブルの上にはミルクが入ったガラス壺やフルーツが盛られた籠、瑞々しいサラダや豆と肉のスープ、茹でた玉子が置いてあった。

ローゼンがキリに命じて、彼等もニンゲンと同じ食事をしてくれるようになったのだ。雪夜はローゼンに椅子に座らせてもらい、共に食事を楽しんだ。

キリの料理も美味しかったし、会話の中で名前を呼ばれるのも嬉しくて、夢のような日々だった。

そして雪夜はローゼンがつけてくれた名前を気に入り、ローゼンやキリに隙あらば自己紹介するようになっていた。

「こんにちは！　ユキヤです！」

朝食後、雪夜は居間のソファーに腰かけながら読書しているローゼンに話しかけた。ローゼンは読書の手を止め、此方《こちら》に目を向けてくれた。

「そうか、ユキヤか。こんにちは。元気にしているか」

「はい！　ゲンキです！　ローゼンさまはゲンキですか？」

「ああ、私も元気だ」

「よかった〜！　ローゼンさまがゲンキでうれしいユキヤです！」

「そうか。ユキヤは嬉しいか」

こくこく頷《うなず》いていると、扉が開く音がした。

「ローゼン様！　何回やってんですかその遣り取り！」

書庫から戻ってきたキリが抱えていた本を机の上に置きながらつっこんだ。

そんなキリに雪夜は嬉しそうに走って近づいて足に抱きつく。

「おつかれさまです！　ユキヤです！」

「さっきも聞いたよソレ！　つうか、なんで雪夜なんだか……」

ローゼンは名づけの意図をキリには説明しなかったらしいが（恥ずかしかったみたいだった）、キリは異世界から迷い込んだニンゲンの伝承をローゼンよりは読んだ事があるらしく、ぶちぶち言っていた。

「神話に出てくるニンゲンって、タローとかジローとかサブローとかハナコとか名乗ってたって読んだ気がするけど、なんで雪夜……」

ブツクサ言うキリに雪夜は得意げに胸を反らし……反らしすぎて尻餅をついたが、慌てて起き上がって再び反り返る。

「エヘヘ！　ユキヤくんって、ステキなおなまえだと、ごきんじょのみなさんにもヒョウバンなんです！　さぁさぁ、ほめてください！」

「オマエ、近所に知り合いいねーじゃん！　つか、街に行った事もねーだろ！　しかも褒めろって、名前を考えたのはローゼン様であって、オマエに賛辞を受ける要素はねぇよ！」

キリのツッコミにペコリとおじぎし、会話を続ける。

「ありがとうございます！　それでは、ちょっとオジカンよろしいでしょうか？」

「いや、だから仕事の邪魔すんな。っていうかオレの会話を無視して進めんなよ！」

「おしごとがえりのサラリーマンのみなさんに、がいとうインタビューです！　おなまえと、いまのオキモチをどうぞ！」

マイク代わりに脱いだ靴をサッと向ける。

キリはサラリーマンとは何なのか、インタビューとは？　と問いかけてきたが（脱いだ靴を他人に向けるなと怒り、尻を叩く体勢に入りだしたので、慌てて靴をズボンの中に仕舞った。余計に怒られた）雪夜も説明出来るほど詳しくはなかったので雑に答える。

「インタビューはインタビューで、サラリーマンは……はたらいてるひとのことだって、テレビがいってたので！　おきもちをどうぞ！　どうぞ！」

あれこれ繰り返される遣り取りに対してキリが声を荒げた。

「うるせぇ！　そもそも、がいとういんたびゅーとかいうのも六回目だしよ！　キリちゃんです！　毎日、色々ありすぎてスゲーしんどいので、そろそろ寝たいです！　あと給料上げてほしいです！」

怒りつつも遊んでくれるキリに雪夜は更に懐く。

「雪夜！　重い！　離れろ！」

「はい！　はなれます！」

「離れてねぇじゃん！　オレの足にセミみたいにくっついてんじゃん！　歩けねぇだろ雪夜！　離れろ！　ヒマなローゼン様と違ってオレは仕事中なんだよ！」

「ぼくもてつだう～！　すけだちいたす！　すけだちいたす！　ズバァ！　どしゅッ！」

テレビで見た時代劇の真似をして、腰の刀（エアー）でキリを斬る動きをした。また怒られた。

「何してんだよ！　明らかに攻撃する動きしてんじゃん！　邪魔！　つか、チビのオマエに出来る仕事なんてねぇよ！　オマエは菓子でも食いながらローゼン様のご機嫌とってろ！」

キリに抱えられた雪夜は最近の定位置となりつつある、ローゼンの膝《ひざ》の上に乗せられた。そしてキリは、雪夜が動き回らないように、戸棚から菓子缶を出してくると、何枚かのクッキーを握らせて、さっさと退室してゆく。

雪夜は膝《ひざ》から落ちそうになる度にローゼンに支えられる安心感から、膝《ひざ》の上であっちこっちを向いて、しっくりくる体勢を考えてみる。

ようやく定位置が決まり、ローゼンに正面から向き直っておじぎをした。そしてクッキーを食べながらローゼンに話しかけた。

「ローゼンさま、なんのごほんよんでるの？」

ローゼンは雪夜がクッキーをポロポロ零《こぼ》しているのは流石《さすが》に見かねたらしく注意された。

「食べながら会話するな……ではなく、会話するのは行儀が悪いから、してはいけない事だ」

ローゼンはキリから言葉遣いがキツいと言われ続けたのを気にしているのか、雪夜と話す時は丁寧さを心がけているようだった。

「はい！　わかりました！　もうやめます！」

急いでクッキーを口の中に放り込み、ボリボリ食べて満足げに舌なめずりする。その姿にローゼンは何かを諦めたように目蓋《まぶた》を閉じて首を振ってから、会話を戻した。

「ニンゲンに関する本だ」

「へ～！　そうなんだー？　おもしろい？　たのしい？」

「面白いかどうかはわからんが、興味深くはあるな」

「でもローゼンさまもニンゲンなのに、ニンゲンのごほんよむの？　じぶんのことでわからないことがあるから、ごほんよんでるの？」

何故かこういった問いかけをする度にローゼンは複雑な色を浮かべていた。

「……私もキリも、そなたとそう変わらぬ姿に見えるかもしれんが、異種族だ。ニンゲンとは生態が大きく違う。そなたを此処に留め置くにあたり、生態について学ぶべきだと考えたわけだが……」

何だか難しそうな台詞《せりふ》だった。

「へえ～？　そうなんだ！　じゃあ、またイッパイたくさん、しらないコトをしれるね！　タノシミだなぁ～！　きょうよりもあしたのほうが、いろいろわかるんだなぁ～」

そう言うとローゼンは驚きつつも、微笑んでいた。

此方《こちら》を見つめていた青年は不意に本をテーブルの上に置く。

「しかし何故に、ニンゲンの文献はこんなにも少ないのだ……」

ローゼンが言うには、城の専用書庫の中を探しに探し、ようやく見つけたニンゲンに関する書物は数千冊ある在庫の内の、ほんの僅かな冊数しかなかったという。

しかもそれらはゴブリンやオークという魔物の辞典のようなものであり、ニンゲンに関する内容は数行程度が大半とも話す。

「そりゃそうですよ」

再び戻ってきたキリが喋《しゃべ》りながら後ろ足で扉を閉め、盆にのった果実水を差し出してきた。その仕草を雪夜が指差す。

「あ～、キリ、ぎょうぎがわるいって、ぼくにはおこったのに～」

キリは扉の閉め方から食事作法まで口うるさく注意をし、時には背中に定規を入れてくる。鏡の前で歩かせては背中が曲がっているとガミガミ言うのに、自分の行動は雑だった。

キリの振る舞いに雪夜が口を尖らせると、少年従者は小癪《こしゃく》に唇の端を上げて八重歯を見せた。

「使い分けが出来てる大人はいいんだよ。大人は。オレは華族《かぞく》的には成人男性だからな！」

「オトナ……へぇ～……？　オトナかぁ……」

キリとローゼンを見比べる。

ローゼンは二十代後半くらいで性格相応の外見だったが、キリはどう見ても少年だった。背丈や肩幅、腕の長さから何から全然違う。足の長さも違う。

「あしのながさもちがう……」

「……あ？」

心の声を漏らした瞬間、キリが今まで聞いた事もないような低音と怖い顔で威圧してきた。

「ヒッ……！」

キリの平手が風を切っている。

尻叩きの素振りだと本能的に察した雪夜は怯《おび》えるあまり、ローゼンの膝《ひざ》から下りて彼の足元に滑り込み、足の間でブルブル震えていると、ローゼンに抱き上げられた。そして彼が溜息まじりに語りだす。

「キリ、子供を脅すな。それに普段の素行は良くも悪くも身につき、思わぬ所で足を引っ張るものだ……と、言いたい所だが、雪夜。キリに関しては別だ。その男は社交の場で軽挙妄動を起こした事は無い。私的な場との演じ分けが完璧なのだ。己を高貴な存在に見せる事も、下等なモノに化ける事も出来る達者な男だからこそ、日常では気を抜く事を許している。そなたの前での振る舞いも、そなたにある程度の信頼を抱いているからこそだろう」

褒め言葉なのか呆《あき》れまじりの感想なのかは微妙な温度の台詞《せりふ》だったが、キリは主のお墨付きを貰ったので得意げだった。

そんなキリは読書家でもあるらしく、城の蔵書について説明を始めた。

「オレら華族《かぞく》の国で流通してる本なんて、大半が恋愛小説か美容本ですからね。ニンゲンの資料とか、ここらじゃ手に入りませんよ。情報が欲しいなら鉱族《こうぞく》どもの街が一番ですけど」

「鉱族《こうぞく》どもの国にまで出向くしかないという事か……」

「こ～ぞくども？」

ローゼンに問いかけると、鉱族《こうぞく》とは華族《かぞく》や樹族《きぞく》とは違う生態をもつ種族だと説明してくれた。

隣国に住まう鉱族《こうぞく》は知識欲が旺盛で、とにかく何でも調べたがるという。

故に、様々な学術書や動植物に関する書籍を数多く取り扱っていたが、美しさと恋愛にしか興味がない華族《かぞく》からすれば鉱族《こうぞく》は『身なりも気にせず、風呂嫌いでワケがわからん事に没頭している劣等種族』と見下しているとか……。

そんな鉱族《こうぞく》もローゼンは数十年前に鉱族《こうぞく》のとある街と揉《も》めたとかで交流は無いに等しいとの事だった。

「だが、今はこの子の……ニンゲンの生態に関する情報が欲しい」

ローゼンの言葉に反応したキリがすかさず止めた。

「ダメですよ！　ローゼン様は五十年前の薔薇戦争で、樹族《きぞく》のヒルシュ様と共に鉱族《こうぞく》の奴隷商人の村をブッ壊したじゃないですか！　奴らの国なんか行って、もしも素性がバレたら、アイツらに捕まってナニされるかわかったもんじゃないですよ！　あの石ころども、対象を調べたいと思ったらどんな意味不明な実験も解剖もやらかしてくる頭オカシイのばっかですから絶対に行かないでくださいね！」

念入りに釘を刺すキリにローゼンは歯痒そうに唇を噛んでいた。

「だが、華族《かぞく》の国ではロクな文献が無い。鉱族《こうぞく》以外の他の種族……例えば樹族《きぞく》どもは蛮族ゆえに、ほとんどが文字すら読めん。これではニンゲンに関する知識が足りなさすぎる」

キリが同意するように頷《うなず》き、会話を拡げる。

「ですよねー。樹族《きぞく》は筋肉とケンカにしか興味ないっていうか、本自体、興味ない脳筋が大半ですし……。まぁ、ニンゲンっつっても、オレらと見た目がそう変わりませんし、そんな神経質にならなくてもいいんじゃないですか？」

「いや、ニンゲンは我ら華族《かぞく》よりも毒物に弱い。もしも有毒なものを口にした場合、ニンゲンを診察できる医者もおらぬ。そして仮に居たとしても信用できん」

「まぁ。確かにそうですね。ニンゲンの血肉を欲しがる華族《かぞく》は居ますから、よほど信用できる医者でもねぇと。っていうか、着飾る事しかアタマにねぇバカ揃いの華族《かぞく》で医者ってのが、まず少ないですし……」

悩むローゼンにキリも頭を捻《ひね》っている。

雪夜は二人が真剣に話し合っている間にクッキーの入った缶を戸棚から探し出していた。ずっしりと重い缶に、雪夜はほくそ笑む。

（ウフフ……。クッキー、いっぱいだぁ～！　たのしみだなぁ！）

キリは雪夜に背を向けていたので気づいていないが、ローゼンの視界には入っていたので、彼に動きはバレていた。

ローゼンは雪夜の悪事を目にした瞬間、目を見開いた。

そしてローゼンはキリに視線を向けつつも、雪夜を注意するべきか、だが注意すればキリが気づいて激怒するかもと悩んでいるらしく、明らかに挙動がおかしい。そんなローゼンに雪夜はアイコンタクトをしながら口元に指を立てる。

（だいじょうぶ！　ぼくはローゼンさまのぶんのクッキーもほかくします！　きょうのぼくは、クッキーハンターです！　まっててね！　ローゼンさま！）

ガッツポーズをして見せる。しかしローゼンは『いや、やめろ！』と目で訴えている気がした。

それでも雪夜は止まらず、勢いよくパカッと音をたてて開けた。

途端、キリが振り返った。キリと目が合う。

「「あ」」

声がカブった。そして次の瞬間、キリの怒号が室内に響き渡る。

「クソガキィィイ！　てめぇえぇぇ、何してんだコラァァア！　さっきも食っただろうがァ！」

「ヒィ！」

慌てて中からクッキーを持てるだけ持って口の中に放り込む。しかし美味しかったので、もう少しだけ……と、また缶に手を伸ばしたら、その強欲の所為《せい》で捕まった。

キリに両脇を掴んで抱えられ、流れるような動きで膝《ひざ》に乗せられる。

何度も体験した、尻を叩かれる時の処刑ポージングだった。

「アー！　アアアー！」

断末魔の如《ごと》く悲鳴を上げると、ローゼンがキリの腕を止めた。

「キリ！　そこまでせずとも善いだろう！」

しかしキリも退かずに食ってかかる。

「何で止めるんですか！　コイツ、とんでもねぇ意地汚さですよ！」

「飢えて生きてきた子供なのだから、美味《うま》い物を覚えれば欲しがって当然ではないのか？　それにニンゲンは焼き菓子を前にすると理性を失う性質かもしれぬだろう！」

「それにしたって限度がありますよ！　それに欲しがるだけ与えてりゃあ節制を知らない大人になりますから！　つか、そもそもニンゲンに焼き菓子ってあげて大丈夫なんですか？　中毒症状とかでコイツ、やたら食いたがってるとかじゃないんですか？」

二人が教育方針でケンカしている。雪夜はオロオロしながらも缶をテーブルの下に隠して、後でまた食べようとした。

だが、そのあまりにも意地汚い行動を本気で心配された。

お菓子をニンゲンにあげると中毒症状にさせるのではないかと話し合いだしたのだ。

クッキーはわるくない！　わるいのはぼくなんです！　ぼくとクッキーのなかをさかないでください！　と涙ながらに訴えたが、信じてもらえなかった。目を離すと雪夜が齧《かじ》るので、菓子どころか角砂糖まで隠された。

その後、三日間ほど食べ物は塩と水だけにされ、流石《さすが》に雪夜は泣いた。美味しいものばかり好きなだけ食べさせてもらった生活から、急に最低限の生命維持レベルにされたのだ。それはもう泣いた。

見かねたローゼンは、やはり人間の性質を詳しく知る必要があると強く感じたらしく、キリと何度も真剣に話し合っていた。

そんな中、キリが近くの村の知り合いに他国の本を蒐集《しゅうしゅう》している老人がおり、彼の図書室になら華族《かぞく》の国にはない、ニンゲンに関する書物もあるのではないかと思い出した。

だがローゼンだけ行けば村人は怯《おび》えるだろうという事で、キリの案内で村へと赴く事になったのだ。

そして雪夜を城に置いておけば何をしでかすかわからないという理由で、雪夜も連れていってもらえる流れになり、雪夜はこの世界での初めての人里訪問に胸を躍《おど》らせるのだった。

ちなみに、ローゼン達がニンゲンの本の中で『ニンゲンは小麦と卵と砂糖（もしくは蜂蜜）を使った焼き菓子を保存食として食べていたという』という記述を見つけたお陰で、程なくクッキーは許されたのだった。

第二章　樹族《きぞく》の野獣ヒルシュ

翌朝、雪夜はローゼンとキリに連れられて近くの村を訪れていた。

本が大好きなおじいさんの家に行くと二人が話していたが、雪夜は初めての乗馬体験が楽しくて仕方なかった。

ローゼンが後ろから支えてくれたので、大きな馬に乗るのも全く怖くなかった。

「おうまさん、おっきいなあ～」

ニコニコしていると、後ろから頭を撫でられる。

振り返るとローゼンが目を細めていた。優しい表情に胸が温かくなってくる。

「うれしいので、ウタいます！」

嬉しくなったので鞍《くら》に立ち上がり……かけてローゼンに止められたので、思いつくままに歌う。

「きょうのぼくは～ローゼンさまとキリとおさんぽ～ラララ。おやつはクッキ～。ラララララ」

するとキリが馬を隣につけてきた。

「ローゼン様！　何なんですか雪夜のこのヘンな歌！」

キリが言うと、ローゼンに鉄のブーツで『ガンッ！』と音がする勢いで脛《すね》を蹴《け》られていた。

体勢を崩しつつも落ちずに耐えたキリを凄いと思っていると、また二人は早口でバシバシ言い合っている。

「ハヤクチの～おしゃべり～ラララ、ふたりはなかよし～ラララ……」

追加で歌うと二人は何とも言えない目を細めた猫のような顔になっていた。

楽しく歌っている間に村についた。

村はテレビで見た事がある、外国の田舎町の風景に似ていた。

緑色の木々や草木に囲まれ、色とりどりの屋根の家が沢山ある。牛も鶏も呑気《のんき》に歩いており、のどかな空気を感じた。

キリが馬から素早く下りているのを見た雪夜は格好良さに感動し、キリのように馬から下りたいと思った。

「とうっ！」

真似して飛び降りようとする。しかし着地出来ずに空中で止まった。

「あれ？」

宙で両足をバタバタさせていると、雪夜の脇の下をローゼンが後ろから両手で支えてくれている事に気づく。

ローゼンは肩で息をしながら静かに注意してきた。

「……雪夜、危ないから、馬から飛び降りるのは止めるんだ……」

「はい！　おちついてとびおります！」

「違う！　飛び降りる行為自体が危険なのだ！」

ローゼンにゆっくりと地面に下ろしてもらい、その優しさが嬉しくて、屈み込んでいたローゼンの首にぎゅっと抱きつく。背中を撫でる手の温もりを感じた。

そしてテレビでしか見た事がない外の風景の中に大好きなローゼンやキリと共に居られる喜びと、フカフカの土と草の感触を足の裏に感じて興奮した雪夜は嬉しくて、二人が話し終わるのを待てずに走りだしていた。

後ろからキリの絶叫が風にのって聞こえてきた。

「あーッ！　ローゼン様！　オレらが相談してる隙に雪夜のアホが全力疾走してるー！」

「雪夜！　止まれ！　転んで足にケガでもしたらどうする！」

二人もお出掛けが楽しみだったんだなぁ～と感じ、足音が近づいてきたので、振り返ってブンブン手を振った。

「ローゼンさま～！　あっちのほうに、おっきいウシさんがいる～！」

「雪夜！　前だ！　前を見ろ！　危ない！　溝《ドブ》が！」

凄い勢いで走ってきたローゼン達に言われて前を見ると、小石にツンッと躓《つまず》いて宙に浮いた。

「あっ」

そしてまた体が空中で停止する。

ドブに頭から落ちかけた所をローゼンが受け止めてくれていた。

荒い呼吸を繰り返すローゼン。キリも近づいてきて、感嘆と呆《あき》れの声を漏らしている。

「ローゼン様……御召し物が汚れるのも構わずに全力疾走からの滑り込んで受け止めるとか、マジ愛が深すぎなんですけど！　てか、雪夜のアホは痛い目を見せないと懲りないんじゃないですかね！　コイツ、とんでもないワンパクコゾウですよ！」

雪夜はローゼンに向き直ると、両手を上げて感謝と感激を伝える。

「ローゼンさま、ありがとう！」

叱りかけていたローゼンは、困ったように目を逸らしていた。

今まで雪夜は何かをしでかしてケガをしても誰も助けてくれなかった。

なのに、そんな嫌われ者の自分をドロドロになってまで助けてくれたローゼンは雪夜にとって『すごくいいひと』だ。そう認識し、尊敬を深めた。

「ローゼンさまのスライディング、すごくカッコよかった〜！　ぼくもやりたいな！」

と憧れると、二人にはスライディングが通じていなかった。

「スライディングしらない？　こういうのです！　シャーッ」

ローゼンの真似をして助走をつけて格好良く地面を滑ろうとすると、二人がかりで襟首を掴まれた。そしてキリに抱え上げられる。

「ウアー」

ジタバタ暴れるもキリから怒られながら、腹に長いリボンを巻かれた。

「オマエ、マジとんでもねぇヤンチャ坊主だなコラ！　もう腹肉にヒモを結んでおくから、チョロチョロすんじゃねーぞ！　このバカ！」

くっ……ぼくの、ぼうそうきかんしゃは、こんなことではとめられない！　と思って走ろうとすると、腹のお肉に紐が食い込むので雪夜は秒で大人しくなった。

ショボショボした顔でキリに連行されていると、それを見ていたローゼンがキリを止める。

「キリよ……。そこまでせずとも善いのではないか？　雪夜が可哀想ではないか……」

リボンを解こうとしてくれたが、キリが凄い勢いで怒る。

「甘やかさないでくださいローゼン様！　このクソガキ、目を離すと秒で消えますよ！　馬車とか牛とかに地面から垂直に飛んで頭から突っ込んで吹っ飛ぶような事をゼッテーやりますよ！」

「そっ、そこまでは……その、幾らこの子でも流石《さすが》にやらないのではないか……？　おそらく」

「ローゼン様、全力で目を逸らしながら否定しても説得力ないですから！」

「いや、それなら私が雪夜を抱えて歩けば善かろう？」

そこでキリは苛《いら》ついたのか、口うるさいモードに入った。

「ダメですよ！　そもそもローゼン様はガキの突発的行動を甘く見すぎですから！　雪夜に何かあった場合に責任とれるんですか！　ガキの要望ばっか通して我慢させる事を教えなかった結果、ダメな大人になった場合にどう始末つけるってんですか！　雪夜の為を思うなら甘やかす以外の事をしっかり覚えてガミガミクドクドあーだこーだペラペラ！」

どっちが年上かわからないように雪夜には見えた。

そのまま辺りを見回していると、近くの畑を耕していた男が怯《おび》えた様子で視線を向けている事に気がついた。

ローゼンとキリはまだ話し合いをしていたので、雪夜は先に挨拶しようと、二人が話している間にいじって解けた腹のリボンを地面に置いてその人に近づいた。

城を出る前にキリから言われていた事を思い出す。

『村人に出会ったら、ちゃんと挨拶しろよ！　オマエがバカな事したら、ウチのローゼン様が恥かくんだからな！　ガミガミクドクド！』

キリの説教を思い出し、雪夜は畑の人に向かって体を半分に折る勢いで頭を下げる。そして大きな声で挨拶をした。

「こんにちは！　ユキヤです！　ゴサイです！」

顔を上げると、畑の人は戸惑いながらも、応えてくれた。

「え？　何？　誰？　ていうか、何で包帯まみれ……？」

お出掛け前にローゼンとキリがしていた会話を思い出す。

『雪夜は全身が傷だらけだな……』

『樹族《きぞく》ならケガを舐《な》めて跡形もなく治せるんですけどね～。ま、奪う事しか能がない樹族《きぞく》のヤツらが他人のケガを治すとかゼッテーないですけど』

そう言いながら、ケガだらけの顔で出歩くのは不味いと傷薬を塗って包帯を巻いてくれていた。

鏡を見たら、顔が包帯まみれで目しか出ていなかったので、面白くてニーッと笑っていたりしたのだった。それを思い出した雪夜はまたニーッと目を細める。

「ローゼンさまとキリが、おでかけだからおしゃれしてくれました！　こんにちは！　すきなものはローゼンさまとクッキーとリンゴとキリです！」

改めてペコリと頭を下げる。

畑の人は口論している青年と少年に視線を向けてから、此方《こちら》を見た。

「ローゼン様って……ガルニエ公爵閣下？　もしかして、あそこにキリさんと話してる、やたら黒くて背が高い男前がローゼン様……？」

「そうです！　おとこまえなローゼンさまと、おしりたたきがシュミのガミガミキリです！」

すると相手は今度は残像が見える勢いで震えだした。

その様子を見た雪夜は気づく。

(きっとこのひとも、キリにおしりをたたかれたんだ……。かわいそうに……)

同志を見つけた優しい眼差しで見つめていたが、震える姿が面白そうに見えたので真似してブルブルしてみる。そうしていると、ローゼンが駆け寄ってくるのが見えた。

「あ！　ローゼンさま～」

両手を上げて歓迎するも、彼は眉を寄せただけだった。

手には解けたリボンを持っている。

「紐の先からそなたが消えていたから、血の気が引いたではないか！」

叱ると、次に畑の人をキッと睨《にら》んだ。

「雪夜！　何故そのように震えているのだ？　もしやその者に何かされたのか？」

そう言うなり、あのトゲトゲの紐を服の袖から出して凄く怖い顔をしていた。

すかさずキリが止めに入る。

「ローゼン様！　ちょ、待って！　いきなり殺意高い薔薇の鞭《むち》を使おうとしないで！」

畑の人は更に怯《おび》えている。

「本物のガルニエ公爵様！　お、俺……いえ、私はこの坊ちゃんに何もしておりません！　どうか足斬りの刑だけはお許しを！」

地面に伏せて泣きだす。

何かの遊びかと思って雪夜も地面に座り込んで伏せたり起きたりしているとローゼンが余計に怒りだした。

「止めぬか！　この子が真似して土下座しているではないか！」

雪夜はローゼンのズボンの裾を引っ張って説明する。

「ローゼンさま、このおにいさんに、ぼくアイサツできました！　こんにちは！　ユキヤです！　シュミは、おウタをウタうことと、ローゼンさまです！」

立ち上がって、先程のように挨拶を繰り返す。

キリが小声で「え？　趣味はローゼン様……？　何それこわい」と問い返してきた。その問いかけに大きく頷《うなず》く。

「はい！　ダイスキなローゼンさまのコトをかんがえたり、はなしたり、おなまえよんだり、おひざにのせてもらったり、おうたにするのがスキなので、ローゼンさまがシュミです！」

再度ペコリすると、ローゼンは顔を押さえながらプルプル震えだした。

あれぇー？　と思っていると、ローゼンがキリを呼びつけていた。何かボソボソ話している。

「……キリ、雪夜は天才児ではないか？　私はどうすれば……」

何やら真剣に相談していた。

しかし対照的にキリは眉を寄せて渋い顔をしていた。

「……その天災小僧はオレらが話し合ってる隙に拘束を解いて、言いつけも守らずに徘徊してるクソガキぶりなんですけど、ローゼン様って雪夜のイイトコしか見えてないんじゃないですか？」

それから畑の人――オクサリスという名前のおにいさんに、キリは村にお出掛けに来た理由を説明し始めた。

「ローゼン様が読書に目覚めたので、マグワート爺さんの所に来たんだよ。爺さんちなら他国の色々な本があるだろ？」

キリの言葉にオクサリスは頷《うなず》きながら、親し気に話し始めている。二人は友達なのかと雪夜が考えている間にも、会話は進んでいった。

「へー？　公爵様の城なら専用の書庫がおありだろうに、華族《かぞく》の国じゃ無価値に等しい奇書ばかり集めまくるマグ爺の所にわざわざ……って、まさかヤバイ本を検閲して焚書《ふんしょ》する為に？」

口にして、オクサリスが青くなる。そしてキリの肩を掴んで揺すりだした。

「キリ！　お前の好きな人妻モノが見つかったんじゃ！　やべぇよ！　俺も割と好きだけどさ！　寝取られ系の……」

言いかけたオクサリスの脛《すね》をキリが無表情のまま、瞬時に、凄いスピードで、抉《えぐ》るように蹴《け》りつけた。

その瞬間、オクサリスは大地に崩れ落ちるように倒れた。

「〜ッ！　オッ……！　ッッ！」

オクサリスは脛《すね》を押さえたまま、無言で悶え転がっている。

華族《かぞく》の膝《ひざ》から下は『攻撃されると凄く痛い。男性が股間を蹴《け》られるより痛い』と聞いていたが、あまりの苦しみぶりにローゼンもドン引きしているように見えた。

「キリ……」

ローゼンに呼びかけられたキリは目を逸らしながら脂汗《あぶらあせ》びっしょりだ。しどろもどろに言い訳をしていたが、キリは先を急ぎましょうとカタコトで促す。ローゼンがオクサリスを指差すも、そんな主人の背中を両手で押し、雪夜の背中を足で蹴《け》っていた。

途中、擦れ違う村人達はキリには親し気に話しかけていたが、ローゼンを見ると縮こまりだす。若い娘の中にはローゼンの容貌に見惚れる者も居たが、大半が畏怖まじりの視線を向けているし、子供にいたってはローゼンに視線を向けられるだけで泣きだす子まで居た。

それを見てローゼンがどんどん不機嫌になっている。苛《いら》ついている主にキリが話しかけていた。

「仕方ないですよ。ローゼン様は美しすぎて子供からすると近寄りがたいっていうか、もはや『美しすぎて理解不能すぎて意味わかんない怖い』んだと思いますよ。それに普段からロクに領地の視察もしない爵位持ちが村に来たら、何か問題でも起きたから訪れたのかなって平民はビビって、粗相しないように緊張するのは仕方ないでしょ」

キリの台詞《せりふ》を聞いていた雪夜はすかさず反論する。

「ローゼンさま、カッコイイけど、ぜんぜんこわくないよ！　やさしいよ！」

「そりゃオマエだけだっての」

キリに一刀両断され、雪夜は懸命にローゼンのステキな所や優しさポイントを大声で語りながら歩いていた。

村人達が振り返ったり驚いたりしていたし、ローゼンが途中で何度も小声で「止めろ」と制止してきたが、雪夜は両手を握り締めてヒートアップする。

「だいじょぶです！　ぼくはローゼンさまのことがだいすきだから、いくらでもはなせます！」

「いや、そういった心配ではなくてだな……」

「だいじょぶです！　ぼくにまかせてください！　つぎは、かいだんからおっこちかけたぼくをカッコイイローゼンさまがたすけてくれた、ひるさがりのことをおはなしします！　こうごきたい！」

止めても黙らないので、途中でローゼンが無言でクッキーを出してきた。雪夜はスッ……と黙った。

クッキーを食べ終わる度にまた喋《しゃべ》ろうとするので、次々とクッキーを渡された。

「アグアグ！」

キリに取り上げられないように貪っていた雪夜は、急ぎすぎて粉が喉に入り、咳き込む。

「おい！　アホ雪夜！　オマエ、咽《むせ》てんじゃねぇか！」

それでもリスのような頬で食べてる卑しい姿にキリは怒り、ローゼンは背中をさすってくれたが、様子を見ていた村人も心配してくれたらしく、家屋から水や布を持ってきてくれた。

水が入った木製カップをキリが受け取ろうとする前にローゼンが手を伸ばす。

だが、村人は畏れ多さからか身を硬くしたらしく、その結果、受け取り損ねたカップが地面に転がり落ちたのだ。

中身は飛び散り、ローゼンの金属製のブーツに跳ねる。

「……」

押し黙るローゼン。水を持ってきた村人は顔から血の気が引き、キリも体を強張らせていた。

美しい装いを重んじる華族《かぞく》の、しかも公爵に故意では無いとはいえ水をかけた事で村人は処罰を覚悟したようだ。

しかしローゼンは顔を上げると、村人を見つめて話しかけた。

「もう一杯、水を貰いたい」

静まりかえる空気に、ローゼンは雪夜の背中を撫でながら続けた。

「……この子を案じてくれた者を罰する程、狭量ではないつもりだ」

そう言いながら、不器用ながらも優しい手つきで子供を思いやるローゼンの姿に、周囲の村人達は何かしら感じ入るものがあったらしい。

それ以降、怯《おび》え混じりの空気は幾らか軽減したように雪夜には思えた。

ローゼンが村人から誤解されず、人気者になればいいいなぁと思っていた雪夜は、ちゃっかり回復してから、水をくれた村の女性の服を指でちょいちょい引きながら話しだした。

「ね！　ローゼンさま、こわくないよね！　やさしいよね！」

同意を促すと、水を持ってきてくれた女性は躊躇《ためら》いながらも返事をしてくれたので、そこからまた怒涛のトークをする。

「あのね、それにね、ローゼンさまはね、ぼくがモリでまいごになったのをたすけてくれたし、おかしつくってくれたり、よるがこわいからいっしょにいてってたのんだら、えがおではげましてくれたし、いっつもぼくとおしゃべりするときは、しゃがんでめをあわせてくれるし、とってもとってもやさしいんです！　ぼく、おっきくなったら、ローゼンさまみたいなオトナになるんだ～！」

周囲の村人達がまばたきしながら、雪夜とローゼンを見て唖然としていたがまだまだ話そうとすると不意にローゼンに抱え上げられた。

「あれぇー？」

キョトンとして声を漏らすと、ローゼンは耳まで真っ赤にしていた。

「雪夜！　も、もういい！　もういいから止めろ！　行くぞ！」

抱えられた状態で走りだした。

キリは慌てて追いかけてきている。

「ローゼン様！　ガキ抱えてるのに走るのメチャクチャ速ぇえー！　クソッ！　これが……足の長さによる格差社会……！」

雪夜は水をくれた女性にお礼を言って手を振る。

やがて本をいっぱい持っているというマグおじいさんの家の前に来た。

村の中心から少し離れた場所で、二階建ての家だった。

雪夜は木で出来た壁の穴を覗《のぞ》いていると、ドアをノックしたキリが中から出てきたおじいさんと会話を始めている。

おじいさんは人の良さそうな顔立ちをした細身の外見で、キリとはかなり仲が良いように見えた。

「よう！　マグ爺、元気してたか？」

「おお！　キリちゃんじゃないか！　元気元気～！　しかし、どうしたんじゃ？　随分と背が高くて男前な御仁と、謎の包帯まみれのチビッコを連れ……ハッ！　ま、まさか……！」

そこでおじいさんがローゼンを見つめてニヤリと笑った。

「キリちゃん、もしかしてこの超絶美男子とチビちゃんはキリちゃんのシュミ仲間かのう？」

「ちげーよ！　このお方は……」

言いかけるキリにおじいさんは妙な声で笑いだしていた。

「わかっておるよ！　フフ、儂《わし》らの高尚なシュミはなかなか周囲の理解を得られんからのう～！　さてさて、いつキリちゃんが来てもいいように、新作の人妻萌え小説、仕入れておいたぞよ！　それもかの有名な人妻萌え小説の発祥となった女流作家のヤクモ・トバリ先生の久々の新作で……」

と言った瞬間、ローゼンのこめかみに青筋が立った。

（ローゼンさま、なにかおこってるぞ……？　もしかして、なかよしのキリがおじいさんとはなしてて、カイワにまざりたくて、さびしいのかな……？　よし！　ぼくがはなしかけよう！）

そう意気込んで雪夜はローゼンの外套《がいとう》を引っ張る。

「ねえねえ、ローゼンさま、シンサクのひとづまもえってなにー？」

言いかけたのをキリが口を塞いで止めてくる。

キリを見上げると、その顔色は夏の空のように綺麗なブルーになっていた。

しかしローゼンはシッカリ聞こえていたらしく、凄まじい形相をしていた。

「キリ……貴様……」

普段の低音の五割増しの音声と共にキリの顔面を片手で掴んで締め上げ始めた。

キリの靴が地面からちょっと浮き、おじいさんは人喰い熊に遭遇したかのように腰を抜かす。

「いてててて！　ちょ、や、止めてくださいよローゼン様！　割れる割れる！　頭が割れる！」

「割れてしまえ！　そんな穢《けが》れた性癖に満ちた脳髄は！」

「穢《けが》れてねぇ性癖なんか無いんですよ！　性癖は！　すべからく！　穢《けが》……イデデデ！」

「恥ずべき事を凛々しい顔で言うな！　このたわけが！」

ちょっと浮いてるキリの靴と地面の間を雪夜は両手で測って、その長さを周囲に訴えた。

「わー、キリ、ちょっとういてる！　ちょっとういてる！」

話しかけると、キリはアイアンクローをされた姿のまま手足を蠢《うごめ》かしている。

「そうだよ！　体重の負荷もかかってスゲーいてぇよ！　いいから助けろ！」

たすけ……？　と考えて、雪夜は両手を上下に振って声援を送る。

「わ、わかった！　キリ、がんばれー！　もっともっと、いっぱい、ソラまで、うくんだ！」

「応援じゃねぇ！　助けろ！　つか、もっと天高く処刑されろってどういう事だよ！」

キリは怒っているし、ローゼンは見せられないものを隠蔽するようにキリを己の体で隠した。

（いいなあ～……たのしそう……！　ぼくもやってもらいたいなあ～……あ、でもキリのつぎはぼくのばんかも……！　そわそわぁ～。ローゼンさま、まだかなまだかなぁ～）

ローゼンに期待の眼差しをチラチラ向けながら、目を閉じて顔にガシッとされるのを待っていると、キリとローゼンから呼びかけられた。

「オレがボコボコにされてんのに何でチュー待ち顔してんだよ雪夜！」

「雪夜！　そなたにはやらぬ！　だから、待つのは止めないか！」

どうして……とションボリしていると、更にローゼンから言葉が飛んでくる。

「絶望顔も止めろ！　これは悪い事をした者への罰であり、良い子のそなたにはやらぬ！」

よし……！　じゃあワルイコトするぞ……！　と、家の傍に生えている雑草をワルそうな顔でブチブチ抜き、踏んだら痛そうな小石が沢山あったので隅の方にシャッシャッと避けたりポケットに入れていると、おじいさんが地面に膝《ひざ》をついて伏せだした。

「ま、まさかガルニエ公爵様がこのようなアバラ家にいらっしゃるとは思わず、失礼いたしました！　そしてお許しを！　キリちゃんは数少ない、人妻萌え仲間なのですじゃ！　しかも人妻が寝取られる姿に興奮するという業が深い性癖仲間はキリちゃんだけで、儂《わし》のズッ友なのですじゃ！　だからキリちゃんの存在も、これらの秘蔵本も老い先短い老人の密かな楽しみなので、焚書《ふんしょ》だけは！　焚書《ふんしょ》だけは！」

おじいさんの言葉にキリが暴れている。ローゼンの肩がブルブル震えていた。

またプロレス技（アイアンクロー）で新記録が出るかと、雪夜が期待しながら蹲《うずくま》って地面と靴先を測る準備をしていると、キリが叫んだ。

「爺さんヤメロォォオ！　オレを助けようとしてんのかトドメ刺させようとしてんのかわかんねぇじゃねーか！　っていうかローゼン様の握力の出力あがってっし！　いでぇえええ！」

ようやくキリのギリギリごっこが終わったのか、ローゼンは従者をを地面に投げ捨てると怒鳴った。

「貴様らの薄汚い性癖なぞどうでもいい！　どうでもいいが……、幼子の前で言うな！」

「正論！」とキリとおじいさんが同時に口にしている。

雪夜は、おじいさんの隣で同じ動きを真似してみる。

「ふんしょだけは！　ふんしょだけは！」

そうやって遊んでいたが、それを見たローゼンに抱き起こされた。

「雪夜！　それは土下座という行為だから止めろ！　あと爺を拝むんじゃない！」

それからローゼンはおじいさんに向き直ると本題を告げた。

「書を焼きに来たのではない！　借りたいのだ！」

それを聞いたおじいさんが目を輝かせだした。

「えっ？　で、では公爵閣下も人妻大好きな人妻萌えでいらっしゃると？」

何故かまた人妻の話に戻っている。

ローゼンは繰り返される話題に頭に来たのか、怒号を上げていた。

「違う！」

「だ、だから長年、独身でおられたと……？」

「違うと言っているであろうが！　このたわけが！　貴様、足を斬り落とされたいのか！　此処に赴いたのは貴様は華族《かぞく》の中でも他種族の蔵書が多いと聞いたからだ！」

ローゼンの言葉でようやくおじいさんは安心したらしい。（そして話も通じたらしい）

「それなら好きなだけ見ていってくだされ～！　図鑑も研究書も色々ありますぞい～！」

さっきまでローゼンを怖がっていたのに、本に興味をもってもらえたのが嬉しかったのか、喜々として家の中に案内してくれた。

おじいさんとローゼンは家の中に入っていき、雪夜も入りかけたが、振り返るとキリは地面に倒れたままだった。

しかもキリの顔色は夏空に浮かぶ白い雲のような色になっている。

その背中や尻をパシパシ叩いて呼びかけた。

「キリさん、おはようございます！　あさです！　おきましょう！　ごほんをよみましょう！」

しかしキリは切り倒された大木のように真っ直ぐに転がったまま怒りだした。

「ムリにきまってんだろ！　カオがいてぇから今日は仕事しねぇよ！　あとケツ叩くな！」

「そんな～……」

キリが寝たままだと、またローゼンが寂しがりそうだと雪夜は考えた。

「ぼくにはわかる……！　キリがいないとローゼンさまがエーンッて、ないちゃうコトが……！」

「泣くわけねぇだろ！　つうかオレをこんだけ痛めつけたのはそのローゼン様だよ！　くっそー！

超イテェ！　ゼッテー動かねぇからな！　ローゼン様のバカ！　暴君！　もう知らない！」

とても顔が痛いらしい。

そんなキリの為に、病院のドラマで見た治療風景を思い出しながらキリをユサユサ揺らした。

「雪夜！　このバカ！　ちょ、だから、いてぇって！　しかもケツ揺らすな！」

「た、たいへんだ！　ユキヤせんせい！　キリさんが、ハンソウされてきました！　しんぱいていしじょうたいです！　そせいしょちをおねがいします！」

一人芝居で自分に話しかける。

「は？　何言ってんだオマエ……」

キリが何か言っていたが、ドラマの再現に夢中な雪夜は気づかない。

「ユキヤせんせい！　かんじゃさんがチをはきました！」

そう言ってから、サッと場所を移動して、自分の台詞《せりふ》に頷《うなず》き、手袋を嵌《は》める動きをする。

「わかりました！　すぐにオペのジュンビを！　あせ！　ふいて！　はやく！」

それから「かいふくしょちをします！　えい！」とキリの脇腹をくすぐる。

直ぐにキリが飛び起きたので蘇生処置は一瞬で成功した。

「やった〜。キリがいきかえった〜」

「最初から死んでねぇよ！　てか何すんだよ雪夜！」

「もうだいじょうぶです！　おめでとうございます！　ゲンキなオトコノコですよ！」

「いや、さっきからイミわかんねぇよ！」

キリに頬肉をぐにぐに引っ張られてキャッキャと笑っていると、ローゼンが家のドアを開けて出てきた。

ローゼンは雪夜の頬肉を触っているキリを見て、眉間が凄い事になっていっている。

キリは、海水浴場の海の色みたいな顔色になっており、ローゼンの低い声が更に低くなった。

「……キリ……貴様、私からの罰の鬱憤を雪夜で晴らすとは……」

「ち、ちがっ！　これはマジで違うっていうか何でこういう時に狙ったように出てくんですか！」

「黙れ！　己より力が弱い年若い者に憤りをぶつけるなど、恥ずかしいと思わんのか！」

「ソレさっきアンタがオレにした事じゃねーですか！　って、いてぇいてぇ！　耳を掴んで引きずらないでローゼン様！」

「莫迦《ばか》者めが！　さっさと来い！　貴様が居ないと爺が何故か人妻に関する奇書ばかり私にすすめてくるのだ！」

ローゼンは雪夜を右腕で抱え上げながら、空いた左手でキリの襟を掴んで引きずっている。

(いいなあ！　ぼくも、おみみをズルズルするあそびしてもらいたい！)

目を輝かせていると、少し前に畑で土下座をしていたオクサリスが騒ぎながら走ってきた。

オクサリスはローゼンを探していたらしく、駆け寄ってくると足元に膝《ひざ》をつく。

「公爵様！　大変です！　東の山に樹族《きぞく》のヒルシュ様が出たと、山に木の実を拾いに行っていたジジババが連絡してきました！」

ひるしゅさま？　どこかできいたような……？　と雪夜が考え込んでいる間に、ローゼンとキリに緊張が走る。

引きずられていたキリが直ぐに真顔に戻ってローゼンに話しかけた。

「ローゼン様、ヒルシュ様が来てるって！　ヒルシュ様は五十年前の薔薇戦争で誰よりも鉱族《こうぞく》を殺しまくって食い散らかしてたけど……。あのお方ってガキでもジジババでも殴り飛ばして食うようなガチ外道の野獣じゃないですか！　村に来たらゼッテー何かやらかしますよ！　つか、いっつも山とかを放浪してるのに、人里に近づいてるって事は……」

キリの話にローゼンが舌打ちしていた。

「……ああ。また人の味が恋しくなって人里に下りてこようとしているのかもしれん。キリ、弓と矢を準備しろ。あのバケモノが人里で食い散らかす前に処分する」

外套《がいとう》を翻《ひるがえ》し、花蝶《はなちょう》を呼び出しながら迎撃態勢に入るローゼン。キリが即座に忠言する。

「で、でもローゼン様、ヒルシュ様は素行に問題はありますけど、ローゼン様と共に薔薇戦争で戦った戦士ですよね？　そんな方をアッサリと切り捨ててもいいんですか？」

問いかけるキリにローゼンは目を細め、低い声で告げた。

「構わん。戦で血に塗れた英雄なぞ、康寧の世では異端。無用の長物でしかない。現に、戦で人の味を覚えたあのバケモノは今や人を食い散らかす害獣に成り果てた。……私は、あれが封じられていた樹族《きぞく》の群れから連れ出し、戦に投入した責任がある。今日こそあのケダモノを狩ってくれる！」

なんとなくコワイ話をしているな～と思いつつ二人を見ていると、ローゼンはキリに命令し始める。

「キリ！　私は村の防衛に入る。そなたはこの子を城に戻せ！」

しかしキリは即座に首を左右に振った。

「ムリですよローゼン様！　もしも帰り道でヒルシュ様と遭遇したら、オレじゃゼッテー勝てませんって！　あの人、殺したいと思ったら、味方ごと敵を殴り倒すようなドクズなんですよ！　それより、ヒルシュ様が来なさそうな場所にこいつ隠しておきましょ！」

どれだけヒルシュという存在は凶暴なオバケなのかと雪夜はブルブル震え始めたが、それに気づいたローゼンが屈み込み、頭を撫でて大丈夫だと言ってくれた。

ローゼンとキリは様々な案を出し合っていた。

「ヒルシュは本など絶対に読まんな……」

「というか、そもそもヒルシュ様、字が読めませんしね」

こうして雪夜は村の本好きのマグおじいさんの家の二階に預けられる事になった。

オクサリスやローゼン達の話を聞いていたおじいさんは既に納屋から鎌やら農具を出してきて武装していた。

「儂《わし》も山狩りに向かいますぞい！　あの山には村人が獣や樹族《きぞく》のならずもの避けにトラバサミを仕掛けておりますから、村人でなければ罠《わな》にかかるやもしれないですからの！」

鉈《なた》を素振りしていて、やる気まんまんに見えた。

勇ましい皆の姿はお出掛けの準備をしているように見えて、さっきまでの恐怖が薄らいできた。

雪夜は皆の輪の中に混ざり、顎《あご》に手を添えて頷《うなず》きながら作戦を考えている顔をしていると（話の内容もわからないし、特に何も考えていないが）ローゼン達の視線がこっちに向いていた。

全員が目で『何でお前が混ざってるの？』と告げていたので、雪夜は先程のマグおじいさんの真似をして、そこらへんに落ちていた木の枝を素振りしながら告げる。

「ぼくもヤマガリにむかいますぞい！」

ちゃっかり混ざろうとしたが、全員から即座にダメだと言われた。

「え？」

キョトンとしていると、ローゼンから木の枝を取り上げられる。（振り回していると危ないからという理由で）

「むしろ何故そなたは参加できると思ったのだ……」

ローゼンの遠回しな言葉をキリが補足するように、額を人差し指でドスドス突かれながら叱られた。

「連れてけるわけねーだろ！　オマエみたいな！　チビは！　足手纏《まと》いなんだよ！」

「そんな～」

ショボリしている雪夜は、そのままローゼンに抱えられ、マグおじいさんの二階の部屋に連れ込まれた。

沢山の絵本と飲み物と果物とクッキーと、トイレ用に壺を渡される。そしてローゼンの大きな手で頭を撫でられた。

「必ず戻ってくる。だが、私が帰ってくるまで、知らない者が来ても扉を開けてはならないぞ」

「わかりました！　ぼくもいっしょにいきます！　おべんとうはクッキーがいいです！」

「わかっていないではないか！　しかも焼き菓子は食事ではない！　ちゃんと食事は摂れ！　茹でた玉子と野菜も置いてゆく！」

手を上げたら凄い勢いで叱られた。シオシオしているとローゼンが頬に優しく触れてくる。

「雪夜、理解してくれ。危険な場所に大切なそなたを連れていきたくないのだ……。直ぐにそなたの元に戻ってくる。そなたを置いて消えたり等は絶対にしない」

一人だけ置いていかれる寂しさを感じていたが、目の前のローゼンが自分よりも辛そうだったので雪夜は大きく頷《うなず》いた。そしてローゼンの首に抱きつく。

「わかりました！　ユキヤはやればできるコなので、だいすきなローゼンさまといっしょにいたいけど……がまんするの、がんばります！」

「雪夜……」

凄い勢いで頭を撫でられたが、キリがローゼンの服を引っ張って急かした。

「ローゼン様！　雪夜と遊んでる場合じゃないですよ！　大体、ヒルシュ様はいつもローゼン様を真っ先に狙ってきて殴り殺して食おうとするじゃないですか！　ならローゼン様は雪夜と離れてる方が安全ですからね！」

「ちっ……。忌まわしい害獣めが……！　今日という今日こそは殺してやる……」

ローゼンが眉間を寄せて牙を剥いていたので、雪夜は彼の眉間を指でシャッシャッと撫でた。

「こら！　雪夜、やめないか！　眉間を伸ばすんじゃない！」

「ローゼンさま、まゆげとまゆげがイタそうだから、おまじないですぞっぞっ」

「痛くはないが……、そなたの心遣いには感謝する」

頭をナデナデしてくれた後、ローゼンはキリを連れて階段を下りていく。

心配そうに何度も振り返るローゼンに手を振り、そのローゼンの背中を押すキリを見送ってから、雪夜は言われた通りに椅子にのってドアの鍵をかけた。

「よし……！　ローゼンさまたちが、やまでシバカリをしてるあいだに、ぼくはおるすばんをがんばるんだぞ！」

フンフンと鼻を鳴らして意気込みつつ、部屋の中を改めて見回す。

「すごい、ごほんがいっぱいだなぁ～」

包帯まみれで目と口しか隙間が無いのでヨロヨロしながら歩きつつも、おじいさんが『好きなのを読んでいいぞい！　ここは孫が子供の頃に使っておった部屋じゃからのう～』と言ってくれたのでワクワクしながら絵本を丁寧に取り出して膝《ひざ》にのせて読み始めた。

文字は読めなかったが、どの本も綺麗な花や動物がのっており、見ているだけで楽しかった。

「ふうぅ～。すごいぞ……！　きれいなエホンが、いっぱいだ……！　わ、これローゼンさまとキリにみてもらいたいなあ……！　すごいなあ～きれいだなあ～。ふたりとも、まだかなあ～」

ぺらぺらと絵本を捲《めく》り、本の中の世界に浸る。

「あれぇ？　これ、テレビでみたことある……？　えっと……そうだ、とうきょうタワーだ！　ここにもとうきょうタワー、あるんだなあ～フムフム……。ぼくはヒヨコのおかしがたべたいです」

それから幾らかの時間が過ぎた。

窓の外からは鳥の鳴き声と、ゴウゴウという風の音だけがした。

外を覗《のぞ》こうにも、窓が高いので空しか見えなかった。

ドアの傍に置いていた椅子をヨタヨタ押して寄せてから上ってみる。

沢山の民家が並んでおり、木には果物が生っていた。見た事もないような花が、そこかしこに咲いており、綺麗な村なのだと改めて感じた。

「あ、おっきなきだ～！　キリとのぼりたいなあ。あ！　あのおはな、ローゼンさまにぷれぜんとしたいな！　このまえ、ぼくがおくったシロツメクサ、だいどころにおいててくれたの、とってもうれしかったなあ～」

シロツメクサが台所にあった事にローゼンも驚いていた気もするが、キリが『別に枯れてから捨ててもいいかなって思ったんで花瓶にいれておきましたよ』と話すと、ローゼンは目を細めて嬉しそうにしていた。

ローゼンが『必ず戻って来る』と言っていた事も思い出し、彼が戻ってきた時にあれもこれも話そうと、考える。

しかし二人はなかなか戻ってこない。

「まだかなぁ……」

クッキーをパリパリ食べながら床にコロンと転がり、天井を見つめる。

「エチゴヤもか……。ぼくもあいたいんだぞ……」

「ローゼンさまとキリ、まだかなあ～。おだいかんさま、はやくふたりにあいたいなぁ～だぞよ」

ちまちまと芝居を続けていたが、いつもなら一日中やれていた遊びも途中で勢いが止まってきた。

「おだいかんさまと、なかよしになれてうれしいですなあ～！」

「ぼくもスキだぞ。ツノがかっこいいんだぞ。これはオトモダチになるしかないのう～」

「フフフ。ぼくはシカさんがでてくるエホンがだいすきでございます」

「エチゴヤはエホンがスキだのう～」

いつもやっている一人芝居を始めた。

「おだいかんさま、おめがタカイ！　これはヤマブキイロのカシのエホンでございます」

次に座る位置を変更し、声音も気持ち甲高くして揉《も》み手をする。

「これはめいさくですなあ～」

雪夜は気に入った絵本を手に取りながら自分に話しだす。

「そうだ、いつものあそびをしましょう！」

そしてムクッと起き上がる。

あの二人と出逢ってから一人の時に感じなかった気持ちが滲むのに気づいた。

一人で部屋に転がっているのはいつもの事だったし、それを辛いと思った事は無かった。なのに、
おもっちゃうんだろうなぁ……」

「う～ん……。おかしもあって、ごほんもあるのに、なんでひとりぼっちのジカンがながいって、

「……」

遂に一人芝居も止まった。

二人が食糧と水を置いていってくれたので、それを本に零《こぼ》さないように気をつけながら食べつつ、しょんぼりし始めた頃だった。

コンコンと物音がしたのだ。

「お？」

キョロキョロ見回すと、またノック音が聞こえた。

二人が戻ってきたー！　とドアの所に椅子を押して近づき、椅子によじのぼり、ドアノブを開けようとする。しかしドアに近づいた時、ノックする音が遠くなっている事に気づいた。

違う場所から鳴っているようだ。

「あれぇー？」

ドアからではないと音の出所を探していると、窓を叩く白い手が見えた。

「おぉ……？」

テテテ……と走って窓を見上げる。

「ローゼンさま、マドからきたのかな？　ローゼンさまも、なかなかの、ワンパクコゾウですなぁ～」

また椅子を寄せて開けようとしてから、ハッと気づく。

ローゼンが『私が帰ってくるまで、知らない者が来ても扉を開けてはならないぞ』と言っていた。

よく見ると、窓を叩く手は雪のように白い。

ローゼンの肌の色とは明らかに違った。

「だ、だれだ！　しらないひとか！　それともじつは、てがしろくなったローゼンさまか！」

シャッと窓から後方にジャンプして距離を取りながらドキドキしつつ問いかける。

しかし窓の向こうから聞こえてきたのは、大好きなローゼンの低い声でもなければ、怪物のような不愉快な音声でもなかった。

「ローゼン様……？　ロゼ殿……いえ、ローゼン・ガルニエ公爵の事でしょうか？」

砂糖のように甘くて優しい声がした。

その声とローゼンの名で緊張がとける。

「あ、そうですそうです！　ローゼンさまのことです！　おしりあいでしたか！」

「はい。ロゼ殿とは、かれこれ五十年程の付き合いですね～」

「なるほど……。ぼくのゆびではかぞえきれないジカンですね～」

ほっとして窓に近づきかける。

一応は警戒して問いかけてみた。

「でもいちおう、あいことばをいってみてください！」

出掛ける間際にキリに『あいことばをおしえるから、ぼくが「やま！」っていったら、キリは「かわ！」っていってね。それでドアをひらいで、おもてなしします！』と話していたのだ。

相手は何やら考え込んでいた。

ドキドキしながら待っていると、遂に返答がきた。

「愛言葉……ですか……？」

「はい！　ではいきます！　どうぞ！　やま！　かわ！」

「……えっと、貴方の事が大好きです。ずっと一緒にいたいです……とかでしょうか？」

「えっ……？」

突然の愛の告白に雪夜はポッと赤くなる。

「え、えっと……」

モジモジしていると、相手は「違いましたか？」と問いかけてきた。

「あっ……ち、ちがいます！　ちがいますけど……うれしいのでセイカイにします……」

いそいそと近づくと、窓を叩いていた手はガラスを撫でていた。

まるで長い舌をもつ動物が窓を舐《な》めているようでジーッと見ていると、白い手はまた話しかけてきた。

「お腹が空いたのですが、何か食べ物はございませんか？」

「しろいテさん、おなかペコペコなんですか？」

「はい。ペコペコです。なので、何か食べたくて……」

「それはそれは……。なんとゆう……。ペコペコはツライですね……。ちょっとまってくださいね。ジュンビいたします。えっと、クッキーと、リンゴと、おみずと……」

空腹の辛さと、食べ物を貰えた嬉しさを知ったばかりの雪夜は白い手が可哀想になり、食べ物をかき集めてから椅子を窓の傍に近づけた。

「じゃあぼくのクッキーを『テ』さんにあげますね！」

そうしてクッキーが入った包みを持ったまま鍵を開けようとした時だった。

ぱきんと音がした。

見上げてみると、鍵の傍の窓ガラスに丸い線が入っていた。そこを白い手が指で押すと、ガラスが外れて床に落ちる。

「あー！　まどがー！」

驚いて拾おうとすると、ガラスに開いた部分から白い手がぬるりと入ってくる。侵入者は鍵を外し、窓が開いた。

そして開いた窓から入ってきたのは、白い月のように澄んだ肌をし、木漏れ日を浴びた葉の色に似た髪を長く伸ばした、妖精か精霊みたいに神秘的な容姿の男性だった。

何よりも不思議だったのは、彼の頭の上には鹿の角のような枝が生えており、その二つの角には綺麗な果実や花が結ってあったのだ。

ゆったりとした布地を幾つも纏《まと》い、それも綺麗だった。

そして長い睫毛《まつげ》から覗《のぞ》く金色の瞳は優しい獣のようで、見惚れていると、彼は優しく微笑んだ。

テレビで見た聖母とか聖女の像に似ていて思わずドキッとしてしまう。

角をもつ青年は小首を傾げている。

「此処《こちら》からロゼ殿の匂いがしたと思ったのですが……坊ちゃんは、どなたでしょうか？」

問いかけてきた。

ローゼンの知り合いと言っていた事を思い出し、急いで体を折って頭を下げた。

「こんにちは！　ワンパクコゾウのユキヤです！　とくいりょうりは、ローゼンさまのクッキーをたべることです！」

おもてなしの気持ちを込めて挨拶した。

青年は此方《こちら》を見つめると、またゆるふわと喋《しゃべ》りだした。

「おやまあ……。ロゼ殿、とても柔らかそうな坊ちゃんとご一緒されていたのですね……」と。

それを見て、空腹の話を思い出した雪夜は青年に話しかけた。

「そうだ、ローゼンさまのおしりあいですね！　ローゼンさまは、ちょっとおでかけしてますが、すぐもどってくるそうです！　それまでイスにすわって、すごくおいしいクッキーをどうぞ！」

椅子を押して彼の目の前に置くと、笑顔でクッキーをあるだけ差し出した。

角が生えた青年は少し驚いていた。

「くだものもあります！」

上着に果物を包んで青年の前に運ぶと、一列に並べた。

ローゼンの客なら、しっかりおもてなしすれば彼が喜ぶと思ったからだった。

更には水筒を持ってトコトコ近づいて差し出す。

「どうぞ！　ひとはだにあたためた、おみずです！」

「これは御親切に。ありがとうございます」

綺麗な青年は椅子に腰かけながら輝くような微笑みを見せてお礼を口にする。

その優しい姿にテレテレしていると、彼は長い服の裾を捲《まく》って生足を出し、その足に水筒の水を残らず浴びせかけたのだ。

「は～……美味しい」

息を吐いて頬を染める青年の足首に、噛みつかれたように大きな傷があるのを見つけた。

傷口には赤黒い血が付着しており、見るからに痛そうだったので、雪夜はポケットから予備の包帯を取り出してゴソゴソ巻いてあげようとした。

しかし、急に服の襟首の部分を掴まれ引き剥がされた。

「わあー！」

そのままブラーンと宙づりにされた。

青年の瞳孔が肉食獣のように動いて此方《こちら》を捉えている。

「……何をなさってるのですか？」

静かに問いかけてくるが、その声音には何処か緊張を感じた。雪夜は自分の顔の包帯を捲《まく》って示す。

「ケガしてるから、ほーたいをまいてあげなきゃって……」

「……どうして坊ちゃんが、わたくしのケガを治療しようと？」

変なコトを言うなぁ……と思いつつも雪夜は自分の顔の傷を指差した。

「だって、ケガしたらだれでもイタくてツラいので、みんなそうするとおもいます」

「皆？」

「そうです！　ケガはイタイからです！」

襟首から手を離され、雪夜はベチャッと床に落ちる。

「ウグ……あいたたた……」

鼻を撫でながら涙目になっていると、彼は足を見せてきた。

「このケガは、山に仕掛けられていたトラバサミを踏んだからなのですが、こういったものを仕掛ける皆さん……坊ちゃんの言う『みんな』は、このケガを見ても坊ちゃんのようにされると思いますか？」

トラバサミって何だろうと思って問いかけると、青年は両手で動物の口のような形を作る。

「こういった形の罠《わな》がありまして……」

「ふむふむ」

「この中心部分を踏むと、口が閉じて足が捩《ね》じ切れる仕組みに……」

「キャア！」

がしゃんっと閉じる動きを手でして見せられ、想像して雪夜は悲鳴を上げた。

雪夜だってローゼンから貰ったクッキーが嬉しくて、ルンルンとスキップしていたら、いきなり地面からバクッと噛みつかれるかもしれない……。なんてオソロシイ……とブルブル震えながら丸まって頭を押さえてしまう。

しかし、そんなオソロシイ罠《わな》にかかったおにいさんは……と思い返し、ガバッと起き上がって青年を見ると、彼は運んできたリンゴをほとんど食べてしまっていた。

「ぼくのリンゴ……」

しかもリンゴをグシャッと握り潰し、滲みだした果汁を口からゴクゴク飲んだかと思えば、握り潰して小さくなった果肉も芯や皮、種ごと口に放り込んでバクバク食べている。彼の見た目はとても綺麗だったが、行動はとってもワイルドだった。

雪夜も真似してみようと残っていたリンゴを握ってみたが、ツルンと滑って床を転がり落ちただけだった。

「あぁ～……」

しょんぼりしている間に、長い髪の綺麗な青年はクッキーも全部食べてしまっていた。

「あ……。ぼくのクッキー……」

ローゼンがくれたクッキーが一つ残らず無くなっており、カケラも残っていない。ショックを受けていると、青年から謝られた。

「申し訳ありません……。空腹で、つい……」

その言葉に、雪夜は反省した。

腹ペコの辛さは知っているし、そんな時に美味しいものがあったら誰でも全部食べてしまうだろうに、自分はクッキーが無くなった事を哀しむなんて……と落ち込む。

(おにいさんは、トラバサミにガブッてされて、すごくビックリしてショックだったから、おいしいものをたべてゲンキになりたかったんだろうなぁ……。なのに、ぼくはリンゴと、クッキーをもっともっと、たべたかったなあ～とか、かんがえてて、わるいこだ……）

尊敬するローゼンのように立派な大人になりたいという気持ちから、雪夜は青年を励ました。

「ウグ……いいんですぞ！　ローゼンさまがつくってくれたクッキーはおいしいから、しかたないんです！」

「これはクッキーというものなのですか？」

「そうです！　ジンルイのエイチのケッショウ、クッキーです！」

しかし青年は微妙な顔をしていた。

「う～ん……。空腹なので食べられましたが、モソモソしていて甘ったるくて、あまり美味しくありませんね……。砂みたいで、普段ならあまり食べたくない部類のモノです……」

「がーん！」

クッキーへの冒涜《ぼうとく》に衝撃を受けていると、彼は食べるだけ食べて文句を言っている。

「わたくしはお肉がいいです。岩塩をふっただけのお肉とお酒が一番好きです」

オサケは雪夜は食べた事が無かったが、お腹が減るとイライラする人もいると聞いたので、クッキーへの悪口は許してあげようと思った。

「ぼ、ぼくはもうゴサイのオトナなので、オトナのヨユウでゆるします……」

そう言いつつも許しきれずにいると、青年は不思議そうに食い散らかした残骸を指差した。

「これは坊ちゃんの大切なものだったのでは？」

「はい。すごくすごくたいせつで、おいしいものでした……。ぜんぶ、しにましたが……」

「すみません。殺してしまいました」

「ころされてしまいましたか……。ローゼンさまからもらったクッキーは……」

繰り返していると、青年が重ねて問いかけた。

「そういったモノを奪われると、通常は怒るのでは？」

「う〜ん……？」

あげたのに『奪う』？

腕を組みながら考える。まだまだ食べたかったなとかなら考えたが、怒るのとは違う気がした。

とりあえず考えている事を口にしてみる。

「でも、おなかがペコペコでかなしいキモチと、クッキーはおいしいからもっとたべたいというキモチだったら、ぼく、おなかペコペコさんが、たべたほうがいいんじゃないかなあっておもっ……」

「ロゼ殿が、坊ちゃんの為にくれたモノでもですか？　ロゼ殿が悲しむのでは？」

ローゼンが悲しむという言葉が胸にグサリと刺さった。

出掛ける度に、どれだけ疲れていてもクッキーを買ってきてくれるし、今朝も自分の為に一生懸命クッキーを作ってくれていたローゼンを思い出すと、そんな彼の気持ちを傷つけたのではないかという言葉は重かった。

だから雪夜は自分自身に怒ったのに、ぶつけ方がわからなくて青年に怒ってしまっていた。

「なんでそうゆうことをゆうのですか！　ぼくも『ローゼンさまに、きいてからにしたほうがよかったのかなあ……』って、ハンセイしてましたんです！」

そこで両手を上げてプンスコ怒ったけれど、青年はやっぱり不思議そうだった。

それは大人達がよくやる『わかっているのに質問する』顔ではなく、本気でわかっていない、わからないからアレコレ聞いている自分と同じ表情だと思った。

（このおにいさん、ぼくよりおおきいのに、ぼくとおなじみたいにみえるなあ……？）

なので、ウーンウーンと考えていると、大きな角がある青年が先に口を開いた。

「とても不思議です。我々、樹族《きぞく》はどれだけ他者が飢えていても、傷ついていても決して施しは致しませんから。弱い者なら飢えるがままに。強き者ならば飢えて弱っている所を喰らわれます。華族《かぞく》の方ならば、醜《みにく》い者は見殺しに、美しい者には施して恩を与えて飼うのでしょう。ですが、坊ちゃんは、飢えて弱っているという、わたくしを狩る千載一遇の好機に何故か見返りを求めずに御自分の大切な食糧を全て与えてしまわれました」

「ん？」

全て与えたわけではなく、いつの間にか無言で食べられたような気がするのだが。そう思った雪夜は青年の話の腰を折る。

「たべるときは、いただきますと、たべたあとはごちそうさまっていわないと、わるいこになっちゃうんです」

すると青年は驚き、それから頷《うなず》く。

「なるほど……。命を頂いている感謝を忘れるなという作法ですか。坊ちゃんは礼儀がしっかりしておりますね。やはり武術を嗜《たしな》み、筋肉を愛する者としては、礼節を知っておかねばなりませんものね」

「きん……にく……？」

どう答えればいいか悩んでいる間に、またいっぱい質問された。

「坊ちゃんは変わっておられますね。わたくしに礼節を説く者は数多くいらっしゃいましたが、どなたも様々な意図がございました。ですが、貴方にはそれを感じない。純粋な想いからの忠言なのだと感じます」

「ほうほう。それは、ほめられておりますのでしょうか？」

「はい。心からの賛辞ですよ」

「やった〜！　ありがとうございます！　ありがとうございます！　ゴセイエン、ありがとうございます！」

嬉しくて選挙カーの真似をしながらバンザイして喜んでいると、青年は悩みだした。

「……だからこそ、わたくしには不思議でなりません。樹族《きぞく》は三種族の何処よりも優れた視覚や聴覚、五感を駆使して他者の振る舞いを本能的に読み取ろうとします。が、逆に言うと読み取れないような正体不明の生物にはどうすればいいかわからないのです。何故に弱った樹族《きぞく》に食糧を渡した後にケガの治療を施そうとするのか……。殺せる機会を逃して何がしたいのか……。貴方に罠《わな》の意図は無いと感じると、ますます意味がわかりません。だから、わからないものは殺すべきか、食べるべきか……」

「そして、いっしょにあそぶべきか……」

勝手に青年の言葉の続きを考えると彼はキョトンとしていた。

なので改めて付け足す。

「ぼくも、おにいさんのこと、わからないことばっかりです。なんかグサッてくること、ゆわれますし……。でもおなかペコペコはつらいなとか、クッキーはたべれるんだなとか、いっしょのところもあるし、そうゆうときはアソブといいんだと、ぼくがいま、セイキのダイハッケンをしました！」

「一緒……ですか？　わたくしと、坊ちゃんが？」

「ちがうとこと、いっしょのとこがあるから、みんなになるんじゃないのかなあって」

語りかける程に青年は考え込んでしまっているように見えた。

形の良い眉を寄せて唸《うな》り続けている。

「……坊ちゃんの言いたい事、申し訳ありませんが、よくわかりません」

「ムム……！　えっと、つらいこととか、すきなものがわかりあえるなら、ショータイフメーのセイブツじゃなくて、おんなじイキモノで、ごはんたべたりあそんだりできると、ぼくは、おもうんだけど、おにいさんはジブンとオナジじゃないと、コロスかタベルかしかしないとか、もったいないとおもうんです」

「……」

「しらないヒトのことをしろうとするのは、ぼくはたのしいです！　シュッシュッ！」

気合いの猫パンチの素振りをして見せる。

青年は少し黙った後、また様々な問いかけをしてきた。

その会話の最中で、彼は何度か匂いを確認するように、鼻をスンスンと動かしていた。そして此方《こちら》を繰り返し観察している風な動きをした後、眉を寄せてかすかな困惑を見せる。

「君は、何者ですか？」

質問の意図がわからずに、とりあえず雪夜という者ですと名乗ったが、相手は首を振る。

花の匂いがしない、樹木の匂いも角も耳も無い、鉱族《こうぞく》とも違う……と言われたのだ。

雪夜はローゼン達から『知らない者にニンゲンだと言ってはいけない』と言われていたのが、もう知ってる人なのでいいのかなと思い、ニンゲンですと話した。

「ニンゲン……。あの、食べると強くなると言われる、ニンゲンさんですか？」

ジロジロ見られたが、雪夜は断言する。

「でもぼくはたべられたことがないので、わかりません」

すると、相手は瞬きを繰り返した後、少しだけ唇を上向きに動かしたように見えた。それから、ふっと声を漏らして目を閉じた。

「……なるほど。ニンゲンさんとは、随分と狩り甲斐が無い生き物さんのようですね」

それから青年は樹族《きぞく》について教えてくれた。

「まず、わたくしを始めとする樹族《きぞく》は、華族《かぞく》の方や鉱族《こうぞく》の方のように農業や畜産業が盛んではありません」

話が変わったと思ったので、雪夜はズリズリと尻を床に這いずらせながら青年に近づいた。

「ほうほう？　それはナゼでございますでしょうか？　あと、そのオハナシは、ながくなりますのでしょうか？」

「そうですね……。長くなるかもしれませんね」

「ほうほう……。では、おひざにのっても、よろしいでしょうか？」

床に座って聞いていたらお尻が痛くなってきたのと、ローゼンの膝《ひざ》に乗った時の心地よさを思い出してそう提案する。青年はまた少し、驚いていた。

「……坊ちゃんは、本当に変わっておられますね」

そう言うと、椅子から床に座り直して、静かに膝《ひざ》を開けた。

座ってもいいという意味だと察して近づく。

「これはこれは……かたじけない。おじゃまいたします。どっこいしょ」

そして青年を見上げて笑顔を向けた。

「これでムテキになりました。つづきをどうぞ」

青年は無言だったが、身を屈めて雪夜を覗《のぞ》き込んだ時に、さらさらの細い髪が頬や体に触れた。

ローゼンのように頭を撫でてはくれなかったが、膝《ひざ》に乗った雪夜をはねのける事もなく、会話が再び始まる。

「はい。樹族《きぞく》は何かを育てたり、研究するような根気の要る仕事が大の苦手なのです。逆に鉱族《こうぞく》の方々はそういうのが得意らしいですが……。そういった気質もあり、樹族《きぞく》は他種族の方々からは『勉強が嫌いな蛮族』と言われています。でもその代わりに、樹族《きぞく》は三種族の中で最も優れた肉体能力をもっている為、狩りや森の探索で食糧を得ています」

「ふむふむ。キャンプとかがトクイということなんですな。みんなにダイニンキですな」

「きゃんぷ……？　それはよくわかりませんが、森を始めとする野外での活動において、我ら樹族《きぞく》よりも優れた種族は存在しないと思っています。狩りは得意でありながら、畜産や農耕は苦手……故に、食糧の備蓄能力に乏しい種族とも言えますね。我々は限りある資源を強い者が優先的に受け取り、弱い者を切り捨てていく事で少数精鋭的な種族として成立しています。確実に生き残るであろう個体を優先していくわけです。その分、樹族《きぞく》は他の種族よりも子を多く産む事で全体数の減少を留めていますが」

「む……ムム……？」

　ちょっと難しくなってきたが、相手が真剣なので理解している風にキリッとした顔で頷《うなず》く。

「だから、そんな資源が乏しい種族は、よくわからないモノを群れに入れる行為を嫌うのです。気まぐれに拾った生物が、わたくし達を食べる猛獣であったなら、未知の病を持っていたなら……その場合、他の種族のように知識や物資の蓄えが無いので、樹族《きぞく》は簡単に滅んでしまいます。ですから、わたくし達は排他的な成長を選んでしまったのでしょうね」

「でも、こまったときはごはんくださいって、たすけてくださいって、ほかのみんな……ローゼンさまとかキリにたのんだらダメなんでございますでしょうか？　ぼくは、おなかがへったらローゼンさまたちがゴハンをくれるので、たすけてくれるひともいるんだってしりました！」

　青年が丁寧な口調なので、つい雪夜も口調が敬語風になる。青年は少し考え込んだ様子だった。

「……そうですねぇ。他種族の方を頼るという概念は樹族《きぞく》には無かったかもしれません。我々は強いのだから、どうとでもなる、自分より弱い相手に借りを作りたくない、という肉体的な驕《おご》りが他者に救いを求める行為を阻害していた気がいたしますね」

そこで何故か急に青年の指先が頬に触れてきた。

何かを確認するかのように包帯の上からプニプニされたが、さっきもキリに頬肉をいじられたので、されるがままにしていた。

「ですが、坊ちゃんと話していると、なんだか、今まで理解できていた事を本当は理解していなかったかのような気持ちになりますね……。知る事への高揚感と、今までの思想が否定され、踏み固めた足場が崩れるような不安感……どこか、狩りや戦闘に似ている気がします……。そして、もっと知りたいという気もし始めている……」

それから彼が急に立ち上がったので、雪夜は床にコロンと転がった。

青年は窓の傍に立っており、遥かな彼方を見つめているようだった。帰宅するのかと思った。

「おかえりになられますのですか……。おかまいもできませんで……」

お見送りしようとテクテク近づくと、振り返った青年が手を伸ばしてくる。

ローゼンのように頭を撫でてくれるのだと思って撫でやすいように爪先《つまさき》立ちで背伸びしていたら、急に小脇に抱えられた。

「キャ」

驚いて悲鳴を上げる雪夜。

そのまま青年は窓から壁伝いに屋根に出ると身軽な動きで飛び降りた。

「キャア！」

落ちるかと思って目を手で覆《おお》ったが、衝撃は来なかった。恐る恐る手を外してみると、青年は家の傍の大木の枝に飛び移っていた。

さわさわと揺れる木の葉の隙間から漏れる太陽の光と、土と水と葉の匂いを含んだ風が頬を撫でる。

遥か下には、先程ローゼン達と歩いてきた道が伸びており、歩いている時には見られなかった風景に感動してしまう。

「おぉ……」

キョロキョロしていると、青年が此方《こちら》をジッと見ている事に気づく。

まるで動物の瞳のように、何を考えているかわからない目を見つめ返していたが、そこでハッと思い出す。

『ローゼンさまがかえってくるまで、おるすばんをがんばる』という役目があったのに、部屋から抜け出して木登りをしているなんて、ローゼンが知ったら『雪夜は、お留守番も出来ない悪い子なのか……。クッキーを焼くんじゃなかったんだぞ……しょんぼり』となるかもしれないと考えた。

直ぐに部屋に戻らねば！　と、キリッとした顔で青年に声をかける。

「おにいさん、ぼくね……」

言いかけた時、青年の後方の木にカブトムシが居るのが見えた。

「あっ、カブトムシ！」

指差すと、青年が凄く速い手の動きでカブトムシを捕まえて見せてきた。

「これですか？」

青年の手の中では、野球ボール程の巨大なカブトムシが蠢《うごめ》いている。

「わ！　す、すごい！　すごいねおにいさん！」

そしてカブトムシをくれた。

テレビでしか見た事がない昆虫に、雪夜は目を輝かせる。

しかしカブトムシは夏の虫だった気がする。

少し前に雪が降っていた事を思い出して青年に問いかけた。

「ふゆに、カブトムシっているのですか？」

「カブトムシさんは、年中おりますが……？」

当たり前の事を聞かれて驚いているような表情をしていた。

カブトムシさんがいつもいるって、テンゴクですなぁ……と、ウキウキしながら改めて青年に尋ねてみる。

「い、いいのですか？　こんな……こんな、よいものを……」

わさわさ動くカブトムシに感動しながら両手で大切に触れていると、青年はニッコリ笑った。

「ええ。構いませんよ」

「なんとゆう……なんとゆう……、ありがたや……！　かほうにいたします！」

「でも、その虫さん、中身が少なくて硬くて苦くて不味いですよ？」

「え？」

手の中のカブトムシがガサガサァ！　と思いっきり暴れた気がした。

雪夜が青年をジトッと見つめるも、彼がカブトムシに視線を向けだしたので、雪夜はカブトムシを視界から隠そうとした。

「ああ、でも、非常時にはアリかもしれませ……」

「た、たべちゃダメです！　カブトムシさんはたべちゃダメです！　えっと、ぼくのたべもの、ほかになにかあげますから……」

食べられないようにポケットから食べ物を探している間に、カブトムシは逃げた。

「あぁ……」

飛び去る虫を見てしょんぼりしていると、青年がグッと身構えた。

また捕まえそうだったので、雪夜は青年の長い髪を引っ張って止める。

「何故、止めるのですか？　坊ちゃんはあの虫が大好物なのでしょう？」

「モヘェ……」

とんでもない事を言われて、驚いて変な声が出た。

カブトムシを食べたりしていないし、食べたいとも言っていないのに大好物にされているので大きく首を振る。

「ぼ、ぼくのダイコウブツはクッキーとローゼンさまなので、カブトムシはたべないのです！」

「大好物がクッキーとロゼ殿……？」

「そうです！　どちらもだいすきなので、ダイコウブツなのです！　それにカブトムシは、はじめてさわったのです。だからうれしかったけど、でもカブトムシからしたら、もりであそんでるときに、ぼくにつかまってこわかったんだろうなって……。そうおもうと、もうじゆうにしてあげないとなって……」

木の上は何処を見てもワクワクする程に綺麗な景色なので、きっと楽しかったのだろう。

そう考えていると、青年は目を細めて、呟《つぶや》いた。

「……確かに、外を自由に飛び回れる喜びは、貴重ですね」

木漏れ日が眩《まぶ》しかったのだろうかと思っていると、雪夜はふと、ローゼンの言葉を思い出して、マグおじいさんの家の二階を指差した。

「きのぼりと、カブトムシをつかまえるのがスゴイおにいさん、ローゼンさまがかえってきたときに、ぼくがいなかったらビックリしちゃうので、おへやにかえりましょう」

ちょいちょいと家を指差すと、青年は首を傾げた。

「坊ちゃんは、ロゼ殿が迎えに来ないとは考えないのでしょうか？」

「ローゼンさまが、ゼッタイもどってくるっていってたからだいじょうぶです！」

「どうして自分を閉じ込めた者を信じられるのですか？」

へんな質問をするなぁ……と思いつつ、キッパリ言い切った。

「だって、ローゼンさま、だれからもなぐられるような、ぼくをたすけてくれたし、ぼくのことをぶったりしない、すごくやさしくていいひとだから、ウソついたりしないんです！」

母や父からも嫌がられていた自分を守ってくれて、沢山優しくしてくれたローゼンは『すごくいいひとだから、だれにでも、ぼくにもやさしいんだ』と思う。

それを聞いた青年は目を細めていた。

「ここいら一帯にロゼ殿の匂いがしません。キリ君もです。なので、お二人とも何処か離れた場所に居るようですが……」

「それはローゼンさまもキリも、あぶないかりにいくから、ぼくは、ここにいなさいって……」

「危ないなら、どうして坊ちゃんを傍で守らないのですか？　危険な場所に赴いた個体が死んでしまった場合、閉じ込められたままの個体も死んでしまいますが……」

「し……？　おほしさまになって、あえなくなること……？」

理解できずにいると、木から降りた青年は、とある光景を見せた。

先程逃げたカブトムシと思われるものが、タヌキに捕まって食べられていたのだ。

無残な姿に雪夜が呆然《ぼうぜん》としている中、タヌキは青年に驚いて逃げる。

散らばった残骸を見た雪夜は声を上げる。

「ま、また、くみたてたらカブトムシ、とべるかも……」

何度も破壊されても元に戻せたブロックを思い出してカブトムシを『直そう』と、ジタバタもがいて地面に下りる。

座り込んでカブトムシを見ている雪夜を、青年は不思議そうに観察していた。

「一度死んだものは、もう二度と生き返りませんよ」

「そんなことないです！　ブロックは、なんかいもなおったから、またカブトムシも……」

「ぶろっく……？」

「これでカブトムシ、おわりじゃないです！　だってまだ、カブトムシ、ぜんぜんモリであそんでないんです！　もっとあそびたいはずだから、なおしてあげなきゃいけないんです！」

せっせとカブトムシを元に戻そうとするが『部品』が足りなくて戻せなかった。

「ぶひんがあったら……えと……えっと……」

森を探し回るも、ハッと気づいた。

このカブトムシを甦《よみがえ》らせようと思ったら、他の楽しく遊んでいる別のカブトムシから『ぶひん』を貰わなくてはならない。そしたら今度はそのカブトムシの方が飛べなくなるのだと。

それに気づいてメソメソ泣きだす雪夜のそばで、青年がしゃがみ込む気配がした。

「生物は一度死ねば次はありません。死とは、二度と目が覚めない眠りの事です。君が当たり前のようにしている全てが出来なくなり、明日しようと思った事も、もう何も出来ません」

恐ろしい言葉に雪夜が涙を零《こぼ》して青年を見つめると、彼は「だから……」と何か言いかけて、不意に顔を上げた。

彼が見つめた先……森の中から、頭に山羊の角や動物の耳がついた男達が出てきたのだ。

手には棒のようなものを持っている。

村人かと思って涙を拭《ぬぐ》う雪夜。男達は雪夜と青年を見て笑いだした。

「おいおい、シケた村かと思ってれば、極上のメスがいるじゃねぇか？」

「しかもその枝角、同族か？　樹族《きぞく》でこんな上物のメスが野良でいるとかツイてるな！　大概のメスは群れの長が独り占めして孕《はら》ませちまうからよぉ……」

そうして色々とよくわからない事を言いながら取り囲んでくる。

「俺らみたいなハグレ樹族《きぞく》じゃありつけねぇようなイイ女だぜ……へへへ！　たっぷり可愛がってやるよ！」

「よう、ねえちゃん、もしかしてその汚ぇ包帯チビはアンタのガキか？　そんな角も耳もシッポもねぇような貧相なガキじゃなく、オレらがホンモノのオスの子種を恵んでやるぜ！」

「その出来損ないのガキはオレらが始末してやるから、安心しろよな！」

雪夜は何となく三番目の父を思い出して恐怖を感じ、ブルブル震えながら青年の腕にしがみつく。

青年は少し驚いていたが、しばらく後に頭を触られた。

撫でているつもりなのかもしれないが、とても不器用な手つきだった。

頭を撫でてくれていた青年は長い髪をかき上げると、すっと立ち上がった。

途端に、周りの男達がザワつく。そして口々に叫んだ。

「デカ！」

二人の時はそれほど気にならなかったが、青年は周囲の男達よりも背が高かった。もしかすると長身のローゼンより少しばかり大きいかもしれない。

青年が首をバキバキ鳴らすと、男達は口々に怒鳴る。

「なんだオマエ、そのメス顔でアホみてぇにクソデケェ背丈って！」

「よく見たら喉仏あるじゃねぇか！　くそっ！　オスかよ！　期待させやがって！」

少しの間そうして騒いでいたが、そのうち、「い、いや……でもまぁ……、これだけ美人なら、もうオスでもいいだろ？　オスでも使える穴はあるんだし、捌《は》け口に使うだけだからよぉ」と、またよくわからない事を言いながらニヤニヤし始めた。

男達の言葉を黙って聞いていた青年は嬉しそうな顔で拳を鳴らすと、よく通る声で告げる。

「良かった……！　そろそろ空腹を感じて参りましたので、どなたか適当に見繕って食べたかったのです……。でも坊ちゃんを食べるのは何だか気が進まないな……食べ甲斐もなさそうですし……と思い始めておりましたので、存分に食い散らかせる御馳走さんが沢山、そちらから来てくださって、わたくし助かりました！　ケンカを売っておられるという事は、つまり、殴って食べてもいいという事ですよね？」

えっ……と雪夜が青年を見上げる。周りの男達は青年が顔に似合わぬ好戦的な口調をみせた事に、ざわついている。

しかし男達から漏れ聞こえてくる声からは、青年を侮る発言ばかりだった。

こんな貧弱そうな奴に負けるわけがない、百戦錬磨の俺達に敵うわけがない、あんな優男な面で強い樹族《きぞく》なんて今までいなかった、だからきっとハッタリだと言い合っては、また嫌らしい笑みで品定めを開始している。

青年は周囲の反応など我関せずで腕を大きく振り回すと、履いていたサンダルのようなものを脱ぎ捨て、衣服の袖を豪快に捲《まく》り上げた。

腕はローゼンの手よりもゴツゴツして硬そうに見えた。その腕に力を込めながら彼は男達に視線を巡らせる。

その時、彼の優しい顔つきとは不釣り合いな程に鋭い牙が見えた。

彼は舌なめずりすると、牙を見せて口角を上げた。

「それでは、たっぷり殴らせてくださいね。意識が飛んでしまわれると、殴った時に味が薄くなってしまうので、直ぐに気絶なさらないでくださいな！　それでは……いただきまーす！」

満面の笑みで言うなり、何故か青年が雪夜の襟首を掴んだ。

「えっ」

驚く雪夜。しかし次の瞬間、青年は雪夜を頭上へと放り投げた。

「キャー！」

凄い勢いで上空に投げられ、雪夜は絶叫する。

なんで空に放り投げられたのかわからないが、ビュンビュン過ぎてゆく景色と、見上げても先端すら見えなかった大木の先が見えて、一瞬、見惚れてしまった。

周囲を飛ぶ鴉《からす》や鳥がいきなり地上から飛ばされてきた雪夜にビックリしていたが、ある程度の高さまで飛ばされた辺りで、体が急降下する。

このままでは地面に……

そう考えると、先程のカブトムシと死の話を思い出して怖くなってきた。悲鳴を上げる。

「キャアー！　ローゼンさまぁあー！　キリー！　こわいよー！　いたいよー！」

と、まだ痛くないのに泣き叫ぶ。

しかしその体は地面に落ちる前に、柔らかく受け止められた。

目を開くと自分を投げ飛ばした青年が両手で抱きとめてくれていた。

雪夜を受け止めて着地した青年は、自身が投げ飛ばした張本人である事を忘れたように穏やかに微笑んでくる。

「怖い想いをさせてしまって申し訳ありません。坊ちゃん、お怪我はございませんか？」

「おけがはありませんが……ココロがヒヤッといたしました……」

そう言ってから雪夜は先程の男達が呻《うめ》きながら地面に寝転がっている事に気がついた。

「あれ？　おじちゃんたち、ねてる？」

しかも顔やらあちこちがボコボコにされていた。雪夜の顔や体の傷より酷い。

何が起こったのかと思い、青年の頬に触れて訴える。

「ゲンバが、あらされているようですね……」

刑事ドラマの台詞《せりふ》を思い出して問いかけると、青年は何だか残念そうだった。

「もう少し、殴り甲斐があるかと思ったのですが……。ご覧の通り一瞬で皆さん、意識を飛ばしてしまわれて……。何発か殴ったら直ぐに味がしなくなってしまいました……しょんぼりです……」

「あじ？」

ワケがわかっていない雪夜に構わず、青年は話し続けていた。

「ああ、それと申し訳ありません。わたくし、戦いの最中は食べるのに夢中でして……。坊ちゃんが近くに居ると、忘れて踏み潰してしまうかもしれないと思い、最も安全な上空に投げさせて頂いたのですが……」

あのロケット打ち上げのような行動は『踏み潰さない為』だったらしい。だからといって投げられた恐怖を思い出すと素直にお礼が言えず、謎の葛藤に苛《さいな》まれた。

しかし青年はニコニコしているので、もっとほかに、へいわなほうほうは～とか言えなかった。

「坊ちゃんが落ちてくるよりかなり早く、皆さんが気絶してしまわれたので、もう少し低めに投げた方が良かったかもしれませんね～」

此方《こちら》のジレンマなど知らぬ顔で彼はノンビリしている。

すると頭の角がボキボキに折られた状態で倒れていた男が「て、てめぇ……相手の生気を吸うその力……異端のヤドリギ種か！」と青年を見た。

その言葉にかろうじて意識を取り戻した他の男が震えだす。

「ヤドリギ種って……もしかして、樹族《きぞく》最強の漢、ヒルシュが居る……」

恐れおののく男達に青年は返事をしながら頷《うなず》いた。

「おや、ご存知でしたか？　はい、わたくし、ヤドリギ種のハグレのヒルシュです～」

途端、意識が残っていた者達から悲鳴が上がる。

「に、逃げろ！　ヒルシュって言ったら前の戦争で、数えきれねぇ程の鉱族《こうぞく》どもを食い散らかした怪物じゃねぇか！」

「その上、邪魔だからって周囲の同族まで殴り倒した共食いの狂獣ヒルシュ！」

なんだか色々と言われていたが、雪夜がヒルシュの顔を窺《うかが》うと、彼は意識を取り戻した者を指で数えていた。

それからヒルシュは雪夜を肩に乗せたまま歩きだし、一人の男に近づくと、いきなり素足で相手の腕を踏み潰した。

悲鳴と共に返り血が吹き出す中、ヒルシュの表情は柔和なままだった。

しかも舌なめずりをしている。

「わあ、ちょっと濃い味の生気ですね！　やはり、わたくしと血が近い樹族《きぞく》……同族は少しお味にエグみがあるというか……。空腹なので少し重く感じてしまいますが、気絶すれば生気の味が薄くなるので、かえって丁度よくなるかもしれませんね。まだまだ沢山、味わえそうで嬉しいです！ふふっ、美味しい……」

蹴《け》り上げ続けた。

男は泣き叫んで逃げ回り、許してくれと何度も謝っている。

対するヒルシュは彼等の命乞いが理解できていないように小首を傾げて瞬きしている。

「他者の尊厳を奪おうと近づいていらっしゃったのに、御自分が奪われる側になると命乞いをなさるのですか……？　奪う側ならば反撃で殺される覚悟をしているものでは？　奪おうとして逆に噛みつかれているのに文句を述べておられる行為、理解できません」

雪夜はどうしていいかわからず、ヒルシュの長い髪を掴んだ。ヒルシュはそんな雪夜に構わずに暴力を振るい続けている。

殴る事で相手の生命力を食べているらしいヒルシュにとって、これが『暴力』ではなく『食事』なのは、理解はできた。現に殴る時に「いただきます」と言い、気絶した相手には「御馳走様でした」と一礼しているのだ。

だが彼にとっては悪事ではないこの行為も他の皆にとっては恐ろしいものなのだと思う。

それを続けていれば……

先程のローゼン達の姿が頭の中に甦《よみがえ》る。

彼等はヒルシュをわるいもののように話していた。

ヒルシュにとって『襲いかかってきたから殴り倒した』という理屈も、彼等には通じない気がしたのだ。

それに、幾ら怖い大人でも痛みに泣いている姿には、胸が痛んだ。

そして何よりも、自分に少しでも優しくしてくれた相手が暴力を振るう姿を見ているのは雪夜にとって怖かった。

『やさしくてだいすきなおかあさん』が『おこっているときのこわいおかあさん』に変わるように、ローゼンやヒルシュのやさしい時間が終われば、自分を殴ったり蹴飛《けと》ばしたりして笑うようになるのではないかという不安が心の奥底にある。

だから好きな人にはいつもやさしいひとでいてほしい。けれど、ヒルシュを止めようにも手元に食べ物がもう無い。なので彼に訴えてみた。

「ヒルシュおにいさん、も、もうやめてあげてほしいです！　おじさんたち、いたそうだし……おにいさんも、なぐられたらいたいよね？」

しかしヒルシュは返り血を浴びた顔で平然としていた。

「殴られると、痛いのですか？」

「えっ？」

ヒルシュは既に治癒しかけている足の傷を示しながら語る。

「わたくし、トラバサミにかかった痛みと、ロゼ殿に鞭《むち》や花蟲《はなむし》で攻撃された時のケガの痛みは知っていますが……」

（ローゼンさま、ヒルシュおにいさんをトゲトゲでたたいてたんだ……）

「誰かにこんなに殴られた事は無いので、この痛みはわかりません」

「で、でも、おじちゃんたち、ないてます」

何とか共通の感覚に訴えようとしたが、ヒルシュは考え込みだした。

「……わたくし、泣いた記憶がないので、よくわかりません」

「え！」

衝撃の答えにオロオロしている雪夜に構わず、ヒルシュは真剣な顔だった。

「泣く、とは……どういった時に行う行為なのでしょうか？」

口籠る雪夜に構わず、ヒルシュは自己の思想を気ままに語り続ける。

「激痛で悶え苦しんでる時、悲しみにくれている時、恐怖に震えている時……戦場では皆さん、様々な場面で泣かれていましたが、理解できませんでした。泣く行為は、視界を曇らせて判断力を鈍らせる、生存に不適切で不要で不毛な行為です。泣いている間に敵に殺されてしまうかもしれないのに、どうして皆さん、敵に牙を向けず、逆に戦意を捨て、無防備で無為に見える行動をとられるのでしょうか？」

その問いかけに対する答えを雪夜はもっていなかった。

雪夜にとって泣くとは、考える前に涙が出てくるものだったので、それを言語化できなかったのだ。

まるでヒトの姿をした動物と会話しているような気持ちになる。

しかし彼の方が雪夜よりも遥かに様々な事を知ってるようにも思える部分もあった。

「それにわたくし、とてもお腹が空いています。飢えた獣は獲物を前にして『痛そうだから食べないであげよう』とは思わないでしょう？　だから、死なない為に食べるのは当たり前の事です」

まだまだ食べたそうにしているヒルシュだったが、騒ぎを聞きつけたらしい華族《かぞく》の村人が此方《こちら》を見て驚き、逃げていったのに気がつくと、手を止めた。

去りゆく村人の声が聞こえてくる。

「樹族《きぞく》だ！　樹族《きぞく》が同族同士で暴れているぞ！」

背中を向けて走る姿に、ヒルシュがぴくりと反応した。それは野生の獣が逃げる獲物を本能的に追いかけようとする仕草に似ていた。ヒルシュは、再び意識を失った男達への興味を捨て、逃げた村人を新たに食べようとしているのか、方向を変えだした。

村人を追って、ざくざくと速足で歩き、舌なめずりをしている。

彼の瞳は爛々と輝いており、白い頬は紅色に染まり始めていた。

嫌な予感がした。

このままヒルシュが村人を殴れば、確実にローゼンが許してくれない程に怒ると思ったのだ。それに、ヒルシュ自身の事を何となく放っておけなくて呼びかける。

「ヒ、ヒルシュおにいさん！」

「はい？　坊ちゃん、どうされましたか？　お腹が空きましたか？」

彼は出会った時と変わらない、優し気に見える表情を浮かべていた。

「お、おにいさん、おなかがすいたなら、おみずに、あしをつけにいこうよ！」

そう言って、逃げた村人から気を逸らそうとしたのだが、彼は目をぱちくりさせていた。

「それも良いのですが……」

と断ってから、ニコッと笑った。

「殴って摂取した生気の方が、お水を頂くより美味しくて腹持ちが良いのです」

「そんな」

それではヒルシュが村人に嫌われて憎まれてしまう。

彼は食べ物を奪ったり、暴力を振るったりと恐ろしい振る舞いをしているが、雪夜は何故かその行動を『ひどい』『わるいこだ』と感じられなかった。

ただの気まぐれなのかもしれないが、カブトムシを捕ってくれたり、一応はケガしないようにと気を遣ってくれたり（空に放り投げられはしたが）、村の中心を目指している今でも草笛をくれたりして構ってくれている。

草笛をピープー吹いていると、ヒルシュはそれに合わせて口笛を吹いていた。

何を考えているのか本当にわからないが、とりあえず村に行かせないようにと、雪夜は考えた。

「お、おにいさん、ムラにいくまえに、ちょっとぼくとあそびましょう！」

そう言ってピー！　っと草笛を吹く。

「でも、わたくし、まだ少し空腹で……。殴ってからではいけませんか？」

「お、おなかがげんかいになったら、ぼくをなぐっていいから、あそぶんだぞ！」

今度は、プー！　っと吹いてみる。

「……」

雪夜なら殴られるのには慣れているし、さっき会ったばかりの面白いオクサリスやマグおじいさんが痛い想いをしたり、ローゼンやキリが怒ったり困ったりするよりは良いかな、と思って提案したのだが、ヒルシュは躊躇《ちゅうちょ》している様子だった。

「でも……坊ちゃんを殴るだなんて……」

（おにいさん……やっぱりやさしいんだぞ……ぼくはわかっていたけど……）

そう、ジーンとしかけたが、ヒルシュは雪夜の爪先《つまさき》から頭までを観察してから困ったように眉を寄せた。

「……わたくしが全力で殴ったら、小さな坊ちゃんの体では耐えきれずにバラバラになってしまって、直ぐにお腹が空いてしまいますので」

「おぉう……」

優しくなかった。

食べ甲斐がないと断られてしまったので、雪夜はヒルシュの肩をよじのぼり、頭の角をゆっさゆっさ揺する。それでも強い肉体をもつ彼はビクともせずに普通に話しかけてきた。

「わわ、坊ちゃん、危ないですよ？　わたくしの肩の高さから落ちてしまえば、足が折れて大怪我してしまうかもしれませんから……」

ケガを気遣ってくれる心を持っているのだから、話が通じる余地はあるかもしれないと、雪夜は思っている事を正直に話して頼んでみた。

「……ぼく、あそんでくれたヒルシュおにいさんがみんなにきらわれるのはイヤなんだ」

「そうなのですか？　わたくしは気にしませんが……」

「どうして？　なんで？　ぼくだったら、ヒトからきらわれたくないです！」

問いかけると、彼は向かい風に目を細める。

「だって野生では明日、一人で死んでいるかもしれないのですから」

『死』という言葉に再びカブトムシを思い出して心を痛めていると、ヒルシュは少し前に言いかけていた死への気持ちを語りだした。

「生物は死ねば終わりです。その後に挽回《ばんかい》はありません。もう新たに何かを遺せないのです。だから、己の生きている証を刻みつける為ならば、死なぬように強く在らねばなりません。他の生物から嫌われる事を恐れて遠慮した結果、飢え死にしては本末転倒ですから」

「つよくある……」

「はい。戦う術をもって生まれたからこそ、思うがままに大地を駆け、風と共に吠《ほ》え、襲い来る者には牙を剥く……。樹族《きぞく》は生きる為に奪い、殺し、得た糧を元に明日を得ます。他種族から憎悪されるような生態をしている樹族《きぞく》は、他者からの嫌悪に怯《おび》えれば、生きていけません。肉体的な強さに特化してしまった種族だからこそ、己の持てる全力で在る事が真の樹族《きぞく》の矜持《きょうじ》です」

そう言い切るヒルシュの姿を見て、雪夜は眩《まぶ》しさでチカチカする想いだった。

『いい子でいなさい』

『迷惑をかけるんじゃない』

『お前が生まれた所為《せい》で人生台無しだ』

そう言われ続けてきた雪夜にとって、ヒルシュの突きぬけた思想は、今まで見た事がなかったものだ。

それは良い子・悪い子という範疇《はんちゅう》で語れないモノで、今の雪夜には無い『意思』だった。

ただ、伝えておきたい気持ちも雪夜にはあった。

ヒルシュの角に掴まりながら、顔を覗《のぞ》き込んで話しかける。

「でも……ヒルシュおにいさんが、あしたカブトムシさんみたいになったら……、ぼくはかなしい……。もっとあそびたかったなとか、もっとクッキーとリンゴあげればよかったなとか、いっぱいいっぱいコーカイしそうで……」

するとヒルシュは今までとは違う表情を見せた。からから笑いだしたのだ。

頭が揺れ、落ちかける雪夜の体をヒルシュが片手で支える。

そうしてヒルシュは満足げに頷《うなず》く。

「では、その時は、坊ちゃんがわたくしが生きていた姿を覚えておいてくださいな。樹族《きぞく》にとって、衰弱した姿や敗北した姿を憐れまれるのは最大級の屈辱なのです。普段は忘れてくださっていて全然かまいません。ただ、この青い空や温かな大地を見た時にでも思い出して懐かしく思ってくだされば、それがわたくしは一番嬉しいのです。でも……そうですね……」

そこでヒルシュが雪夜を肩から下ろして屈み込み、視線を合わせて柔らかく微笑んだ。

それはとても眩《まぶ》しく、嬉しいという感情をもった『ヒトの笑顔』だった。

「坊ちゃんの記憶に残るわたくしの姿が、リンゴさんやクッキーさんを奪ったり、カブトムシさんを捕獲した所だけだと、ちょっと思い出が足りないかもしれませんね。では、今から一緒に遊びましょうか？」

突然の提案に雪夜はヒルシュの言葉に即座に食いつく。

「いいのですか！　あ、でも……」

ローゼンとの約束を破って部屋から抜け出した事がずっと心に引っかかっており、それを相談する。ヒルシュは少し考えた後、のんびりと語りだした。

「ふふっ。ロゼ殿も坊ちゃんも心配性ですね。まず、坊ちゃんを連れ出したのはわたくしですから、怒られるとすればわたくしですよ。それにわたくしはロゼ殿に怒られても特に思う所がないというか……あの方については殴ると美味しいこと以外はどうでもいいので気にしませんし、ロゼ殿の方だって、わたくしと一緒ならば、坊ちゃんの害になる方がいらっしゃっても、どなたでも斃《たお》してみせますから安心でしょう。坊ちゃんは気楽にのびのびなさっていてくださいな」

「そうゆうものなのですか……？」

それでも不安で問い直すと、ヒルシュは頷《うなず》く。特に何も考えていないような笑顔に見えたが、何度も首を縦に振っているので、ようやく安心できた。

「やさしくしてくれたローゼンさまにメーワクがかからないなら、ぼくはあんしんです！」

そうしてヒルシュにおんぶしてもらい、村のはずれで遊んでもらう事となった。

彼も子供の頃に同年代と遊んだ事は無いらしいので、雪夜が遊びを提案する。

「テレビでみた、かくれんぼをやりましょう！」

しかしヒルシュはわかりましたと頷《うなず》くものの、次にかくれんぼとは何かと質問してくるので、雪夜以上に物知らずのように見えた。それでも一緒に遊んでくれるという気持ちが嬉しかったので、雪夜は質問される度に、一生懸命、答える。

「ジャンケンでオニをきめて……」

「ジャンケンとは、何でしょうか？　オニとは？　それらは美味しいですか？　強いのですか？」

話が全く進まなかったが、根気よく説明する。

「グーはパーによわくて……」

ヒルシュは物を知らないだけで、地頭は悪くないらしく直ぐにルールを覚えていた。そんなヒルシュとジャンケンをしたが……

雪夜のチョキの指の間に拳を入れてきた。地味に痛かったので抗議する。

「ヒルシュおにいさん！　パーはチョキによわいので、まけで……って、ぼくのチョキのまんなかのぶぶんをパーでチョップしてもかちじゃないです！　そしてちょっといたいです！」

指の間でグーやらパーやらしてくるヒルシュに涙目で訴えると、彼は意外そうに自分の指を見つめている。

「この手の形で殴り合って倒れた方が負けかと思いました……」

「ジャンケンは、ブキじゃないです！　へいわにカイケツするためのシュダンです！」

「平和的な解決の割には運の要素がお強くありませんか？」

「ときには、うんも、へいわにひつようなのです！　いま、おもいついたけど」

ようやく鬼が決まったものの、隠れていても直ぐに見つかった。

木の空洞の中に隠れて準備が出来たと告げた瞬間に入り口と反対側の壁を腕がバキバキと貫通して出てくるのだ。そして襟首を掴まれて広げられた穴から引きずり出される。

「はい、見つけましたー」

彼は得意げだったが、雪夜が期待していたかくれんぼではなかった。

親猫に咥《くわ》えられた子猫のようにブラーンと吊り下げられながら雪夜は左右に体を揺らす。

「どうして……どうして……」

何かがおかしいのに説明出来ずに訴えていると、ヒルシュは自身の鼻を示した。

「坊ちゃんはロゼ殿のニオイがついているので、何処に隠れても直ぐにわかってしまいます」

後出しで言われた。

その後もけんけんぱでは、地面に描いた円を片足や両足で踏んでくれと言っているのに、ヒルシュは全力のカカト落としで地面を抉《えぐ》ってしまうので土煙が上がり（凄まじい爆音で土が吹き飛んだ）、影ふみでも同じ要領で地面を月面の写真のように穴だらけにするし、彼と外で遊ぶのは無謀だという気がしてきた。

雪夜も彼と同じようにカカト落としで地面を割りたいと思い、一度真似して地面を蹴《け》ったが、直後に「ああ～」と、痛みで転がり回るはめになった。

そしてしばらくの間ビエンビエン泣いていた雪夜は、無傷のヒルシュに涙ながらに話しかける。

「ヒルシュおにいさんはすごいね」

「そうでしょうか？」

ヒルシュは泣いている雪夜を見て、どうしたらいいかわからずに居たようだが、とりあえずというように肩に乗せてくれた。

定位置になりつつあるそこに腰かけ、彼の頭の角に掴まって地面に伸びる影を見ていると、ヒルシュの目線の高さが自分とは全く違う事を改めて感じる。

ローゼンに抱き上げられた時よりも地面が遠い。

いつか自分も彼等のような大人になれるだろうかと考えた時、それが口をついて出てきた。

「うん。ぼくも、おにいさんみたいにつよくなりたいです。そしたら、ローゼンさまとかキリのヤクにたてて、ふたりをまもれるのに……」

でも今はチビなワンパクコゾウだし……と考えていると、ヒルシュは問いかけてきた。

「何故ですか？　樹族《きぞく》で強くなるという行為は『より多くの食糧やメス、領地を奪う』という、生存権が増える事を意味します。なのに、強くなった結果、得る為に攻めるのではなく、守りに入ろうとなさるのか、わたくしにはわかりません」

揺るぎない意思をもっているように見えるヒルシュだが、わからない思想も多いようだった。

だから雪夜は自分の気持ちを正直に伝えた。

「ぼく、もうほしいのはないから、だれからもうばわなくていいんです！　ローゼンさまとか、キリとか、ヒルシュおにいさんがやさしくしてくれたのが、すごくうれしくて、しあわせだったから、ほかのヒトのしあわせをとったりしなくてもいいし、ぼくはもうしあわせでいっぱいだからです！」

「……」

ヒルシュはしばらく黙り込んだ後で、深く息を吐いた。

「……わかりません。今あるものは永遠ではないから、壊れた時の事を考えて同じものを奪って増やす……そうすると安心するのが我々です。ですが、わたくしの一族が……、母が、もしも坊ちゃんのようなヒトであったなら……」

そう言いかけたヒルシュだったが、言葉を切った。

「……少しお昼寝いたしましょうか」

そして急に話題を変えた。

彼の表情が見えなかった。雪夜は続きが気になるので先を促したが、ヒルシュは何も言わずに雪夜を肩に乗せたまま傍にあった大木にスルスル登りだした。

テレビの動物番組で見た猿さんよりも速いぞと、改めてヒルシュの肉体能力に感動して見入ってしまう。

彼は手ごろな太い枝まで登ると、そこに横たわり、頭に張りついている雪夜を無造作に剥がした。

そして雪夜を自らの腹部に乗せて、落ちないように抱きかかえて幹に背を横たえて眠りだしたのだ。

ヒルシュの硬い腹筋の上に馬乗りになった雪夜は頭に浮かんだ疑問をぶつけた。

「なんで、おひるねするのですか？」

この問いかけに、自由な彼は頭をポンポンして胸板に押しつけてくる。

「栄養と運動と休養は生命維持と筋肉の育成に不可欠な事ですので」

「寝ろ」と言われているらしいが……

胸が、とても、硬い。

ヒルシュの顔立ちは『おかあさん』よりも柔らかくて優しそうに見えたので、押し当てられた胸は『ふわっ』『ぷにっ』とするのかと思ったが、頬に当たった途端に『ゴリッ』『バキバキ』と音がしそうな程、硬かったのだ。

（そんな……そんな……おっぱいじゃない……ドウシテ……）

絶望しかけた雪夜が、どう考えても寝心地が悪いというか、体勢を崩してポロッと落ちたら地面に真っ逆さまに……と想像すると凄く怖いので位置を変えようとモゾモゾ動いていた時だった。

「あっ」

まさしくポロッとヒルシュの胴から落ちた。

「わ……」

しかし悲鳴を上げる前に、寝たままのヒルシュが足の指で雪夜の衣服を掴むと、空中に円を描くように放り投げて、再び腹の上に器用に乗せてしまった。

「え？　え？」

ヒルシュの顔を見ると、彼は目を閉じていて、すうすうと寝息を立てている。

(ね、ねてるのに、ぼくがおちかけたら、ひろってくれた……！　よくわからないけど、すごいぞ……！)

感動した拍子にまたズリ落ちかけたが、今度は襟首を掴まれて胸に乗せられて抱きかかえられた。硬い腕がシッカリと自分を捕まえているので、もう落ちそうになかった。なかったが……。

(おっぱいが……おっぱいが……かたい……。ウデもかたい……ぷにっ、てしない……)

また絶望しながら、思い出す。

「いや、ねるわけにはいかないんだぞ！　ぼくは、ローゼンさまのところに……ホンのおへやに……もど……もどっ……ぐぅ……ハッ！　ダメだぞ！　が、がんばれ、ユキヤ……がん……ば……」

考えかけて、ヒルシュの体温の心地よい高さと、遊び疲れた体力の限界で寝落ちしてしまった。

◆　◆　◆

雪夜が目を覚ますと、見覚えのあるシミだらけの団地の天井が見えた。

「お……？　お？」

家に戻ってきたのかと周囲を見回していると、日焼けした襖の先に母の姿を見つけて飛び上がる。

「お、おかあさん……！　おかあさんだ……！」

だいすきな、おかあさんだ！　と、急いで駆け寄って背中に抱きつく。

「おかあさん！　おかあさん、ぼ、ぼくね！」

泣きながら母に今まであった事、ローゼンという優しい青年達に出逢った大冒険の話をしようとしたが、いつものように蹴飛《けと》ばされる。そして風呂場に投げ込まれた。

「いてて……」

ガラス戸が閉められた後で、白い風呂桶の中でムクッと起き上がる。そのまま、定位置の排水口の傍に座り込んだ。

「きょうは……おこってるときのおかあさん……」

また腫《は》れ上がった頬を撫でながら、自分を励ます。

「ドンマイ、ユキヤくん！　そんなときもあるんだぞ！　よいコはめげちゃダメなんだぞ！」

今日は怒っているけれど、優しい時のおかあさんが本当のおかあさんで、今の怒っているおかあさんは本当の姿じゃないんだ。いつものように自分に言い聞かせて、赤い鼻水を止めようと、破れかけた服を鼻に捻《ね》じ込む。服は見る見る同じ赤色になった。

その鮮やかな色はローゼンの瞳の色に似ていて、彼を思い出して鼻と目の奥が痛くなった。

「ローゼンさまだ……」

殴られた痛みよりも熱くて辛くて、涙が零《こぼ》れそうになったが、直ぐに頭をブンブン振る。

きっと、あの幸せな日々は優しい神様がくれた温かな夢だったのだと考える事にした。

母や沢山の父から殴られる悪い子の自分をあんなに大切にしてくれる存在が、夢の中以外に居るわけがないのだと思い返す。

(でも、それなら……ちゃんとローゼンさまに、おれいとか、いっておきたかったな……)

ヒルシュの『明日が来るとは限らない』という言葉も思い出して俯《うつむ》く。

何となく、ローゼン達との日々がずっと続くような気がしていた。

だから初めてのお出掛けが嬉しくてはしゃぎ回り、彼等を困らせてしまった事を後悔した。

グス……と、鼻を啜《すす》ると涙が零《こぼ》れる。

「ローゼンさまとキリ、ヒルシュおにいさんに、マグおじいちゃんとオクサンおにいさん、みんな、あったかくて、やさしかったな……」

薄暗くて寒い風呂桶の中でブルッと震える。

雪夜は己を励ます為に、いつもの一人芝居を始める。

「おかえりなさいませ、オダイカンさま！　ヤマブキイロのカシでございます！」

「ただいまだぞ、エチゴヤ！　ひとりでさびしかったんだぞ！　おぬしもワル……」

「……ただいま……？」

自分で答えておいて、疑問が頭に浮かんできた。

慣れ親しんだ風呂桶なのに、何故かとても冷たく感じる。

（ただいま……。ここが、ずっと、ぼくのいきるばしょ……）

小さな窓から見える空は、ヒルシュと眠る前に見た空と同じ色に見えるのに、此処には彼等が居なかった。

ひとりぼっちで膝《ひざ》を抱えていると、彼等と居た時間が恋しさを増してきた。

「……ローゼンさま、キリ、ヒルシュおにいさん……もうあえないのかな……？　おひざ、あったかかったな……」

優しさや温もりを思い出す度、この世界が『厳しく』て『冷たい』と感じてしまう。

温かさを知らなければ、此処を『つらい』と思う事もなかったと考え始めると、膝《ひざ》に水滴が沢山、落ちていた。

「う、うぅ……ぼく、ローゼンさまのいうことをきかなくて、ヒルシュおにいさんとあそんでるわるいこだから、もうあえないのかな……？」

手で鼻や目を擦りながら、止まらない言葉が心から喉を通って熱くなる。

「で、でも、またあいたいな……。ローゼンさまに、ぜんぜんおれい、いえてない……。キリのおてつだいも、できてない……またヒルシュおにいさんとあそびたい……。みんなにあいたい……あいたいな……。いちばんめのおとうさんみたいに、もう、ぼく、みんなにあえないのかな……」

どれだけ一人で泣いていただろうか。

寒さと涙で滲む視界で、雪夜は窓から見え始めた星に祈った。

「……かみさま、かみさまがもし、おしごとがいそがしくなくて、わるいこにも、ちょっとごほうびをあげようかな～？　っておもってくれてたら、もういちど……も、もっとあいたいけど、もういちどだけ、ローゼンさまやキリたちにあわせてください……。そしたら、ぼく……」

そう願った時、雪夜は急に目眩《めまい》を感じて倒れ込む。

（あれ……？）

白い風呂桶の床に、赤い液体が水溜りになっていた。

（なんだか、すごくさむくて……ねむいぞ……？）

目が霞《かす》み、外の世界から飛び込んでくる車や配管を通る水の音が遠ざかる。

こんなにも沢山の音が溢れているのに、どうして自分はその世界の一部に混ざれなかったのだろうか。そうボンヤリ考え、世界さえ自分を避けるような感覚に陥っていた時だった。

自分の名を必死に呼ぶ声だけが近づき、その声だけが鮮明になってきた。

（ぼくのなまえ……よんでる……？）

冷えた小さな手を握る、大きな手の平の熱を感じる。

最期の力を振り絞って目を開けると、大きく見開いた赤い瞳から涙を溢れさせながら、何度も自分を呼び続ける青年の姿が見えた。

「雪夜！　しっかりしろ！　雪夜！」

膝《ひざ》に乗せられて何度も呼びかけられる。

「ロ……ゼンさ……」

しかし、次第に彼の体温を感じられなくなった。

それでも願いが叶ったのが嬉しくて、でも泣いている青年の姿があまりに痛々しくて、口を開く。

「……ローゼンさまだぁ……、あ、あえた……う、れし……」

嬉しいなと言う前に、目蓋《まぶた》の重さに勝てなかった。

もう彼が何を言っているか、音も聞こえなくなっているのに、雪夜、雪夜と、名付けられたばかりの名を呼ぶ声に懐かしさすら感じてしまう。

そうして、微笑みながら幸せな眠りの底に沈んでいった。

◆
◆
◆

「雪夜！」

大きな声に雪夜は「ほあっ？」と飛び起きる。

「え？　え？」

寝起きの頭でキョロキョロ見回す。

泣きながら寝ていた所為《せい》か、顔中が涙でぐしょぐしょだった。それ以上に、寝ていた時にヨダレを垂らしていたのか、服の胸元までグッショリ濡れていた。

「おああ……」

ローゼンさまからもらったフクが……！　と焦っていると、目の前のヒルシュの服まで、ヨダレがべっとりついていた。慌てて自分の手でヒルシュの胸元をゴシゴシこすっていると、下から何度も自分を呼ぶ声がしてきた。

視線を下に向けると、遥か木の下でローゼンやキリ、村人達が此方《こちら》を見ていた。

「ロ……」

ボロボロ泣きだす雪夜にローゼンが「雪夜！」と再び呼びかける。

「雪夜、そなたの悲鳴が聞こえたから急いで山から戻ってきたのだ！　遅くなってすまない……怖い思いをさせたな……」

悲鳴とは恐らくヒルシュに空に投げ飛ばされた時のものだと思ったが、その懐かしさすら感じる優しい声に、ぶわっと涙が溢れた。両手を振ってローゼンを呼ぶ。

「ローゼンさま！　キリ！　ま、またあえた……。う、う、うわぁあああん！　ローゼンさま！　ローゼンさまぁああぁ！　うぇえええぇーん！　うわぁあああ！　ぁああああん！」

離れ離れだったローゼンに会えた事と、怖い夢を見たばかりだった所為《せい》で泣き喚《わめ》く。

ローゼンが辛そうに眉を寄せた後、怒りに満ちた声で薔薇の鞭《むち》を取り出した。

「ヒルシュ！　貴様……幼子を攫《さら》って、恥ずかしいと思わんのか！」

雪夜がローゼンの視線の先を追うと、彼の怒りは木の上で自分を抱えているヒルシュに向けられているのだとわかった。

そのヒルシュは周囲を見つめながら、動かなかった。

ヒルシュの眼差しは、動物が出てくるテレビで見た『獲物の様子を観察し、警戒する肉食獣』にソックリに見えて、嫌な予感がする。

雪夜は困惑しつつもヒルシュに話しかけたが、彼は此方《こちら》に視線を向けないまま返答する。

「わたくしを殺そうとしている相手に、無抵抗で居ろというお願いはきけませんよ」

此方《こちら》が言おうとしている事を先に言われた。

「で、でも、わけをはなせば、ローゼンさまもおこらなくなるとおもうんだ……」

説得してみたが、彼はローゼンらを見つめる目を細めて何も言わなくなった。

その顔には話しても無駄と書かれているようだった。

そういえばヒルシュは『攻撃されれば噛みつきます』というような事を言っていたはずなので、
今度はローゼンに呼びかける。

「ローゼンさま、おへやでて、ごめんなさい！　でもぼく、ヒルシュおにいさんにたすけられてたんだよ！　だからヒルシュおにいさんをおこらないでほしいんです！」

説明したが、ローゼンは即座に鞭《むち》を振るって地面に叩きつけた。

大地に亀裂が走り、風圧で草や小石が切り裂かれて飛び散る。

「そんなわけがなかろう！　食うか甚振《いたぶ》る以外の目的で、その蛮族どもは幼子に近づいたりなどしない！」

憤るあまり、使役する花蝶《はなちょう》がそこらの木や石の影から溢れだした。

主の暴走にキリがすかさず止めに入る。

「ローゼン様！　雪夜をヒルシュ様に攫《さら》われてムカついてるのはわかりましたから、ムチを振り回して凶暴な花蝶《はなちょう》を召喚するのはオレらや村人が避難してからにしてください！　それで、おい！　雪夜！　どういう事なんだよ！」

そうやってローゼンを止めつつ、尋ねてくれた。

雪夜は話が最も通じそうなキリに向き直った。

「ぼくがおるすばんしてたら、ヒルシュおにいさんがあそびにきてくれて、あぶないときとかたすけてくれたよ！　たかいたかいしてくれたり、カブトムシとってくれたり、いっぱいおはなししてくれて、いっぱいあそんでくれて、いっしょにおひるねもしてくれたんだよ！　こんなぼくにやさしくしてくれたから、ヒルシュおにいさんはローゼンさまといっしょで、いいひとだとおもいます！」

しかしキリはローゼンとヒルシュを交互に見比べた後に、渋柿を食べた人みたいな顔をした。

あ、あれえ～？　と思っていると、キリが断言した。

「ローゼン様と一緒とかゼッテー悪党じゃねぇか！」

その瞬間、キリはローゼンに頭をゴッ！　と叩かれていた。

キリは頭のタンコブを押さえて涙目になりつつも告げる。

「しかもオマエの言葉を纏《まと》めると、留守番してたオマエを連れ出して、危ない目に遭わせて、空に放り投げて、カブトムシ食わせようとした上に、多分ロクでもねぇ樹族《きぞく》のハナシをいっぱい聞かせた上で、遊びと称して振り回して、疲れて気絶したオマエを木に吊るして干し肉にしてから食べようとしたとかじゃねーの？　ヒルシュ様、すげーヤベー奴じゃん……」

「そうなのか雪夜！　ヒルシュ……貴様！　絶対に殺す！」

ローゼンが余計に怒りだしているし、微妙にところどころが間違いではないが、そこで黙って聞いていたヒルシュが溜息をついた。

そして立ち上がると、よく通る声で語りだしたのだ。

「相も変わらず、貴方がたは我々を蛮族扱いし、此方《こちら》の話など聞こうとなさらないのですね……。今までだって、わたくしが説明しても、一切、聞いてくださらなかったが、坊ちゃんの言葉にまで耳を傾けないとは……」

だがローゼンも村人も慌て始める。

「そんな高所で立ち上がるな！」「子供が危ない！」「何を考えてるんだ！」

その所為《せい》でヒルシュの言葉が耳に入っていないように見えた。

それすらもヒルシュは予想していたのか、熱くなる周りとは逆に彼は酷く冷静だった。

「……貴方がた華族《かぞく》はいつだってそうだ。美しいもの、見たいものしかご覧にならない。わたくしども樹族《きぞく》が、何を語っても馬鹿だ、愚鈍だと否定し続け、貴方がたが望む言葉を我らが口にするまで、何度でも繰り返そうとする……」

そう口にすると、ヒルシュが木から飛び降り、静かに着地した。

そのまま怯《おび》える村人の前に出たローゼンと睨《にら》み合っていたが、雪夜がローゼンの名を呼びながらヒルシュの腕の中でジタバタ動くと、怖い顔をしていたローゼンが表情を変えた。

あの夢の中で見た、辛そうなローゼンの顔に少し似ていて胸が痛む。するとヒルシュが不意に雪夜をローゼンに投げ渡した。

慌てて抱きとめるローゼン。

「雪夜！　ケガはないか？」

頭や背中を撫でてくれた。

「うん！　ローゼンさまにあいたかったいがいは、だいじょうぶです！」

「雪夜……」

しがみつくと、ぎゅっと抱きしめられた。

「それでね、ローゼンさま……」

説明しようとするも、ローゼンはヒルシュを睨《にら》みつけている。

「ヒルシュ！　貴様、この子をモノのように投げるな！」

また激怒し始めた。雪夜はローゼンの髪を引っ張って首を振る。

「ご、ごめんなさい、ローゼンさま！　ぼく、ヒルシュおにいさんとあそびにいって、ローゼンさまのいいつけ、まもらなかったわるいこだけど……そんなぼくをヒルシュおにいさんは、ずっとかたにのせてくれたり、おんぶしてくれたり、すごくやさしくしてくれてたんです！　いじわるされてないのです！　まもってくれたから！」

「何だと……？」

何故かローゼンや村人達は動揺しているようだった。

そんな中、キリが口を挟む。。

「なわけねーだろ！　樹族《きぞく》のオスは子育てが出来ねぇ事で有名なんだよ！　異種族の子は勿論、同族の子にすら関心をもたない。鬱陶《うっとう》しいと感じたら子供でも殺すくらいに凶暴なんだぞ！」

キリの言葉に村人も同意しだしている。

「……そ、そうだよな……。背中を見せる事を嫌がる樹族《きぞく》が、おんぶなんかするわけない」

「可哀想に……。よっぽど怖い目に遭って混乱してるんだな……」

「この子を連れ回してたのも、腹が減った時に喰う為だったんだろうよ」

「だから樹族《きぞく》って低能で野蛮で嫌いなんだ！　食料や女を奪う、頭の悪い蛮族どもが！」

「子供を返して降参のつもりなんだろうが、誰が許すかよ！　群れてなきゃ何も出来ねぇ貧弱野郎どもが！」

何を言っても聞いてくれない村人達に、雪夜がローゼンの腕の中で暴れる。

「ちがうよちがうよ！　ぼくウソついてない！」

言い募ると同時に、今まで黙っていたヒルシュがカッと牙を見せ、素足を地面に叩きつけた。

途端、大地にヒビが入る。

砂埃《すなぼこり》が舞い散り、一同が沈黙する中、ヒルシュは瞳に確かな怒りを滾《たぎ》らせ、その指先からは猛獣のように鋭い爪をあらわにした。そして彼は低く唸《うな》るように語りだした。

「……貴方がたが樹族《きぞく》を下に見るのは今に始まった事ではありませんし、我々の文明の発展が三種族で最も遅れているのも、その通りなので特に思う所はありません。ですが……樹族《きぞく》にとって最も尊ぶべき『強さ』と『野生』の否定は我々にとって最大級の侮蔑《ぶべつ》だと、ご存知ないのですか？　我々を群れて生き延びる貧弱な草食動物だと思うのならば、この牙をその身に受けてみるがいい！」

吠《ほ》えるが如《ごと》き強い声音と共に近づくヒルシュ。その威圧感に村人が恐れをなして後ずさる。

ローゼンが雪夜をキリに任せ、すかさず間に入ったが、ヒルシュの怒りは止まらなかった。

「貴方がたが言う『低能な樹族《きぞく》』に、五十年前の鉱族《こうぞく》との戦争で助力を乞うた時、当の貴方がた華《か》族《ぞく》は我々を最前線に立たせておきながら、肌に傷を負う事を恐れ、後方で見ているだけでしたね。まともに戦場に立っていた者は、ロゼ殿を始めとする、ほんの一握りの騎士だけでした。もともとは、貴方がたが鉱族《こうぞく》の奴隷商人への復讐として始めた戦いだというのに、主だった戦闘は我々に任せきりだったではないですか」

村人は黙ったが、ヒルシュは唸《うな》るように低い声で話を続ける。

「我ら樹族《きぞく》がロゼ殿の誘いを受けて参戦したのは、鉱族《こうぞく》の方々に囚われて奴隷にされている同族の為ではありません。脆弱《ぜいじゃく》な他種族に掴まるような弱い個体など、我々にはどうでもいい。純粋に戦いの中で自らの野生を存分に振るえるのだという、血と争いへの歓喜からの参戦でした」

そう語ってから、ヒルシュはゆっくりと近づいてくる。

雪夜の周囲では張り詰めた空気が今にも弾けそうな程の緊張感に満ちていた。ヒルシュの怒りに呼応するかのように吹き荒れた風が彼の長い髪を獅子のたてがみの如《ごと》く乱す。

髪の隙間から覗《のぞ》く目は血に飢えた獣のようにギラついており、喉笛を噛み裂く相手を見定めているようだった。そうして、獣じみた青年は口を開いて牙を見せる。

「でも、その樹族《きぞく》の誇りすら、貴方がたは嘲笑《あざわら》った。鉱族《こうぞく》の兵器によって次々と斃《たお》れて地に還ってゆく我が同胞の屍《しかばね》を踏み越え、得た勝利を華族《かぞく》のみの栄光とし、我ら樹族《きぞく》は使い捨ての尖兵扱いにして、今も扱いやすい馬鹿だと見下し続けている……」

静まり返り、風の音すら止んだ大地で獣が嘶《いなな》くように、ヒルシュは語り、問いかける。

「そんな華族《かぞく》は、本当の意味で美しいのですか？　傷を恐れ、死に怯《おび》え、己の信念の為に命を賭けて戦う事すら出来ない、脆弱《ぜいじゃく》で貧弱な種族が我らより上位で尊い存在だと言うのですか？」

樹族《きぞく》から見た鉱族《こうぞく》との戦いの記録を聞かされた雪夜は、難しすぎてきちんとわからなかった。

だがローゼンやキリ達が苦い顔をしている事で、何かニガテな事を言われているんだと察した。

ただ、強さこそが存在意義とされる樹族《きぞく》のヒルシュにとって『弱い』と言われるのは耐え難いのだと理解できた。

牙を剥いて本気で怒りだしたヒルシュに、ローゼンが更に村人を下がらせると、鞭《むち》を構えて向かい合う。

「それで、貴様が言う『口先だけの華族《かぞく》』に五十年前の怒りをぶつけたいというわけか？」

花蝶《はなちょう》が襲いかかるが、それをヒルシュは難なく手で叩き落としていく。

叩きつけられた蝶を踏み潰しながら近づくヒルシュにローゼンが目を細める。

それまで、虎や獅子のように威嚇の声を出して怒っていたヒルシュは、ローゼンの姿を見て舌なめずりをして、唐突に薄ら笑いを浮かべる。

「いいえ。わたくしが疑問を抱いているのは『ほとんど戦っていない華族《かぞく》の方が、どうしてそんなに樹族《きぞく》と鉱族《こうぞく》を見下すのですか?』という事のみです。我々よりも弱く、儚《はかな》い肉体でありながら我々を見下す……理解できません。理解できないモノは食べるか殺すか……」

そうしてヒルシュは雪夜の視線に気づき、笑みを向けた。

それを見てローゼンは不愉快そうに眉を寄せる。

「肉の味を覚えた害獣の貴様を、戦が終わった後も野に放していたのは私の過ちだ。今ここで害を成すバケモノを駆除してくれる!」

そこでヒルシュが不敵に嗤《わら》った。

それは笑みを覚えた獣の顔ではなく、美味いものを欲しがり、他人のものまで掠《かす》め取って嗤《わら》う、悪辣なヒトの笑顔だった。

「ヤドリギ種にとって、最も美味しい獲物は……死ぬ間際の命の輝きです。貴方の死に際は、さぞかし鮮烈な味がするのでしょうね!」

ヒルシュが走りだし、ローゼンが花蝶《はなちょう》を解き放ちながら鞭《むち》を構える。

毒の鱗粉《りんぷん》を撒《ま》き散らしながら群がる花蝶《はなちょう》。

それをヒルシュは長い衣の袖を振りかざして巻き込むと、素早く布地を引いて粉々に破壊する。

更に吸った息を吹きつけて毒を浴びないように散らしてゆく。ローゼンが叩きつけた薔薇の鞭《むち》を後退して避けつつも、下がった分以上に駆けだしてローゼンに近づき飛びかかろうとする。

ローゼンは次々に蝶を召喚してはヒルシュの行く手を遮り、彼が蟲の退治に気を取られた隙に鞭《むち》の一撃を浴びせかける。

純粋な腕力はヒルシュの方が上に見えたが、ローゼンには花蝶《はなちょう》と遠くまで攻撃できる鞭《むち》がある為、どちらが勝つかはわからなかった。

ただ、雪夜にわかるのはこのままだと、二人がお互いを傷つけ合うという事だけだった。

雪夜はキリの腕から何とか抜け出して、地面にべちゃっと落ちた。

急いで抱え直そうとするキリの手からチョロチョロ逃れながら制止の声を上げてローゼンとヒルシュに呼びかける。それに気づいた二人が動きを止めた。

「雪夜!?　危ないから近づくな！」

「坊ちゃん？　此方《こちら》はあぶないですよー？」

叱るローゼンと止めるヒルシュだったが、そのまま彼等が居る場所とは逆方向に走っていく雪夜。

「雪夜！　何処に行くのだ！」

「あれー？　坊ちゃん？　何処へ向かわれるんです？」

雪夜は自分を呼ぶローゼンとヒルシュに振り返って告げた。

「ぼく、こわいおもいしてないです！　あそんで、たすけてもらったっていってるのに！　それでヒルシュおにいさんのこと、すきになったんです！　なのに、どうしてぼくのきもちを、ぼくじゃないみんながきめて、ぼくのホントのきもちをむしするのか、ぼく、わかんないよ！　それで、ぼくがしらない、ぼくとカンケーないはなしで、おこりだしてケンカするのかも、もうぜんぜんわかんない！　わかんないことばっかり、オトナはわかってるみたいにはなしてるのおかしいです！」

ハッとするローゼンとヒルシュ。

しかし雪夜はローゼン達がヒルシュに怒っているのは、自分を心配してくれた気持ちもあるからなのだと思い、それならヒルシュが『わるいひとじゃない』証拠を見せようと思ったのだ。

「ヒルシュおにいさんが、ぼくをたすけるためにボコボコにしたおじさんたちが、こっちのほうにころがってるんです！　だからこっちにきて！　ショウコはゲンバにあるんです！」

村人達に案内しようと手を振りながら全力で走っていると、ローゼンとキリが真っ青になって追いかけてきた。

「雪夜！　だから！　待て！　急に走るな！　止まれ！」

「はい！　とまりません！　はやくヒルシュおにいさんのムジツをショウメイしたいから、ボウソウトッキュウデンシャです！」

「違う！　前を見ろ！　川が！」

駆けながら大声を上げるローゼンと、キリまで青い顔で走ってくる。

「雪夜ァアアア！　前！　川ァアアアアア！」

そして向かおうとしていた森とは違う方向に全力疾走していた雪夜は、伸びていた雑草に足が引っかかって、そのまま川に放り出された。

「あっ」

今度はローゼンも間に合わず、雪夜の小さな体は水面に叩きつけられ沈み込んだ。

刺すように冷たく、激しい水流の中に飲み込まれる。

何とか水面に顔を出す。

「雪夜！」

「オマエ何してんだよバカすぎるだろバカ雪夜！」

陸からローゼン達が心配していたが、川に飛び込もうとするローゼンをキリや村人が急いで引き止めた。そんなキリを振り解こうとしてローゼンが吠《ほ》える。

「離せキリ！　雪夜が！　雪夜が川に！」

「ローゼン様！　冷静になってください！　昨日の雪で流れが激しいです！　アンタまで流されちまいますよ！　どこか雪夜を拾えそうな位置まで追いかけるか……」

「そんな悠長な真似が出来るか！」

雪夜がガボッと何度も水の中に沈みかける度にローゼンの顔は見る見る青白くなっていた。

彼は直ぐに薔薇の鞭《むち》を構えた。

「雪夜！　これに掴まれ！」

「ローゼン様？　それじゃあ雪夜が切り刻まれて……」

キリが言いかけて息を飲む。

ローゼンが水面からかろうじて伸びた雪夜の手首に巻き付いたのは、鞭《むち》の棘がある部分ではなく、柄の方だったのだ。

そのまま手首に巻きついた薔薇の鞭《むち》で岸まで引きずられる。

「雪夜！　気をしっかり持て！　直ぐに引き上げるから、それまで何とか耐えろ！」

水を飲みかけて咽《むせ》ている雪夜にローゼンは声をかけ続けていた。

「ローゼンさ……ごほげほ」

しかし雪夜はローゼンが遠目からでもわかる程に、血を流している事に気づく。

薔薇の鞭《むち》の棘がある方を握り締めて雪夜を手繰り寄せているローゼンの姿に、雪夜は自分の愚かさが大好きなローゼンを傷つけた事に泣きだしていた。

「ごめ、ごめんなさ、ぼく」

「雪夜！　喋《しゃべ》るな！　鞭《むち》にしっかり掴まっていろ！」

棘で手の平を血まみれにしながらも決して手を離さないローゼン。その鬼気迫る姿に村人やキリすらも何も言えずにいた。

しかし増水した川の水流と雪解けの水の冷たさに、幼い雪夜の体は長くは耐えきれなかった。

（て、てのカンカクが……）

自分を助ける為にローゼンが血を流しているのだと思うと、その気持ちだけは絶対に無駄にしたくないと鞭《むち》にしがみつく。

しかし、そうするとローゼンの手が更に激しく切り裂かれるのを、水飛沫の狭間から見た。

それでもローゼンは己の手のケガには目もくれず、ただ雪夜だけを見ている。

その姿に雪夜は涙を流していた。

（ぼ、ぼくのこと、あんなにひっしにたすけようとしてくれるヒト、だれもいなかった……。おかあさんでも、あんなことしてくれなかったのに……。どうして、ローゼンさまは、そんなにあったかくて、やさしくしてくれるの……？）

そんな素晴らしい人物を言いつけも守れない悪い子の自分が傷つけてもいいのだろうか……？

あんなに血が出たら、死んでしまうのではないだろうか？

夢の中で、鼻と口から血を出した自分は冷たく寒くなったが、ローゼンもそうなるのではないか？

限界を超えて気力で掴まっていた指は、罪悪感で緩んだ隙に濁流の力に耐えきれずに鞭《むち》から滑り落ちてしまった。

慌ててまた鞭《むち》に手を伸ばすも、暴力的な水流が雪夜を命綱から引き剥がしてゆく。

ゴウゴウと襲い来る流れに雪夜が悲鳴を上げて冷たく深い川底に沈んでいく。

「雪夜！　雪夜――ッ！」

水中に没する瞬間、ローゼンの悲痛な叫びが放たれ、それが耳の奥から体の中で木霊《こだま》する。

（ローゼンさま……がんばってくれたのに、ごめんなさい……。ぼく、がんばれない、わるいこで……ごめんなさい……）

底から見上げた水面は、何度も見た風呂場の底からの世界とは違って見えた。

（さんばんめのおとうさんに、おふろザブーンごっこをされたときみたい……。でも、ローゼンさま……いっぱいやさしくしてくれたのに、ぼく、おんがえしできなかったな……。さいごに、おててをキズだらけにしちゃったのに、ぼく……あやまれなかったし……。ローゼンさま、キリ……)

水の中に溶ける涙を見つめながら、ゆっくりと目蓋《まぶた》を閉じようとした時だった。

何かが直ぐ傍に飛び込んできたのだ。

しかし白く細かい泡を纏《まと》いながら水中に姿を見せたのはヒルシュだった。

(えっ？　ローゼンさま？)

ヒルシュは陸の上と変わらぬ笑顔を浮かべた後、鼻をつまんで片手で水を掻《か》き分け、両足を動かして近づいてくる。

しかし大人が流される程の水流だとキリが言っていたのを思い出し、雪夜はヒルシュも溺れてしまうのではないかと恐怖にかられて首を振った。

自分の事はいいから早く陸に戻ってと訴えているのに、ヒルシュは笑顔のまま水の流れすら捻《ね》じ伏せるように軽やかに、力強く泳ぎきる。

そうして手を伸ばすと易々と雪夜を捕まえた。

そのままヒルシュは、まるで大きな鹿が草原を掻《か》き分けるように雄大に泳ぐと、水面に自分の顔を出すより先に、雪夜の胸元を掴み、高く腕を突き出した。

水面から顔を出せたお陰で呼吸が出来るようになった雪夜は咳き込む。

「雪夜！」

ヒルシュに掲げられた雪夜の姿に岸に居たローゼンが、驚愕《きょうがく》と喜びを含んだ声を上げていた。

それに応えようとしたが、咽《むせ》ていて喋《しゃべ》れない。それでもとローゼンに手を振って無事を知らせると、ローゼンは陸に膝《ひざ》をつき、片手で顔を覆《おお》っていた。

そんなローゼンの傍でキリも肩の力が抜けたように、安堵《あんど》していた。

彼等のその姿に雪夜は冷えた体が熱くなるのを感じた。涙に鼻水まで流してしまった為、自分の胸倉を掴み上げてくれていたヒルシュの腕をベトベトにしてしまったけれど、ヒルシュは怒らずに今度は肩に乗せてくれた。

そのまま涼しい顔で、ちょいちょいと自分の頭の枝のような角を指差した。

「わたくしの角に、しっかり掴まっていてくださいね」

頷《うなず》いて角にしがみつくと、ヒルシュは立った姿勢のまま流されずに泳ぎだす。

「では戻りますよー」

先程まで川は凶暴な野獣のように荒れ狂い、恐ろしく感じたのに、ヒルシュの肩から見た景色は森の王に頭を垂れる、獣達のように見えて不思議だった。

ヒルシュに肩車され、角にくっついている間に陸が見る見る近づいてくる。

キリや村人達は信じられないものでも見たように呆然《ぼうぜん》としていた。

「ウソだろ……雪解けの急流で普通に泳いでんぞ……」

「これが……樹族《きぞく》の身体能力……」

更に岸についてからは、我に返った村人達が声をかけ合っている。

「お、おい！　崖から引き上げるぞ！　縄をもってこい！」

「子供の体が冷えてるだろうから急げ！」

ヒルシュはそれを押しとどめ、指を揃えた片手を翳《かざ》すと、それをいきなりそり立つ川岸に突き立てた。

壁に突き刺した腕に力を込めて上半身を起こし、更にもう片方の手を壁につけて指をめり込ませ、強引に登り始めていく。

その壁登りの速さに雪夜はグラッと揺れて川にまた落ちかけ、慌てて角にしがみつく。

それに気づいたヒルシュは雪夜を片手で支え、そのまま空いた手で登り、素の両足を壁面に突き刺して高い崖を登り切った。

一部始終を見ていた村人達は、怪獣の戦いを見ている民間人みたいな顔をしていた。

凄まじい筋力を見せつけたヒルシュは崖の上で雪夜が肩から下りやすいように屈み込み、よじよじと下りるのを待っていた。

雪夜がヒルシュを見上げると、彼は笑顔のまま、雪夜の後方を指差した。それに釣られて振り返る。

「雪夜……！」

ローゼンが駆け寄ってくるのが見えた。

「ローゼンさまー！」

雪夜はローゼンの姿を見て、泣きながら走り寄る。

自分から抱きつくより前にローゼンに思いっきり抱きしめられた。

「雪夜！　良かった……雪夜！」

冷えた体にはローゼンの手の平の血が熱い程だった。

「ごめんなさい、バカなことばっかりして、ローゼンさまのおてても、いたくしちゃって……ぼく、メーワクばかりかけててごめんなさい！」

泣いて謝る雪夜にローゼンが首を振る。そして綺麗なハンカチで涙を拭《ぬぐ》ってくれた。

「そなたが無事なら善い……と言いたい所だが、走る時は前を見るのだ。そして、もっと自分を大事にして生きるように心掛けてほしい。そなたがケガをすれば私は自分が負傷するよりも辛い」

そう言ってまた抱きしめるローゼン。

「ごめんなさい……ごめんなさい……」

感動の再会をしていた二人は、しかし近づいてきたキリに尻を叩かれた。

「キャン！」

雪夜が悲鳴を上げると、怒るローゼンを置いて、キリはガミガミと叱り……と思いきや、彼は鼻を啜《すす》っていた。滲む雫を見られないように背を向けるキリの頭をローゼンが無言で撫でた後、雪夜を地面に下ろして自分の上着をかけてくれた。

それからローゼンは事態を見ていたヒルシュに近づいてゆく。

ローゼンはヒルシュの目の前まで歩み寄ると、彼に対して深々と頭を下げた。

「……この子の命を守ってくれた事……感謝している。そして貴様への数々の非礼に対して深く反省している……。すまなかった」

驚くキリや村人の前で、ローゼンは周りにも聞こえる程の、しっかりとした声音で伝えていた。

ローゼンの行動に、雪夜も彼の隣に急いで並ぶと同じようにヒルシュに頭を下げる。

「たすけてくれたのに、おれいもいってなくて、ごめんなさい」

二人揃っての謝罪に、ヒルシュは目をしばたたかせる。

「……はて？　余計な事をするなと、お叱りを受けるかと思ったのですが」

ヒルシュの言葉にローゼンは首を振った。

「貴様が居なければ雪夜は助からなかった。あの危険な川に飛び込むなど、些《いささ》か無茶が過ぎるようだが……」

そう告げるローゼンにヒルシュは戸惑ったように口にした。

「この程度の流れは樹族《きぞく》にとって、子供の川遊び状態ですが」

ヒルシュの言葉にローゼンとキリが唖然とする。

そんな皆の反応を見て理解したらしいヒルシュが直ぐに飛び込まなかった理由を話しだした。

「何故に坊ちゃんは泳がずに流されているのだろうかとか、ロゼ殿が飛び込むのをキリ君はどうして止めておられるのだろうかと見ておりましたが……。流石《さすが》に坊ちゃんが浮かんでこなくなったのを見て『これはもしかして溺れておられるのでは？』と飛び込んだのですが……。そうですか……他種族の方々は、この状態の水では泳げないのですね……」

ヒルシュの言葉にキリが川を指差してツッコミを入れる。

「いやいやいや！　華族《かぞく》に限らず、こんな流れで生物は泳げませんって！　そんな川で普通に泳いで生還してくる樹族《きぞく》マジヤベェですよ！」

しかしキリの姿にヒルシュは服の水を絞りながら眉を下げた。

「キリ君はいつもお元気そうですねぇ。……とっても生命力が濃くて美味しそうです。あの、少し殴って食べてみても宜しいでしょうか？」

にこやかに言いながら喉を生唾で鳴らしていたので、キリは悲鳴を上げてローゼンの背に隠れた。

雪夜もヒルシュの真似をして服の水をジャーッと絞っていたが、その拍子に水に濡れて緩んだ包帯がポトンと地面に落ちた。

「あー」

急いで包帯を拾おうとしたが、村人達が雪夜の顔を見て声を上げた。

「ひっ！　な、なんだあの子、顔も体も、傷だらけじゃないか！」

「目も腫《は》れ上がっていて、何て醜《みにく》い……」

「あんな醜《みにく》い子だったのか……」

そう言いだした村人をローゼンが凄まじい目つきで睨《にら》みつけて黙らせたが、それでも気が済まなかったらしく、彼等に近づこうとする。

その姿に嫌な予感がした雪夜はローゼンのブーツにコアラのように抱きついた。

片足が急に重くなり、歩みを止めたローゼンが振り返る。

「雪夜！　なぜ止め……いや、これは止めているのか？　遊んでいるわけではなく？」

「止めてます！　ローゼンさま、あのね、ぼくがブサイクなのはホントのことだから、おこらなくていいんです！」

しかしローゼンは大きな声で言い返した。

「そんな事は決して無い！」

ローゼンの言葉に雪夜はボロボロの顔に満足げな表情を浮かべる。

「ローゼンさまはそうゆってくれるけど、それまではだれもぼくをそんなふうにいってくれなかったんだ。だからね、ぼく、カガミのぼくにいっつも『せかいじゅうのみんながキミのことをブサイクってきらいになっても、ぼくだけはすきでミカタでいるんだぞ！』ってはなしかけてたんだ」

世界中の誰からも嫌われても、自分だけは自分を嫌わないで味方でいようと、鏡の中で泣いている自分にそう告げると、鏡の中の泣き顔の雪夜はいつも最後には笑っていた。

それを得意げに話すと、何故か村人は気まずそうに顔を見合わせていた。

「だから、だれからなにをいわれても、ぼくはぼくのかおがすきだからいいのです！　でもローゼンさまにほめられて、うれしいなぁー」

エッヘンと胸を張ると、ローゼンが驚いたような表情を浮かべ、しゃがみ込んで抱きしめてきた。

そして彼は声を絞り出す。

「……幼子のそなたが、自らの価値を己で決める矜持《きょうじ》を持っているというのに、私は……我々、華《か》族《ぞく》は他者の美的価値観による評価で己を値付けされる事に何の疑問も抱かなかった……。そなたは立派な魂をもった、尊い生命だ」

「よくわからないけど、ほめてくれてありがとうローゼンさま！」

またエッヘンすると、ローゼンが苦笑した。

「……よくわからんのに、胸を張って得意げになっているのか」

そう言いながら頭を撫でるローゼンに笑って見せていた時、ヒルシュが近づいてくると雪夜の襟首を掴んで抱え上げた。

直ぐにローゼンが身構えるも、それを無視してヒルシュが雪夜の額の傷口をペロッと舐《な》めた。

「わ！」

雪夜が驚きの声を上げてもヒルシュは構わずに動物がするように傷口を舐《な》め続ける。

「ヒルシュおにいさん、きずぐち、おいしいの……？」

そう問いかけるが、ヒルシュは答えず、傷に舌を這わせていた。

そうしているうちに舐《な》められた傷口はピリピリズキズキした痛みが引いていき、触れてみると血が止まって傷口も塞がっていた。

「あれぇー？」

驚いて顔を撫で回していると、ヒルシュがやわらかく言った。

「驚かせてしまって申し訳ありません。わたくし達、樹族《きぞく》が傷口を舐《な》めると対象の治癒能力を劇的に高め、回復させる効果があるのですよ」

確かに痛みは完全に消え去っていた。目元の腫《は》れも引いており、視界が広い。

拡がった視野には、笑顔のヒルシュや驚くローゼンらが見えた。

それが嬉しくて、雪夜はヒルシュを見つめる。

「す、すごーい！　ありがとう！　ヒルシュおにいさん、マホーつかいみたいだ！」

「まほーつかい？」

「ふしぎなちからでたすけてくれる、すごくつよいヒトのことです！」

その言葉にヒルシュは嬉しそうに笑みを深める。

しかしそんなヒルシュにローゼンが信じられないものでも見たような口振りで問いかける。

「樹族《きぞく》は奪う事を由とするはずだ……。どうして、己の生命力を分け与えてまで傷を治した？」

そんなローゼンにヒルシュからも疑問が出る。

「華族《かぞく》は美しいものを愛するのでは？　何故、傷だらけの子を貴方は愛しているのですか？」

双方が沈黙していた。

静寂の中、先に口を開いたのはローゼンだった。

「種族で尊ばれる価値観では得られぬ心の充足を、この子が教えてくれたからだ」

ヒルシュの肩がぴくりと反応する。ローゼンは雪夜に慈しむような眼差しを向けながら続けた。

「血族からも疎《うと》まれた私の外貌《がいぼう》と香気……だが、この子だけは私を恐れず、無邪気に慕ってくれた。己の帰りを待ってくれている喜びも、朝の目覚めを願われる嬉しさも、全てこの幼い命が教えてくれた。華族《かぞく》や樹族《きぞく》の価値観で見れば、未熟なこの子は尊ばれないかもしれない。だが、私にとっては、必要とされる幸せを教えてくれた、愛し子だ」

ローゼンの言葉をヒルシュは目を見開いて聞き入り、小さく繰り返していた。

「恐れず……慕う……」

ヒルシュがローゼンの話から何を感じたのかはわからなかった。

ただ、常に思いつくままに口を開いていたような樹族《きぞく》の青年は、そこで額に指を当てて考え込んでいた。

「うぅん……。どうして坊ちゃんを助けて、どうしてわたくしには全く関係ない、治さなくても何も困らない傷を癒そうとしたのか……考えると……」

そこでヒルシュが背中から地面にドッターン！　と倒れた。

それを見たキリとローゼンがビックリしている。

「うわー！　ヒルシュ様が背中から倒れた！」

「なんたる無様！　有り得ん！」

あまりにも豪快な倒れ方が心配で雪夜は駆け寄る。

「ヒルシュおにいさーん！」

倒れたヒルシュを揺さぶると、ヒルシュは目をぐるぐるさせながら途切れがちに話す。

「……申し訳ありません、樹族《きぞく》は筋肉が関係する肉体言語に関しては疲れ知らずなのですが、どうにも頭を使う作業は不向きでして……。あと、お腹も空いてしまいまして……」

雪夜は自分の服を絞った水をヒルシュの足にかけた。

「ご、ごはんです！」

「ありがとうございます。でも、もっと食べ応えがあるものがいいですガクリ……」

ボリューム不足を指摘された。

水をくみに行こうとする雪夜をローゼンが止め、倒れたままのヒルシュに話しかける。

「ヒルシュ、貴様……そうなるのをわかっていて、何故雪夜を？」

ローゼンの言葉に雪夜は声を上げて驚く。

ヒルシュを見つめると、彼は疲労の色が濃いままに笑みを見せた。

「フフッ。坊ちゃんと遊ぶのは楽しかったので……、この子と、また明日遊びたいなって思ったのかも……しれません」

そんなヒルシュに雪夜は泣きながらしがみつく。

「そ、それじゃあ、ヒルシュおにいさん、ぼくのせいで……カブトムシさんみたいに……。そんな……そんなぁ……」

泣きじゃくる雪夜。

何故か出てきたカブトムシの単語にローゼンは少し戸惑っていたが、深くは追及せずに頭を撫でてくれた。

「いや、脳筋の樹族《きぞく》はこの程度では死なん。今こやつが殊勝な顔をしているのも、ただの空腹だ。心配せずとも、足を適当に水に浸けておけば勝手に元に戻るだろう」

「ロゼ殿……確かに死にはしませんが、まさかこんな空腹感に襲われるとは思いませんでし……フンッ！」

言いかけたヒルシュが寝ていた体勢から突如、ローゼンの頭部に蹴《け》りを入れようとした。

それをローゼンは雪夜を突き飛ばして巻き込まないようにしてから薔薇の鞭《むち》を出して防ぐ。

バチィ！　と火花が散りそうなくらいに激しくぶつかり合う足と鞭《むち》。転がる雪夜。そんな雪夜をサッカーのゴールキーパーがボールをキャッチするかのように止めるキリ。

薔薇の鞭《むち》はギチギチと嫌な音をたてながらガードしていて、持ち主のローゼンは凄まじく怒りだしていた。

「貴様！　話している最中に、いきなり顔を狙ってくるとはどういう了見だ！」

「わたくし、お腹ぺこぺこで……。あの、一発だけでいいのでロゼ殿の横っ面、蹴《け》らせてもらえませんでしょうか？　ちょっとだけで構いませんので……」

「断る！　そもそも貴様のバケモノじみた脚力で私の顔を蹴《け》ればどうなるかという結果すら予想できんのか！　この汚らしいケダモノが！」

ギリギリと対峙する二人だったが、そこで新たな村人が大慌てでやってきた。

「お、おーい！　森に面した小道に、樹族《きぞく》のワルどもがボッコボコにされて倒れてるんだけど……」

それを聞いたヒルシュが手を上げる。

「ああ、それわたくしがやりました」

村人達の視線がヒルシュに注がれていた。

「えっ？　家畜やらを盗んでいた迷惑な樹族《きぞく》を退治してくださった……？」

「樹族《きぞく》なんて乱暴者揃いだと思ってたのに、ヒルシュ様は子供を助けたり、悪党を成敗してくださったりして、もしかしてイイ樹族《きぞく》なんじゃ……？」

「あと、顔がいい」

美しいものに本能的に価値を見出してしまうらしい華族《かぞく》の村人達は美貌の樹族《きぞく》のヒルシュを『い

い樹族《きぞく》』と思ったようだが、ローゼンだけは怒っていた。

「貴様ら！　この害獣に殴られかけている私が見えんのか！　こいつの見てくれに騙《だま》されるな！」

空腹が極まったヒルシュに襲いかかられていたが、そんなローゼンにキリが首を振った。

「いや、外見だけ良くて中身がダメなのって、ローゼン様も一緒ですから……」

◆　◆　◆

それから一行は盗賊を倒した上に、公爵の初めての領地訪問先に選ばれた事に感激した村人の厚意で、山近くの温泉に招待されていた。

盗賊を倒したヒルシュ本人は『お腹が空いたので適当に殴ったのですが、たまたま悪党さん達だったなんて、良かったです～』と、言いかけてローゼンとキリに止められていた。

そんな事を思い出しつつ、雪夜は温泉でラッコのようにプカ～ッと浮いていた。

「ふい～。ごくらくごくらく……フロはイノチのせんたくなんだぞ～」

テレビで見た言葉を意味もわからずに口にしていると、傍らの湯船で蝶に髪を梳《す》かせていたローゼンが優しい手つきで頭を撫でてくれた。

「顔の傷も、完全に癒えたようだな」

「はい！　ヒルシュおにいさんのおかげで、ゲンキになりました」

そうヒルシュを褒めると、ローゼンは何故か複雑そうな顔をする。

というか露骨に苛《いら》ついた表情を浮かべた。

（ふたりはともだちなのに、ケンカばかりしてるんだなぁ……）

そんなふうに考えていると、雪夜の向かいで当事者であるヒルシュが岩に寄りかかりながら最高の笑顔で長い髪を湯に浮かせているのが見えた。水面から透けて見える腰のあたりには、鹿の尾に似た短いシッポがある。

「美味しいお湯ですねぇ〜。足に染みわたります〜」

ヒルシュは栄養のある湯に浸かり空腹を満たせた為か、シッポをピコピコ振ってご機嫌だった。が、ローゼンはヒルシュにまた苛立《いらだ》っている。

「貴様！　湯殿では髪を結い上げろ！　しかも妙な体勢をとるな！　雪夜が真似をするだろうが！」

ヒルシュは適当に相槌《あいづち》を打ちながらも、今度はぶくぶくと湯に沈んで猫のように目を細めている。

そんなローゼンにキリが洗い場から声をかけた。

「ローゼン様、ヒルシュ様に言語で理解を求めてもムダですよ。っていうか、何で従者のオレまで一緒にフロ入らされてんですか……。常識で考えて主人と従者が同じフロとか、有り得ないでしょ……」

そんなキリにローゼンは説明をする。

「私とヒルシュだけでは、雪夜の突発的行動に対処できんからだ」

名前を呼ばれて雪夜がローゼンを期待の眼差しで見つめた。ローゼンは呼んでないから、ゆっくりしていろと言ってくれた。キリはゲンナリした表情を浮かべている。

「そ、そりゃそうですけど、大体、ローゼン様とヒルシュ様が同じ場所に居ると、すーぐケンカしますよね。雪夜の教育的に良くないんじゃないですか？」

「……だそうだ。ヒルシュ、貴様、さっさと出ていけ」

ローゼンはヒルシュの事が嫌いなのか、隙さえあれば『帰れ』『消えろ』『失せろ』『去ね』と話しかけていたが、ヒルシュはおおむねスルーしていた。

そんなヒルシュは、んーっと背伸びをして、逞《たくま》しい胸板や腹筋を晒《さら》している。

それから彼はローゼンに髪を結べ結べと言われ続けたのが五月蠅《うるさ》かったのか、長い髪をグルンと捩《ねじ》り、頭の角に輪投げの輪のように巻きつけて強引に結んだ。

あまりのワイルドさに、髪を梳《す》くのも結うのも時間をかける、身だしなみ命な華族《かぞく》のローゼンとキリは引いていたが、ヒルシュは気にしていないようだ。

雪夜はヒルシュの真似をしようとしたが、毛の長さが全く足りないので、仕方なくタオルで代用する事にして、頭上にブゥンと投げた。近くに居たローゼンの顔面にバシッと当たった。

「あ、アー！　ローゼンさま！」

「……ッッ！」

タオルを顔面に受けたローゼンが顔を押さえてプルプル震えていたので、雪夜は急いで謝った。

「……故意でないなら、いい。許す」

許された。

それを見たキリが呆然《ぼうぜん》として桶を落としている。

「……すげぇ。ローゼン様が顔面に濡れた布たたきつけられてキレねぇとかマジで奇跡……。雪夜どんだけ好かれてんだ……」

だがローゼンはヒルシュに矛先を飛ばした。

「雪夜が貴様の真似をしてイタズラばかりするようになった。雪夜の教育に悪いから貴様はさっさと山に還れ」

それでもヒルシュはノホホンとしている。

「そうですねぇ～。坊ちゃんと遊ぶのが楽しくて、また明日も遊びたいなぁと思っておりましたので、一緒に居られて望外の喜びです」

会話が通じていない気がする。

だが、そう言われて微笑みかけられ、雪夜はポッと照れだす。

「エヘヘ……。ありがたきしあわせ……ぼくもです……」

真っ直ぐに好意を示されて、雪夜がテレテレしながらヒルシュに近づこうとすると、ローゼンが口を開いた。

「……雪夜、先ほど村で焼き菓子を買ったのだが」

雪夜はピタッと止まって振り返る。

「ヤキ……ガシ……？」

「ああ。そなたの言う、クッキーのようなものだ」

「クッ、キー、ボク、ダイスキ……」

じゅるっとヨダレを垂らしていると、キリがツッコミを入れる。

「雪夜、なんでカタコトになってんだよ！　理性が溶けるほど気に入ったのかよ！　いや、あの食いつきっぷり見てたらわかるけど！」

あんなに美味しいものを前にして冷静でいられるわけがない。

ローゼンの居る場所に方向転換して近づきだすと、今度はヒルシュが何処からかカブトムシを掴んで見せてきた。

「坊ちゃん、さっきのカブトムシさんがいますよ～」

さっきの？　と振り返って問いかける。

「え？　さっきのカブトムシさん、タヌキさんにたべられたんじゃ……」

「あれは別個体ですよ？　このコが坊ちゃんと最初に遊んでた方です」

雪夜には区別がつかないのだが、ヒルシュに掴まってメチャクチャ暴れているカブトムシにジーンとする。

「よかったぁ……たべられてなかったんだぁ……」

そうして食べられてしまった見知らぬカブトムシが天国にいけるように手を合わせてお祈りしていると、ローゼンが立ち上がった。

「ヒルシュ！　貴様！　妙な虫ケラを雪夜に見せて気をひくな！」

「えっ？　でも、食べ物で坊ちゃんを釣っていたロゼ殿に言われましても……」

「黙れ！　そして死ね！　雪夜が虫ケラを拝みだしたではないか！」

「虫ケラさんじゃありませんよ。カブトムシさんで、坊ちゃんとタヌキさんの大好物です」

ヒルシュの言葉にローゼンが激怒しだした。

「貴様……雪夜を畜生と同列に語った上に、この子に変な虫を拾い食いさせるな！　キリ！　焼き菓子をあるだけ持ってこい！」

ローゼンが命じる。雪夜はカブトムシを夜空に向けて自然に還しつつ、温泉でクッキーが食べられるなんて……とニッコリしていたが、キリは首を振った。

「ダメですよ、ローゼン様。雪夜のアホはリスが頬袋にモノつめるみたいに無限に菓子を食うに決まってますから。あと虫歯になるので寝る前と、メシも食えなくなったら困るので食事前は食わせないでくださいよ！　で、今日はもう夜だし絶対にダメです！」

キリの言葉にローゼンが怒りだした。

「止めぬかキリ！　雪夜がまた絶望顔をして湯船に浮かび始めたではないか！」

「浮かんだらいいんです！　そもそも雪夜はコッチに心配かけまくる癖に自己管理能力が低すぎなんですから！」

プカ～と浮かんでいると、ずっとローゼン達の声が聞こえる。

「五歳児に自己管理を求めるな！」

「通常の五歳児は、ここまでアホじゃないでしょ！　大体ローゼン様は雪夜を甘やかしすぎなんですよ！　オレがシメるとこシメないと、際限なく甘やかす未来しか見えないんですってば！」

賑やかなローゼンとキリを見ながら雪夜は、いつの間にか笑っていた。

温泉の湿り気に満ちた匂いと、真新しい木材の匂いが夜の冷たい空気に混ざる。

ローゼンやヒルシュの髪は抜けると薔薇の花弁や木の葉に変わるらしく、水面には赤い薔薇の花弁と瑞々しい小さな緑の葉が浮かび、甘く高貴な香りと爽やかで力強い匂いが上手く共存していた。

それを雪夜は鼻をスンスンさせながら味わっていると、自然に言葉が漏れた。

「しあわせだなぁ～……」

カゾクって、こういうものなのかなぁ～と空いっぱいにちりばめられた星空を見つめながら、しみじみ呟《つぶや》いていると、同じく空を見上げていたヒルシュが話しかけてきた。

「家族ですか……。さあ、どうでしょうね～」

「ヒルシュおにいさんのカゾクは、いまどこにいるんですか？」

泳いでヒルシュに近づきワクワクしながら訪ねる。彼は笑顔で空を指差した。

「おほしさま……？」

カブトムシの事と繋《つな》げて察した雪夜が頷《うなず》く。

「ええ。樹族《きぞく》の骸は大地に還って新たな命の糧となりますが、魂は天に昇って生者を導く方角を示す星になると言われています。まぁ、実際の所、死んだらそこで終わりだとは思いますが」

あっけらかんと笑っていた。

それでも笑顔が何となく寂しそうに思えたので、励まそうと思った。

雪夜は一番大きく光る星を指差す。

「じゃあ、あのおほしさまがヒルシュおにいさんのおとうさんだよ！　ぼくの、いちばんめのおとうさんも、おほしさまになっちゃったから、きっとさびしくないです！」

最初の『父』を思い出し、ちょっと涙が滲みかけた。ブロックをくれて、お母さんが二番目のお父さんとお部屋に居る時にずっと遊んでくれた一番目のお父さん。

粉ミルクを作ってくれて、テレビもいっぱい見せてくれた。

御代官様とエチゴヤごっこも、オペごっこも一緒にしてくれた。

『今はお母さんが許してくれないけれど、いつか一緒に外に行こうね』と笑ってくれていた……黒い髪の青年。

「あいたいなぁ……いちばんめのおとうさん……」

空に伸ばした手を開いたり閉じたりしつつ、ぽつりと漏らす。

するとヒルシュの手が頭に触れた。

彼は優しく微笑んでいた。

「乞い願わずとも、誰でも死者とはいつか逢えます。それが遅いか早いかだけの違いです。でも、いつか死した先達と逢えるその日まで、空で過ごすお父上に沢山の事を話して過ごせるように、君は様々な楽しい事、悲しい事、嬉しい事を知り、生を実り豊かなものにしていきましょうね」

「みのりゆたか……」

「ええ。好きな方とは、色々な事を共に沢山お話ししたくなりますから」

そのヒルシュの発想に、ぱぁっと目の前が明るくなった気がした。

両手の拳を握り締めて大きく頷《うなず》いて見せると、ヒルシュは嬉しそうに目を細める。

「良い子です。わたくしも生きているお陰で、坊ちゃんという面白い生き物と出会えましたから。坊ちゃん、宜しければ明日もまた、わたくしと遊んでくださいますか？」

「よ、よろこんで！　こうえいです！　え、えへへ……」

嬉しくてヒルシュにピトッと、くっつくと頭を撫でてもらえた。

そうしていた時だった。

湯気と混ざり合う夜の空気を女性の声が貫く。

声の方向を雪夜が見つめると、温泉の入り口から誰かが近づいてきていた。

女性のようだった。

温泉は村人の厚意で貸し切りだったと聞いていた雪夜が見つめていると……

「こんな寒村で何をしているのですか！　ロゼ！」

聞き覚えの無い女性の声が轟き、雪夜は「キャア！」と悲鳴を上げて飛び上がる。

ローゼンやキリも立ち上がった。ヒルシュはマイペースに酒を飲み始めていた。

温泉の傍には背の高い女性が腕を組んで立っていた。

黒い髪を巨大なサザエの如《ごと》く、うねらせ天高く美しく結い上げて、真っ赤なドレスを着た女性はジロリと鋭い目線を向けてくる。

「キャァア……」

「雪夜！　なんで上隠してんだよ！　普通、隠すのは下だろ！」

雪夜が恥ずかしさで胸元を隠すと、キリがそう言って、腰にタオルみたいなものを巻き付けてくる。

同じようにタオルを巻き付けられたローゼンが雪夜を庇《かば》うように前に出て、女性を睨《にら》みつけたまま怒鳴りつけた。

「母上！　息子の入浴中に無断で入ってくるとは、何事ですか！」

ははうえ……？

雪夜が女性を見つめる。目元にシワがあったが、確かにその面差しはローゼンに少し似ていた。

（ローゼンさまの、おかあさんなんだ……！）

そのまま顔を輝かせて見つめていると、女性は扇子を取り出して口元を隠す。

そして溜息をつきながら語りだした。

「この親不孝者が！　何事もクソも無いでしょうが！　お前はこの母に死ぬまで孫を抱かせないつもりですか？　嫁も娶《めと》らずに、いいトシこいてフラフラフラフラ！　今日こそは物申してやろうと城を尋ねてみれば、もぬけの殻！　さては母の来襲を察知して逃げましたねロゼ！　と、野生の勘を頼りに来てみれば、従者の少年やら幼子やら美青年やらを取り揃え、侍らせ、混浴でご満悦など と、ああ、嗚呼、嘆かわしい！」

「……」

「男の愛人をもつのは反対しませんが、遊ぶのは跡継ぎを作ってからになさい！　公爵の務めは仕事するだけではありません！　血族を遺してようやく膨大な仕事の一つを果たしたと言えるのですよ！　聞いているのですかロゼ！」

「……」

怒涛の言葉の渦に、ローゼンは無言のままチベットスナギツネのような表情になっていた。

しかし直ぐに額を押さえて首を振り、溜息まじりに返す。

「……男同士の入浴に混浴も何もありますまい。伺いますが、夜分に押しかけてきて非常識な言動で周りの者を巻き込むのは、公爵家の者がする事ですか？」

しかしローゼンの母は扇子を手でパァーンパァーンと叩き出した。

「そういうのはいいから！　結婚！　結婚！　跡継ぎ！　孫！　孫！」

ローゼンの顔をコソッと見上げると、眉間にシワが寄っていた。

雪夜はローゼンを笑わせようと思い、また、彼女の行動が楽しそうに見えたので真似して両手をパァーンパァーンと叩きながらローゼンを見つめる。

「ケッコン！　ケッコン！　あとつぎマゴッマゴッ」

真似して一生懸命コールする。

すると、ローゼンはテレビで見た、熱々のオデンを食べた芸人のような顔をした。

「雪夜！　何でも真似をするのは止めないか！」

「はいっ！　もうやめます！」

と言いつつ、手を叩くのが楽しかったので呼びかけだけ止めてパァーンパァーンと笑顔で手を叩いていた。

「手拍子もだ！　急かされる気持ちになるから止めろ！」

止めた。

しかし女性はまだ元気に手拍子と孫コールをしている。

「いいですか、ロゼ！　お前のそのトシで独身なんて、社会的信用を得られないどころか、身内と茶会をする度に持ちネタの如《ごと》くイジられて、母は肩身が狭いのですよ！」

「は？　同い年のヒルシュも独身ですが？」

ローゼンが温泉で焼酎を飲んでるヒルシュを指差すと、母上様は扇子を地面に叩きつけた。

「クソッ！　身近に独身樹族《きぞく》が居たか！」

それを後方に控えていたメイドが素早く拾って片付けつつ、新しい扇子を手渡している。

新しい扇子で手の平をパシパシしながら、ローゼンの母は演説を続けた。

「だまらっしゃい！　細かい御託はいい！　もう孫が抱けるなら結婚という形式にこだわらないわ！　事実婚でもいいから、早く子供を作りなさい！　孫！　孫！　マーゴ！　マーゴ！」

「……キリ、つまみ出せ」

キリは気配を殺して背景に同化しようとしていたが、突然指名されて飛び上がった。そして凄まじい勢いで首を左右に振ると、半泣きであれこれと言い訳していた。

キリが言うには、ローゼンの実母のファビュラス様はキリの父と姉弟のように仲が良かったという。

キリの父親は由緒正しい白薔薇種の嫡子だったが、キリの母と恋に落ちて駆け落ちし、住む場所が無くて困っていた二人に声をかけたのがファビュラス様らしい。

ローゼンが僻地《へきち》の城で暮らしていた事もあり、そこならば白薔薇の目も届かないだろうと、使用人として匿ってもらったのだという。キリはファビュラス様が居なければ無事に生まれてなかったかもしれないという理由から、彼女に頭が上がらないらしい。

ローゼンとキリが困っていると思った雪夜は、ファビュラス様に近づいた。

「まぁ？　何ですか、この明らかに庶民じみた子供は……。なかなかの美少年ではありますが……」

そう、ファビュラス様が眉を寄せて言うので、頭を勢いよく下げて挨拶する。

「こんばんは！　ユキヤです！　ファ……ファ……ファービー……、おねえさん！」

名前が難しくて発音できなかったので、とりあえずキリが村で若い女の子や、そうでない女の子に呼びかけていたのを思い出して『おねえさん』と呼びかける。

「あ、あら……？　おねえさん……？　ま、まぁ、あたくし程の華族《かぞく》となれば、この年でもそう言われる事も少なくはなくもなくはありませんけどね……」

嬉しそうだったので、話を続けた。

「おねえさん！　ローゼンさまは、すごいひとなんです！　ぼくみたいなチビのわるいこをいっぱいいっぱいたすけてくれて、やさしいことばをたくさんおしえてくれて、キリやムラのヒトにもあったかくて、こんなにすごいひと、ぼくしらないなぁっておもうくらい、ずっとすごいんです！　ぼくはローゼンさまみたいなリッパなオトナになりたいです！」

そこでファビュラス様の高い鼻が更に伸びたように見えた。彼女は嬉しそうに笑う。

「ホ、ホホホ！　そうでしょうそうでしょう？　あたくしの子ですものね！　オーホホ！　しかしお前、チビっ子の癖になかなか見所がありますね！」

「はい！　ありがとうございます！　ローゼンさまのケンキュウカとして、ていひょうがあるユキヤくんです！」

胸を張ると、ファビュラス様は扇子で口元を隠しつつ、白目をむいていた。

「研究家……、そ、そんな職業があったのですか……」

「はい！　これからセカイでもっとふえます！　そんなすごいローゼンさまのおかあさんなら、それだけでジマンになると、ぼくおもうんです！　ローゼンさまにマゴがいなくても、ずっともっととってもすごいんです！」

ニコニコしながら説明すると、ファビュラス様は戸惑いだした。

「そ、それはそうですが……。ロゼが素晴らしいのはわかっていますが、だからこそ孫が居なければ社交界で苦労をします……。これはロゼの為で……」

そんなファビュラス様の不安を拭《ぬぐ》おうと、雪夜は両手を上げて励ました。

「ぼくのおかあさんも、ぼくのためっていって、いっぱいおこります！　でもぼくは、おこってるおかあさんより、わらってるおかあさんのほうがいいなあ～っておもうんだけど、おかあさんはみんな、こどものためにおこるものなの？　こどものためには、わらってくれないの？　ぼく、おかあさんのえがおをみてるだけで、しあわせになったんだけどなぁ……」

怒るのはしんどいので、笑ってる方が楽だよと雪夜は伝えたかったのだが、黙ってしまったファビュラス様とは真逆に、今度はローゼンが怒りだした。

「まったくだ……。私の為だなどと、耳障りの良い言葉を並べ……御自分の社交界での地位を守りたいだけならば、早急にお帰り願おうか！　私は一族の種馬では無い！　親の満足の為に子をもうけるつもりも無いし、安易な気持ちで子を作り、親としての責務を果たせぬ愚か者にはなりたくありませんので、この話はこれで終わ……」

「ローゼンさま、たねうまってなに？　おうまさんのなかまとかですか？」

動物園の話かとワクワクしながらローゼンの手を引っ張って尋ねると、彼は即座に取り消そうとした。

「雪夜！　それは、そなたには五十年は早い話題だから、他の者には絶対に聞くんじゃない！」

「はい！　ローゼンさまいがいに、きかないようにします！」

「私にも出来れば止めてほしいのだが！」

そうしていると、ションボリしていたファビュラス様が此方《こちら》を見ていることに気がついた。ニッコリ笑って見せてから手を振ると、ファビュラス様は扇子を畳み、それで雪夜達を指し示した。

「ロゼ！　お前、なんだか空気が丸くなったと思っていたら……。その子のお陰ですか！」

「そうですが何か？」

「こ、こやつ……赤面も躊躇《ちゅうちょ》もする事なく言い切りましたね！　ですが、わかります！　わかりますよ！　邪悪な魑魅魍魎《ちみもうりょう》の巣窟である華族《かぞく》の社交界を生きた者にとって、そういう無垢《むく》に懐く子は貴重ですからね！」

「母上……邪悪な魑魅魍魎《ちみもうりょう》の巣窟で生活している割に、お言葉に品性が足りぬようですが？」

「そう！　そういうのです！　ちょっと隙を見せれば揚げ足を取られ、末代まで嬲《なぶ》られます！　ですから、お前の性格が捻《ね》じ曲がって常に思春期のようになってしまったのも理解はしているのですよ……。そんな複雑に骨折しまくった性根のお前が……お前が幼子を気遣うマトモな子に！」

　わぁあっ　と泣き崩れるファビュラス様。

　キリやヒルシュがローゼンを見てボソボソ感想を漏らしていた。

「どれだけ親不孝してたんですか」

「ロゼ殿ったら、ヤンチャさんだったんですねぇ」

　ローゼンは顔の上半分が真っ青になるほど立腹していた。更にファビュラス様は喋《しゃべ》る。

「アタクシをおねえさん呼びする善良で無垢《むく》なその子のお陰で、ようやく人としての心を取り戻せたのですね……」

「母上の中で、私はどれだけ鬼畜な息子だったのですか……」

「お黙りなさい！　年の暮れも休日も実家に顔も出さず、手紙の返信も出さず、しびれを切らして家に行ってみれば『一人でやっていけますから、もうお帰りください』と母を邪魔者扱いしていた、そんな血が冷たいお前が立派に育ったのを母は実感しました！」

　ローゼンは渋くて苦い顔をしていたが、ファビュラス様は立ち上がって扇子を手の平に打ちつけた。そしてハキハキ喋《しゃべ》りだす。

「そんな小さい子を大切にしつつ、人としての心と常識を身につけたお前ならば、今直ぐに、明日にでも、結婚して子持ちになってもゼンゼン全く心配無用で大丈夫ですねローゼン！」

「……は？」

間の抜けた声で問い返すローゼン。

キリとヒルシュも話の方向についていけていないようだった。

しかしファビュラス様は続ける。

「さあ、見合いの令嬢の姿絵を持ってきましたよ！　この中から好みの女性を選ぶのです！」

「いや……、あの？　は？　今までの件《くだり》は何だったのですか母上？　長い茶番ですか？」

「いいから！　早く夜の帝王におなりなさい！　こっちは孫の顔がさっさと見たいのです！」

「しかもまた言い方に品性のカケラも無い！」

ローゼンの抗議を無視したファビュラス様が手を叩いてメイドを呼びつける。無表情のメイドは大量の冊子のようなものを頭上よりも遥かに高く積み上げた状態で運び込んできた。

キリがそれを見てヒッと短い悲鳴を漏らして引いていた。

「うわ！　これもう逃げられない流れじゃないですかローゼン様！」

ローゼンも引いていた。

「話を聞け母上！　というか、こんな資源の無駄遣い、さっさと持って帰れ！」

「お黙りなさい！　もはや地位にこだわらずに各種、美女と美少女を取り揃えましたよ！　正妻だけでは心許ないですから、側室も何人か娶《めと》りましょうね！　ほら！　選ばないなら母が勝手に選んで挙式から初夜まで全て手配してしまいますよ！　だから根性を魅せなさい！」

咆哮《ほうこう》が夜空に響く。また雪夜が楽しそうに真似しだした事で、遂に限界が訪れたらしいローゼンが叫んだ。

「キリ……、いや、ヒルシュ！　私を一発、殴らせてやるから、この女と召し使いどもを摘まみ出せ！」

焼酎を瓶で飲みだしていたヒルシュは目を輝かせて向き直る。

「えっ！　いっぱ……三発も殴らせて食べさせてくださるとか、宜しいのでしょうか？」

「もうそれでもいいから早くしろ！」

サラッと上限を増やされていたが、ローゼンは余程、困っていたらしく苦虫を噛み潰した表情で頷《うなず》いていた。

第三章　奴隷商人

そうして、喜び勇んだヒルシュが温泉から飛び出してファビュラス様に近づき、さらっとお姫様抱っこで連れ出そうとしてから数週間後……

ファビュラス様はヒルシュの顔を見て目ををハートにして大人しくなっていた。キリはヒルシュが普通に全裸で出ていこうとするので叫んでタオルを持って追いかけ、ローゼンはグッタリしていて、とても賑やかな夜だった。

温泉での一夜の後、ローゼンの城には多種多様な美少女や美女が詰め寄せていた。

ローゼンはあれから毎日、何人もの女性と面談？　面接？　という茶会のようなものをしては執務室でキリと共に『面会が終わった令嬢に片っ端から断りの書簡を送れ！』と書類仕事に追われていた。（ケッコンを断るのに何でデートしたんだろうと雪夜は不思議だったが）

キリはというと、自分まで断りの手紙を書かされて半泣きだったが、抗議を受けたローゼンは両手に握った羽根ペンで同時に二通の手紙を書きながら怒鳴っていた。

「五月蝿《うるさ》い！　文字が書けるのが貴様と私しかおらぬからだ！　雪夜はまだ文字が読めぬし、ヒルシュの阿呆にいたっては『お断りするなら、肉体言語の方が早いですよ～？』等と殴りかかる野獣ではないか！」

「そりゃそうなんですけど、ローゼン様のド低音でヒルシュ様の甘ったるい声の真似するとキモイですね……。ていうか、ヒルシュ様に三発殴られたのって大丈夫なんですか？」

「黙れ！　ヒルシュの莫迦《ばか》に『顔だけは殴るな』と言ったら、鳩尾《みぞおち》を三発殴られた上に、いまだに痛みが治まらん！　恐らく肋骨《ろっこつ》が数本、折れている！」

「約束だからって律儀に殴らせる所がローゼン様ってカンジですよね……」

二人の会話を聞いていた雪夜は（でもなんでケッコンがイヤなんだろう？　カゾクがふえるのはいいことだってテレビでいってたんだけどなぁ……？）と考え、ローゼンの上着を引っ張って聞いてみた。

「ローゼンさま、どうしてローゼンさまは、ケッコンがイヤなの？」

すると彼はペンを走らせる手を止めて教えてくれた。

「……嫌ではない。だが、伴侶を得るという行為は私の人生だけでなく、相手の人生、子を得たならばその血族の人生にも、責任と覚悟をもたねばならぬ。今の私には、そう願える程の異性がおらん。だというのに、ただ世間体の為や己の欲求や願望の為に他者を安易に巻き込む等、あまりに無責任かつ愚かな行動だと思うからだ。無論、それらを含めてこの命が果てるまで添い遂げたいと思える相手が出来た時は、全身全霊でもって、その者の為に生きたいと思ってはいるが……」

黙って聞いていると、彼は微笑んで見せた。

「爵位を持つ者として、理想論が過ぎると言われればそれまでだが、私は己の半身となる者を義務で娶《めと》りたくないのだ」

途中から難しくてよくわからなくなったが、一生懸命話してくれたローゼンの気持ちを考えながら笑顔でウンウン頷《うなず》いていると、理解していないのを見抜かれた。

それでもローゼンは優しい苦笑を浮かべて頭を撫でてくれた。そして、目を細めて語りかける。

「……そなたにも、いつかそのような相手が出来た時には、私はそなたごと、伴侶を守ろう。そなたが大切に想う者は、私にとっても大切な存在だ」

そう言った後にローゼンは目を閉じる。

「まぁ。そなたにはまだ二百年は早い話だが」

よくローゼンは『五十年は早い』『あと数百年は先の話だ』と言うので、雪夜は彼に教えた。

「ローゼンさま、にひゃくねんごには、ぼくは、おほしさまになってるんです！」

何の事かと不思議がるローゼンとキリ。

雪夜は人間は二百年生きられない、近所のおばあちゃんは百歳になる前にオソウシキしていたと説明すると、二人は絶句していた。

「マジかよ……。ウソだろ……。オレらと同じような見た目してるのに、動物よりチョイ長いくらいしか生きれねぇとかウソだろ？」

キリがそう繰り返していたので更に細かい知識を披露してあげた。

「ろくじゅっさいで、ぼくはシワシワのリッパなおじいちゃんになります！　エンガワでニャンコとともにボンサイをカットするんだ！」

エッヘン顔で自慢したのに、誰も笑ってくれなかった。

キリは目を逸らしているし、特にローゼンのショックは凄まじかった。

本当なのか？　と何度も聞き返されたのだ。それがあまりにも辛そうで、最後には雪夜も何も言えなくなってきた。

その態度で察したのか、ローゼンは言葉も話せぬ程に呆然《ぼうぜん》としており、肩を震わせていた。

雪夜は話した事を後悔する程に哀しんでいたのだ。

「たったの二百年も……生きられぬというのか……。しかも、幼子すら直ぐに老いて枯れてしまうなど……」

それからローゼンは口数が減り、寝る時間も減ってしまった。

ただでさえ忙しい日々でありながら、睡眠時間までおかしくなっているローゼンをキリが心配し始めた。もともと朝に弱い酷いローゼンの寝起きは更に酷くなった。

起こしに行っても起き上がれなくなっており、此方《こちら》の顔を見ては悲し気に目を伏せる。

見てられなくなった雪夜はローゼンにウソだと話した。

「や、やっぱりウソなんだ！　ぼくは、ローゼンさまやキリとおなじくらい、ながいきします！」

猫パンチを素振りして元気さをアピールしながら告げたが、彼は苦し気に目を細めた後、何も言わずに抱きしめてきた。

大きな肩は震えており、その姿を雪夜は生涯、忘れられなくなった。

この心優しい青年をこれ以上、哀しませないように、彼の仕事の手伝いをしよう、良い子になろう、役に立てるように頑張ろう、いつも笑って楽しそうにしていよう、と心に決めた。

しかしそんな日々の中、遂にキリがローゼンの振る舞いに怒りだした。

「泣いても怒っても仕方ねーもんは仕方ねーんですよ！　落ち込んで寿命が延びるならオレだってそうしますけどねぇ、そうはならねーでしょ！　五歳児に心配かけてまで落ち込んで、どーすんですか！　シッカリしてください！」

そう怒られて以来、ローゼンはようやく仕事できるようになったようだった。相変わらず寝起きは悪いが。

◆◆◆

それを思い出しつつ、雪夜はその日も毎日のように城に集まる令嬢達を見つめて目を輝かせていた。

「ほあぁ……おにんぎょうさんみたいにキレイだなぁ～！」

物陰からリボンやレース、花や宝石で着飾った女の子に目をキラキラさせていたが、同じくそれを眺めていたキリは膨れっ面をしていた。

「キリ、すごくオシャレしたおんなのこがいっぱいだねぇ」

そんなふうに話しかけると、キリは鼻を鳴らす。

「そりゃイイモン食って、いい化粧品使ってりゃあ大概の華族《かぞく》は美形になるんだよ！　問題なのは、ああいう令嬢どもってスゲー性格ワリぃ上にクソめんどくせー性格で……」

ブツブツ言うキリ。そのうちに、お嬢様の一人が扇子で縦ロールを扇ぎながら叫んでいた。

「ちょっと？　公爵閣下の従者はどちらなの？　お飲み物を頂きたいんだけど？」

途端にキリは笑顔を張りつけて、ワゴンにティーセットを載せて物陰から飛び出していく。

「ハイハイ、ただいま～」

営業スマイルで向かっていたが、やいのやいの言われている。

「遅いですわね！　そんな無能でガルニエ公爵の従者が務まりますの？」

「ねえ、そこの赤毛の下民！　公爵閣下は、いつらっしゃるの？　ワタクシ、もう二十分も待たされているのですけど？」

「ホンット、身分が低い者って気が利かないわぁ……。どうして公爵様はこんな大して美しくもなく、有能でもない者を重用しておられるのかしら。紅茶の茶葉も、私の好みじゃないし……」

キリは笑顔のまま額にビキビキと青筋を立てていた。

「た、たいへんだ！　ぼくもオテツダイしなければ！」

使命感に駆られた雪夜も、お盆にお湯が入ったコップを持って令嬢達の前に飛び出していった。

キリは驚いていたが、雪夜は、とびっきりの笑顔を浮かべて飲み物を配ろうと動き回る。

「こんにちは！　あったかくておいしいおみずをおもちしました！」

そう言いながら笑顔でお湯を差し出す。

「どうぞ！」

しかし何故か誰も受け取らなかった。

あれー？　と思いながら引き続き、ニコニコ顔で「どうぞ！」「どうぞどうぞ～！」「はい！　とっても、おいしいですよ～！」と少女達に水を差し出したが、まるで見えていないように扱われて困惑する。

そうしていると、金髪の令嬢がコップを受け取ってくれた。

「どうぞどうぞ！　おかわりもありますよー！」

それが嬉しくて雪夜が笑いかけた時、パシャッと音がして、頭から水滴がポタポタ落ちてきた。

「わ」

顔を上げると、令嬢がコップを足元に投げてきた。

コロコロ転がるコップを慌てて止めようとしゃがみ込むと、足を引っかけられて転がされた。

「わ～」

ドテッと転ぶと、彼女はクスクス笑っていた。

「馬鹿ね！　お前のような下賤なチビがもってきたモノを飲めるわけないでしょ？　この私の毒見役にしてあげたんだから、頭から水を飲んで喜びに咽《むせ》び泣きなさい！」

周りの女性達も笑っていた。

しかし雪夜は『水かけっこして遊んでくれたんだ～』と思い、令嬢に近づいていって笑顔でスカートを引っ張る。

「ねえねえ、もっかい！　もっかいバシャーッ、ドテッ、ていうのやってほしいです！」

「な、何よお前！　変なの？　頭おかしいんじゃないの？　離しなさいよ！　とっておきの訪問着が濡れるじゃないの！」

ヒールで蹴飛《けと》ばされてコロコロ転がる。

それでも雪夜は『ボールごっこ』で遊んでもらったと思ってフラフラと令嬢に近づこうとする。

すると、キリが走ってきて抱え上げた。急に視界が上がり、雪夜は笑う。

「わあー！　だっこだぁ～！　ぼく、だっこだいすき！」

お手伝いをしたので、ご褒美に抱っこをしてもらえたのかとキャッキャと喜ぶ雪夜に、キリは何故か辛そうな顔をしていた。

「キリ……？」

「……」

無言のキリの表情に雪夜は自分が『悪い事をしてしまった』と思い、笑うのを止めて心配し始めると、周りの女の子達が囁《ささや》き合っていた。

「鬱陶《うっとう》しいチビが出てきたと思ったら、あの赤毛の従者の弟かしら」

「頭が悪そうな所がソックリね」

「空気が読めない使用人ばかりで公爵様が可哀想……。私が妻の座を射止めた暁には有能な使用人を雇って、こんな見すぼらしい者達は解雇しなきゃ！」

それを聞いて、キリがきつく噛み締めていた唇を開きかけた時だった。

「お前ら、いい加減に……」

「こんにちは～。坊ちゃん、キリ君、おやつの時間ですよ～」

キリの言葉の途中で、ヒルシュが窓から逆さにヒョコッと顔を出した。

「ヒルシュおにいさんだー！」

「はーい、ヒルシュおにいさんですよ～」

雪夜が満面の笑みで手を振ると、彼は同じく、ゆるい表情で手を振り返してくれた。その周囲で少女達は悲鳴を上げていた。

「きゃあ！　樹族《きぞく》よ！　樹族《きぞく》のオスが居る……オスよね？　メスじゃないわよね？」

「オスよ！　喉仏あるもの！」

「いやだ！　蛮族の樹族《きぞく》がどうして此処に！」

周りは驚いていたが、ヒルシュは構わずに室内に飛び込んで着地した。

しかし、長い髪をさらりと揺らして歩くヒルシュの姿に、騒いでいた少女達は、ぽおっ……と頬を染めて見惚れだす。

ヒルシュは目が合った少女にニッコリ笑いかけた事で、何人かがクラリと倒れかけた。

そして彼女らは小鳥のように騒ぎだした。

「嘘でしょ……。野蛮で血と暴力と筋肉の事しか頭にない蛮族と言われる樹族《きぞく》に、こんなにも美しい方がいらっしゃるなんて……！」

「透き通るような白い肌に、絹糸みたいな御髪……笑うと白い歯が眩《まぶ》しくて、木漏れ日の如《ごと》く煌《きら》めく瞳を縁取る睫《まつ》毛《げ》は長くて……なんて美男子なの……！」

「公爵様は圧のある超美形ですけど、こちらの方は癒し系の超美形でどちらも素敵！　この方も公爵の使用人なのかしら？　あ、あの、お名前は……」

少女達がワラワラとヒルシュに近づいて異性の好みなどを問いかけていた。

その姿にキリは雪夜を床に下ろすと、手帳を取り出して何かを書き留めだした。

真剣な顔で令嬢を見ながらペンを走らせている。

その姿に雪夜はピーンときた。

（ハッ……！　ぼくにはわかるぞ……！　これは……おえかきあそび！）

おえかきをするとローゼンが喜んでくれていた事を思い出した雪夜はキリに体当たりした。

「ぼくもー！　おえかきするー！　キリといっしょにー！　どーんどーん！」

「だーっ！　雪夜！　これは仕事だから！　邪魔すんな！」

そう言いつつもキリは蹴飛《けと》ばしたり叩いたりは一切しなかった。

雪夜がキリに、どーんどーんしている間にヒルシュは令嬢達と笑顔で会話し続けている。

しかしヒルシュは女性達に対して握力やら持久力を問い返し、少女らを困惑させていた。

それからヒルシュは少女のように頬を染める。

「わたくし、自分よりも強い方が好みですので、まずは筋力の段階でわたくしより劣っておられる方は異性として……と申しますか、同等の生物ではなく捕食対象としか見れませんので……」

ヒッ！　と声を上げる女性も居る中、ヒルシュの外見によほど心奪われたのか、まだ話しかけてるガッツのある令嬢もいた。

「で、でも、やはり殿方は美しい女性がお好きでしょう？　私は華族《かぞく》の社会では美貌で知られる名家の娘で……」

言いかける少女に、ヒルシュはキョトンとしていた。

「名家だとか美しさだとかは、生命力に直結するのでしょうか？」

「へ？」

停止する少女にヒルシュは疑問を投げかける。

「樹族《きぞく》にとっては、身分も美貌もどうでもいいのです。どんな方も、殴ってしまえば身分に関係なく全て同じ肉塊になってしまいますので……」

その言葉に令嬢だけでなく、キリまで青くなっていたが、ヒルシュは構わずに話し続けている。

「やはり我々の一撃を受けても耐えられるような強靭《きょうじん》な肉体の持ち主こそが、生粋の樹族《きぞく》が求める番《つがい》です！　あ、それとも、もしかして、わたくしと死合《しあ》いをなさりたいのですか？　それはそれは大歓迎です！　ぜひぜひ、存分に殴り合いましょう！」

ヒルシュがパァア……と顔を輝かせ、いつも着ている袖が大きくて長い衣装を捲《まく》り上げて拳をバキバキ鳴らしだした。

「え。ちょ」

「何？　何なのこの展開？」

「なんでお見合いに来たのに武闘会が始まってますの？」

青ざめる令嬢達。

しかしヒルシュは更に手近にあった椅子を持ち上げて床に叩きつけ、足を折った家具を見せて満面の笑みで言いだす。

「あの、少しばかり品が無い行動でお恥ずかしいのですが……。わたくしが素手で殴ってしまうと生命力を吸い取りすぎて一撃で逝去なさってしまうかもしれませんから、手加減の意味を込めて武器を使用させていただきますね！　あぁ、とっても楽しみです！　異種族の方と殴り合えるのは、ロゼ殿以外では久しぶりですから！　さあさあ、どうぞ遠慮なく仕掛けてきてくださいな」

　折れた椅子をズル……ズル……と引きずりながら笑顔でゆっくり近づいてくるヒルシュの姿に令嬢らは悲鳴を上げだした。だが一人だけ、先ほど雪夜を蹴飛《けと》ばした気が強い娘が怒りだした。

「ちょ、ちょっと待って！　男が女を殴るなんて野蛮じゃありませんの？」

　しかしヒルシュは小首を傾げていた。

「はあ、そうなのですか？　一方的な暴力であれば、性別や年齢が何であれ野蛮だと思いますよ？　でも貴方は無抵抗で敵意の無い幼子を転がして遊んでおられましたよね？　それは華族《かぞく》の方にとっては野蛮な行為では無いのでしょうか？」

　言葉につまる少女にヒルシュは続けた。

「今は『お互いに死力を尽くしましょう！』という意図なので、貴女もどうぞ、わたくしと死合《しあ》うに相応しい戦支度をなさってくださいな。整うまで、待っておりますので……。でも出来れば早く食べ……いえ、戦いたいので早めにお願いいたしますね！」

　ニコッと笑いながら牙を見せるヒルシュ。

　令嬢達は全員、恐怖に震えだした。

「ヒィィイ！　会話が通じてない！　やっぱり樹族《きぞく》は脳筋よ！」

「外見詐欺じゃない！　何なのよあの生命体を殴り慣れた拳と行動は！」

「こんな所にいられるか！　私は自分の家に帰る！」

我先にと出口に向かいだす令嬢達がドアを開ける前に、音をたててそれが開いた。

ドアの向こうに立っていたのはローゼンだった。

「先程から五月蠅《うるさ》いぞ！　口の中に家鴨《あひる》でも住んでいるのか！」

令嬢達が助けを求めようとするより先に、ローゼンが怒鳴りつける。

苛《いら》ついた様子のローゼンだったが、水びたしの雪夜の姿に気がつくと、驚いて駆け寄り、ポケットから取り出したハンカチで優しく頬を拭《ぬぐ》ってくれた。

「雪夜？　何故そんな姿になっているのだ！」

水遊びとボール遊びと、キリに抱っこしてもらえた後にローゼンにハンカチフワフワしてもらえた嬉しさで雪夜は笑顔になる。

説明する前に、ヒルシュが縦ロールの令嬢を指差した。

「あのご令嬢が、坊ちゃんに水をかけてビッシャビシャにしておりましたが……」

途端、ローゼンの顔から温度が消える。

そして凄まじい圧を出しながら、低い声で唸《うな》るように告げた。

「……何だと……？　こんな幼子に暴力を振るったというのか……？」

ゆらりと立ち上がるローゼンに、ヒルシュは「あ、違いました」と訂正をする。

「違うのか！　紛らわしい発言をするな！　というか、何故に貴様が此処に居る！」

「ビッシャビシャにした後、器を足元に投げつけ、拾おうとした坊ちゃんの足を引っかけて転倒させたかと思えば、侮蔑《ぶべつ》と嘲笑《ちょうしょう》をしつつ、更に踵《かかと》のある靴で蹴《け》り飛……」

「より酷いではないか！　もうよい！　こいつらは殺す！　そして貴様は不法侵入してないで、さっさと森に還れ！」

怒気を纏《まと》わせたローゼンと令嬢の間にキリが飛び込んで制止する。

「ローゼン様！　お気持ちはわかりますが、ここは堪えて！　この性悪を殺した所でローゼン様の気が晴れるのは一瞬だけですから！」

キリの言葉に令嬢達が怒りだしたが、ローゼンはキリの顔を見、その言葉に何かを察したのか、袖から取り出しかけた鞭《むち》を手の皮膚に吸い込ませるようにして消した。

しかし怒りを滲ませた表情と声は変わっていなかった。

「私が公爵位とはいえ、他の華族《かぞく》と敵対するのは得策ではないと甘い顔をしておれば、際限無くつけ上がりおって！　品性下劣な小娘どもが！」

それからローゼンは入り口を顎《あご》で示した。

令嬢達を叩き出したローゼンにキリが何だかんだと諫言《かんげん》していた。

しかし聞く耳をもたないどころか、怒り狂うローゼン。しかもヒルシュに八つ当たりで怒号を浴びせている。

そんな揉《も》め事の渦中で雪夜はオロオロしていた。

（ローゼンさま、いろんなヒトとケンカしたら、あとで、こまっちゃうんじゃないかな……）

少し前に自分の寿命の話をした時に、深く傷ついていた彼の姿を思い出すと、胸が痛くなった。また彼が何かしらの出来事で悩み苦しむ事になったらと思うと、たまらない気持ちになる。

ローゼンにはいつでも幸せでいてほしい。

そんな彼の為に自分に何か出来ないかと考えてみた。そして思いついた。

（そうだ！　おんなのこたちに、ローゼンさまのよいところ、いっぱいしってもらおう！　おんなのこたちがローゼンさまにおこってなければ、ローゼンさまも、こまらないんじゃないかな？ローゼンさまは、やさしいんだよって、いっぱいいっぱい、ローゼンさまのステキエピソードを、おはなししてみるぞ！）

よーし！　早速、実行だー！　と、ローゼン達が揉《も》めている間に令嬢達の所にテクテク向かってみた雪夜だったが、庭では令嬢達が馬車の前で御者達に怒鳴り散らしていた。

「こんな恐ろしい城から早く帰らせて！」

御者達は汗を拭《ふ》きながらペコペコ頭を下げていた。

「このガルニエ領は平和ですが、お嬢様達のご領地では最近、鉱族《こうぞく》の奴隷商人が横行し始めているという噂があります。ファビュラス様が準備してくださっている護衛の騎士が揃うまでは、お待ちください」

そんな御者に金髪の令嬢は興奮状態で責めている。

「五月蝿《うるさ》いわね！　そんなこと知らないわよ！　それを何とかして私達を安全に送るのが、お前達の仕事でしょう？　それともガルニエ公爵とは違って、お父様は統治がヘタで治安が悪いから奴隷商人が出しゃばってきてると言いたいの？　お前、クビにされたいの？」

御者の人が涙目になっていたので、雪夜は少しムッとした。

（ムム……！　おうまさんのおじさんたち、がんばってるのにヒドイ！）

しかし、怒っている時の母のように、金切り声を上げている女性を見ると怖くてなかなか声をかけられない。

雪夜は彼女が落ち着くまで、先回りしてどれかの馬車の中で待っていようと、チョロチョロ動き回って一番近くの馬車の中にコソッと乗り込んだ。

御者達は令嬢の相手で目が届いていないらしく、簡単に入り込めた。

よじのぼって扉を開けて中に入り見回す。

「ローゼンさまがもってるバシャより、ちょっとちっちゃいけど、かわいいなあ～！　おっ？　これはこれは……イスもフカフカ……！　でもローゼンさまのバシャは、もっとフワ～ってしてたし、いいにおいがして、キラキラだったなぁ」

あちこちペタペタ触って探検して見て回っていると、座席は持ち上げるタイプの蓋になっており、その下が収納のスペースになっている事を発見した。

パァア……と顔を輝かせて雪夜はまた一人芝居をしていた。

「こ、これは……！　ジッキョウのユキヤさん、きっと、デンセツのヒミツきちですね！」

「ですね！　カイセツのユキヤさん！　これはセイキのダイハッケンです！」

「どれどれ……ハックツサギョウにとりかかりましょう！」

当初の目的からズレて、ゴソゴソと座席下の収納スペースに頭を突っ込んでいると、馬車の扉が開いた。その音と同時に雪夜は座席下の空間に転がり落ちて蓋が閉まってしまった。

「わー！」

驚く雪夜が立ち上がろうとすると、椅子にドカッ！　と誰かが座り込んだ。蓋が開かない。

真っ暗な中、目だけをぱちぱちさせていると、椅子に座った令嬢が、独り言を繰り返す程に怒っている。声からして、先程の金髪の令嬢のようだ。

「ホンット！　失礼ったらないわ！　アイリス種では一番、美しいと言われる私に小娘だなんて！　あぁ、もう！　ハラ立つ！　何よ何よ！　これだから赤薔薇種は傲慢で嫌なのよ！」

ドカドカと床を蹴《け》る音がして雪夜が怯《おび》えていると、令嬢は独白を続けていた。

「ちょっと！　御者！　アナタ、さっさと馬を出しなさいよ！　グズグズしないでちょうだい！　お父様に言いつけてクビにするわよ！」

ゴトゴトと馬車が動きだし、雪夜は焦りだした。

（バシャがうごいてる……？　ど、どうしよう！　お、おりまーす！　って、いったらいいのかな？　はやくしないとローゼンさまのおうちから、はなれてまいごになっちゃう！）

悩んでいるうちに怒っていた令嬢の声音が落ち込みだしたので、座席を叩いたり声を上げるタイミングを逃してしまった。

「……でも、公爵様、私よりもずっとお美しかった……。ていうか、樹族《きぞく》のオスですら、私より美しいって、どういう事なのよ？　ああ、どうしよう……。公爵様を射止められなければ、また役立たずの附子《ぶす》だってお父様に言われてしまう」

そう、涙声になり始めた。

（ハッ……！　ないてる！　はげましてあげなきゃ！）

そう思った雪夜が座席にドンドン頭突きをする。

「ヒィ！　座席の下に何か居る!?」

驚いた令嬢が飛びのいたであろう隙に、雪夜は蓋をパッカーンと開けて飛び出した。

「こんにちは！　ユキヤです！」

いつものハリキリ口調の挨拶をした。

涙で化粧が流れ落ちていた令嬢は引き攣《つ》った顔で絶叫を上げる。

「公爵様の所にいたチビじゃない！　な、何でアンタがこんな所に！　さ、さては先刻の仕返しに来ましたのね？」

狼狽《うろた》える令嬢に構わず雪夜は話しだす。

「こんにちは！　おねえさんがローゼンさまとケッコンしたいのは、ローゼンさまがすきだからじゃないの？」

「は？　急に出てきて質問にも答えずに何ですのアナタ！　馬車から叩き出……えっ、ちょっと待って……これ、私がアナタを誘拐したみたいに公爵に思われるんじゃ……？」

青ざめる彼女に雪夜は話を続ける。

「ねぇねぇ、ローゼンさまとケッコンしないと、おねえさんはみんなにみとめられないの？　みんなにみとめられたいからケッコンしたいの？」

「五月蠅《うるさ》いわね！　繰り返さないでくださる？　そうよ！　公爵様みたいな威圧感があるお方は、美しくても本当は好みじゃないわ！　でも公爵様と結婚すれば私を馬鹿にした奴らから格上に見てもらえるのよ！　ここに集まった令嬢のほとんどがそう！　氷の薔薇と言われる程、戦で残虐な振る舞いをした恐ろしい公爵様に、心から嫁ぎたい娘なんていないんだから！」

言い切った令嬢は腕を組んで見下ろしてきた。

口調は怒っているのに、何故か彼女は自分よりも怯《おび》えた小動物のように見える。それに彼女自身は気づいていない様子で、鼻を鳴らした。

「私がこう言った事、いじめられた仕返しに公爵様に告げ口するんでしょう？　いいですわねアナタは！　何でかわからないけど公爵様に可愛がられてるみたいですし！」

「デヘヘ……！　そんなそんな……ムフフフ……」

「嬉しそうに照れてんじゃありませんわ！　褒めてなくってよ！　嫌味よ！　結局そうなのよ！強い者に愛でられない華族《かぞく》は生きていけませんのよ！」

「フムフム。でもぼく、わからないなぁ～」

「何がよ！　ていうか、私が立ってるのに、何でアンタが席に座ってますの？　楽しそうにしてんじゃなくってよ！　ひっぱたきますわよ！」

席から引きずり下ろされそうになった雪夜はガタゴト揺れる床に座り直して、座席を陣取った令嬢を見上げる。

「おねえさん、かわいいのに。なんでローゼンさまがいないとダメだっておもうの？」

本当の事を言ったのだが、彼女は怒り続けている。

「ガキの癖にお世辞なんか言わないで！　こんな、化粧が落ちたらソバカスだらけで鼻も低い附子がカワイイわけないでしょう！　お父様もお兄様も、そう言って……」

言いかけた少女の声を雪夜は両手を上げて振って遮った。

「なんでソバカスがあるとダメなの？　おはながたかくないとダメなの？　ぼく、おはなひくいの、かわいくてすきだし、ソバカスもすきだよ！　かわいいよ！」

真っ直ぐに伝えると、彼女は一瞬、言葉を詰まらせるも、絞り出すような声で反論した。

「そ、そんなの、嘘よ！」

だが雪夜は首を振り、ジッと相手を見つめた。

「ウソじゃないよ！　ソバカスって、おひさまがすきなヒトにつけるアイジョウのシルシなんだって、テレビでいってた！　それに、おねえさんがおしろでしゃべってるとき、すごくきれいなこえでハキハキしゃべるヒトだなぁ～っておもってたのに、どうしておねえさんは、おねえさんをわるくいうヒトのことばばかりしんじて、じぶんのいいとこをみないフリするの？」

「う……」

「なんでおねえさんは、じぶんじしんをきらうの？　じぶんをだれより、リカイして、すきになってくれるのは、まずじぶんなのに、きらいになっちゃうなんてもったいないなって、ぼくおもうんだ！」

「それは、だって……」

声から刺々しさを失った少女は大きく溜息をついた。

「アンタみたいな子供に話してもわからないんでしょうけど」

そう言いつつも少しずつ話しだした。

親類縁者が贅沢三昧《ぜいたくざんまい》で実家は火の車。自分が金持ちの家に嫁がない限り、どうしようもない事。

今回の結婚でローゼンに選ばれなければ、成金の中年男に売り飛ばされてしまう事。

しかし本当は子供の頃に実家に小麦を届けに来て遊んでくれた農民の男の子に長年、片想いしている事。

今回その青年が住むガルニエ領に来れば彼に逢えるかもしれない、せめて最後に一目だけでも逢いたいと思っていた事などなど……

難しい話でよくわからない部分もあったが、真面目に聞いていた。

「じゃあ、そのコムギのおにいさんにあいにいってケッコンしましょうっていってみよう！」と、話し終わった彼女にそう口にすると、とんでもなく怒られた。

「そんなコト出来るわけないでしょう！　身分が違うし、私がお金を稼がないと実家が……」

言いかける彼女に食い気味に話しかける。

「なんでおねえさんをだいじにしてくれないおうちのために、おねえさんががんばらないとダメなの？　おねえさんがオカネをかせいだら、おうちのヒトはおねえさんにかんしゃして、だいじにしてくれるの？　でもぼく、オカネかせいでなくても、ローゼンさまもキリも、ヒルシュおにいさんも、だいじにやさしくしてくれるよ？」

次から次へと質問していくと、次第に彼女は水をなくして萎れた花のように俯《うつむ》いた。

「理屈はわかりますわ……。結局、私がどれだけ頑張っても家族は私を愛してなんてくれないって。私がお父様達の真似をして使用人や身分が下の者を見下して虐げても、お父様達は妾《めかけ》の子である私を血族だと認めてくださらなかった。そんな事を繰り返したから、使用人達にも嫌われて、自業自得だって事もわかってる！　だから、こんな馬鹿女が、家を飛び出して一人で生きていけるわけないじゃない！」

そんな少女の前で胸を張る。

「だいじょうぶです！　ローゼンさまなら、なんとかしてくれます！　だって、ローゼンさま、ケッコンはすきなヒトとするべきだって、ぼくにおしえてくれたから、おねえさんのこともおうえんしてくれます！　あと、カコのアヤマチはくやむより、ツグナウことがジュウヨウなのです……って、テレビでエライひとがいってたから、ツグナウをするんです！」

「テレビって何よ！　ていうか結局、公爵任せなのアンタ！　……でも、」

そう話し合っていた時、前方から悲鳴が聞こえ、馬車が急停止する。

たたらを踏んだ雪夜が座席に乗り上げて少女と共に窓から顔を出すと、前を走っていた馬車から娘らが男達によって引きずり下ろされていた。男達の顔には宝石のような石のようなものが鱗《うろこ》のごとく張りついており、中には耳が魚のヒレのようになっている者もいた。

華族《かぞく》とも樹族《きぞく》とも違う見た目をしている男達を見た馬車の中の少女は、震えながら呟《つぶや》く。

「こ、鉱族《こうぞく》……！　鉱族《こうぞく》の奴隷商人よ！　ガルニエ領を出た途端に襲われるなんて……」

斬られて倒れている御者もおり、それを見た雪夜達の馬車の御者は逃げ出していた。

御者が逃げた事を知った少女は恐怖で泣きだしている。

鉱族《こうぞく》の男達は馬車を次々と開けており、ここに近づいてくるのも時間の問題だと思われた。

騒ぎに気づいて逃げようとした後ろの馬車の娘は飛び出した所を捕まり、近くに停めてあった男達の持ち物と思われる、檻《おり》がついた馬車に投げ込まれてしまった。

そして話し声が聞こえた。

「おい！　華族《かぞく》の女は高く売れるから乱暴に扱うなよ！　名家の令嬢どもだからな！　鉱族《こうぞく》だけでなく、同族の華族《かぞく》の金持ちにも売れるぞ！」

「へへっ、良い匂いがする家門の娘は特に高値がつきますもんね！　これで薔薇種の娘が乗ってりゃあ大儲け出来るんですが、流石《さすが》に薔薇種は居ないみたいですね。アイツらは単体売りだけでも儲かりますが、同族と交配させて増やした薔薇種のオスもメスも、そりゃあ高値で売れますからね！　金の卵を生む鳥みたいなモンですよ！」

「薔薇種の親子でも乗ってりゃあ、近親交配で血が濃いのが作れるんだが、そうそう居ないか。まぁ、これだけ若くて高貴な華族《かぞく》の娘が手に入れば遊んで暮らせるだけの金が手に入る！　顔も匂いも大した事がないアマは、研究所に売りゃあいいんだ。無駄にはならねぇよ！　まぁ、被検体にされりゃあ、原形を保ってられねぇだろうがな」

男達の言葉に、馬車の中の少女は啜《すす》り泣き続けている。

雪夜には彼等が何を言っているのかあまり理解できなかったが、少女の背中を押して座席の蓋を指差した。

「な、何するのよ！」

「シーッ！　おねえさん！　ここはぼくにまかせて。かくれるんだ！」

「そ、そんなの直ぐにバレて……」

「いいからいいから！」

怯《おび》える少女を座席の下に隠して蓋をしてから、雪夜はキリッとした顔をして外を見つめる。

「……よし！　これから、どうしよう？」

特に何も考えていなかった。

しかし、ローゼン達なら女の子を見捨てて自分だけ逃げるなんてしないだろう。

ローゼンやヒルシュのように人を助けられる立派な大人になりたいと思っていたのだ。

そのうちに馬車の扉が開き、直ぐに鉱族《こうぞく》の奴隷商人に見つかった。

「なんだあのチビは！」

「こんにちは、」

話しかけると同時に襟首を掴まれる。

悲鳴を上げると、奴隷商人達に顔をジロジロ見られた。

「このガキ、どう見ても男だが、もしかして女なのか？」

「ぼくはオトコノコです！　ローゼンさまのおうちで、ワンパクコゾウのヤクショクについているユキヤです！」

意味不明なものを見る目で見られたが、直ぐに彼等は焦りだす。

「ローゼンって、ガルニエ公爵じゃねぇのか？」

「そういえばこいつ、薔薇の匂いがするな……？」

「華族《かぞく》では珍しい黒髪って……公爵も同じ黒髪だし、もしかして、公爵の隠し子なんじゃ……」

「おい、お前、ローゼン・ガルニエの隠し子か！」

カクシゴを『凄く仲良しの関係』というモノだと思った雪夜は大きく頷《うなず》く。

「そうです！　ローゼンさまとはカクシゴのカンケイです！　ローゼンさまのカクシゴといえば、ユキヤくんだと、ゴキンジョのミナサマにもユウメイで……」

オトナっぽく腕を組んでエッヘン顔で紹介すると、皆が顔を見合わせ始める。

そして頷《うなず》き合いだした。

「未婚のガルニエ公爵が急に嫁探ししだしたと聞いて、華族《かぞく》の高貴な女が手に入るかとココまでやってきたが……。隠し子の継母探しも兼ねてたのかよ……」

「しかし、公爵の私生児が何で女どもの馬車の列にいるんだ？」

何やら話しだしたが、このワルそうな人達に少女達を解放してもらうにはどうしたらいいかと雪夜は考え続ける。

馬車の中に隠した女の子を見つからないように……と色々と考えた結果、キリッとした顔をする。

「おじさん！　オンナノコたちをいじめないで、おうちにかえしてあげてください！　かわりに、ローゼンさまとキリとヒルシュおにいさんのつぎにだいじな、クッキーをあげます！」

「何言ってんだこのガキ？」

「クッキーって何だよ……」

ここにもクッキーの美味しさを知らない人達が！　と思った雪夜は、ローゼンが作ってくれたポシェットから、朝に貰ったばかりのクッキーをゴソゴソと取り出そうとしたが、ポシェットごと奪われた。

「あー！　ぼくのおでかけポシェットー！」

ジタバタ暴れたが、中身をぶちまけられた。

「なんだよ。シケてんな。焼き菓子やらドングリやら、ガキの小道具しか入ってね……」

そう言いかけた男達はポシェットの底から金貨が数枚ほど出てきた事で動きを止める。

それはローゼンが『外出中に空腹になった場合、これで食べ物を買う練習をしろ。ただし、買い物をする時は私かキリが居る時に行い、絶対に一人で行かぬように』と、くれたものだった。

それもキリにガミガミ言われて、だいぶ減らした額だったが……

（ぼ、ぼくのクッキーが……）

金貨よりもクッキーが大事な雪夜はハラハラしていた。

「隠し子にこんなに金貨をやるか？　おい、こいつ公爵が跡継ぎに考えてるんじゃねぇか？」

「キンピカのまるいのはあげますから、ローゼンさまがつくってくれた、おかしとポシェットは、かえしてください！」

　また色々と言っていたので、とりあえずそうお願いする。

　ローゼンは料理も裁縫も生まれて数百年した事が無いと言っていたが『雪夜がクッキーを食したいと願う度に、街まで我慢させるなど出来るか！』と、キリが止めるのも振り切ってお菓子作りを極めていた。

　火が大の苦手な華族《かぞく》でありながら、雪夜の為に焼き菓子を習得したのだ。

　更に『雪夜に見合う装飾品も服も売っておらぬではないか！』と布地から取り寄せてデザインも自力でして制作してくれたが、凄まじいスピードで料理も裁縫もマスターした為、キリは従者の立場が無いとぼやいていた。

　それらの事情と、ポシェットにクッキーのアップリケを入れてほしいと頼んだら、余裕で入れてくれたと語ると、男達は顔を見合わせて相談をし始める。

「ヤバイ程可愛がられてる！　これ後継者だろ！」

「隠し子じゃなくて後継者なら、ガルニエ公爵は……必死こいて探すんじゃねぇか？」

　ヒソヒソ話し合う男達を見ていると、どうやら彼等はローゼンを怖がっているように感じたので、雪夜は思いついた事を話してみた。

「ローゼンさま、さっきおしろからウマで、あとからおいかけるんだぞ～っていってました」

「えっ」

「はっ？　公爵、この後に追いかけてくんのかよ？」

お城でキリ達と話し合っていたので来ないと思うのだが、ローゼンが来ると言えばワルモノおじさん達は逃げ出すと思い、こくこく頷《うなず》く。

ローゼン一人だけで馬で走ってるのは寂しいんじゃないかと思い、雪夜は嘘物語に登場人物を追加してみた。

「あと、ヒルシュおにいさん、はしってくるって」

男達が凍りつき、青ざめた顔で騒ぎだす。

「ヒルシュ!? 何だよそれ！ ヤベェ奴じゃねぇか！」

「公爵だけでもウゼェのに、ヒルシュまで来たら、人数足りねぇぞ！」

「撤収だ！」

慌ただしく帰り支度を始めた。どうやら上手くいったようだ。

雪夜は礼儀正しくするようにキリから言われていたのを思い出し、挨拶をする。

「おかまいもできませんで……。おねえさんたちとともに、ぼくもかえります……」

そう言って、お見送りしようとしたら檻《おり》つきの馬車に投げ込まれた。

「何で他人事なんだよ！ 勝手に帰ろうとしてんじゃねぇ！ お前は公爵用の人質だ！ ここに入ってろ！」

檻《おり》の中をバウンドしてゴロゴロ転がる。

囚われた女の子達が泣いて震えている。

しかし馬車の座席に隠した彼女は見つからずに済んだらしい。

悪者達は残りの馬車を放置して、慌ててその場を離れだしたからだ。

（むむむ……！　あのこだけはまもれたけど、のこりのおねえさんたちはどうしよう……？）

雪夜は何とか知恵を絞り、脱出を考えるのだった。

第四章　宝石の商人

結局、特に何も思いつかないまま、雪夜は見た事も無い大きい洞窟に連れてこられた。

馬車は洞窟の傍に木の茂みに隠され、雪夜達は降ろされる。

人里から遠いのか、木々の奥では鹿のような野生動物が見えた。虫や蝶も飛んでいる。

ひんやりと寒くて薄暗い岩肌には松明《たいまつ》が設置されており、入り組んだ道の先にある牢屋に、少女達は手枷《てかせ》をつけられた状態で閉じ込められてしまった。

シクシク泣く娘達を道中で必死に慰めていた雪夜だったが、彼女らは今も不安げだった。

(ぼくが、ローゼンさまやヒルシュおにいさんみたいにオトナでツヨかったら、みんなシクシクせずにいてくれたんだろうな……。はやくオトナになりたいな……)

シオシオしながら令嬢達に続いて牢屋に入ろうとすると、襟首を掴まれて持ち上げられる。

「キャア！」

「おい、坊主はこっちの部屋だ！　お前は公爵の息子だからな。あのアマどもとは用途は違うが使えるガキだ」

「なんと、ごむたいな！」

「意味がわかってねぇ癖に的確に使うんじゃねぇ！　こっちで大人しくしてろ！」

令嬢達の牢屋とは別の離れた部屋に、また投げ込まれた。

べちっと岩がむき出しの床に鼻をぶつけて痛がっている間に部屋の鍵をかけられてしまう。

「あー！　ドアがー！　もしもーし！　あけてくださーい！　だしてくださーい！　おうちにかえしてくださーい！　もしもしー！　しもしもー！」

慌てて入り口に駆け寄り、ドンドンと金属製のドアを叩く。

「うるせぇ！　静かにしねぇとブン殴るぞ！」

ピタッと騒ぐのを止めた。

しょんぼりしながらドアから部屋の中央までトボトボ歩く。

「またローゼンさまにメイワクかけちゃう……。ぼくはわるいこなうえに、あしでまといなダメなこだ……」

床に胡坐《あぐら》をかいて、しばらくメソメソした。メソメソしつつも、返してもらったポシェットからクッキーを取り出してサク……と食べた。

そうやってしばらくメソメソサクサクした後、スックと立ち上がる。

そして体をぐっぐっと伸ばした。

「よし！　いまのぼくにできること、がんばってさがすんだぞ！　ないてるおねえさんたちのことだって、ローゼンさまたちならゼッタイにたすけるはずだし！　ぼくもローゼンさまやヒルシュおにいさんみたいに、りっぱでやさしいオトナになるんだ！」

エイエイオーと、一人で気合いを入れて室内を見回す。

雪夜が閉じ込められた部屋は牢屋ではなく、岩肌がそのままになっている部屋だった。

天井付近には金属製の網がついた穴が見える。通気口というものかもしれない。

「あのおおきさなら、ぼくならとおれそう……」

しかし、どう見ても背が届かない。

足場に出来そうな家具もない。

というより、室内にほとんど物がない。

ただ、何故か部屋の端の方の床に、細長い金属製の薄板が敷かれていた。

「こんなトコロにテッパンをおきっぱなしにしておくなんて……。キケンなので、どかしておいてあげましょう」

板は見た目よりも軽かった。雪夜が屈み込んで全体重をかけて引っ張ると、直ぐに動いた。

ドテッと尻餅をついた雪夜だったが、鉄板の下にあるものに驚く。

鉄板の下には風呂桶を長くしたような大きさと深さの穴が開いていて、水がなみなみと入っていたのだ。

「どうしてオヘヤのなかにプールが……」

覗《のぞ》き込むと、水の中で何かが揺らめいた。

目を凝らしてよく見てみると……それは、人だった。

薄暗い水の中では、真珠のように白い肌をした、水色の髪の少年が沈んでいたのだ。

「ヒトだ……」

水中の少年には左目の下あたりに宝石に似た鱗《うろこ》が模様のように貼りついており、胸元で組んだ手の甲にも宝石の鱗《うろこ》が幾つか見えた。

閉じた目蓋《まぶた》と長い睫毛《まつげ》は微塵も動かず、眠っているように見える。

まるで宝石から生まれた熱帯魚がヒトに変わったように、澄んだ煌《きら》めきを放つ美しさだった。

「きれいだなぁ～」

しみじみと呟《つぶや》きつつ、ちょっと手を伸ばして顔に触れてみた。肌の宝石の鱗《うろこ》は触ると、瘡蓋《かさぶた》のようにぽろりと外れ、水中に砂糖みたいに溶けて消えてゆく。

「オフロでねむるなんて、ずいぶんと、かわってるなぁ……」

感想を漏らしていた雪夜は、水中の少年の目が此方《こちら》を見ている事に気づいた。

「え」

目が合って冷や汗が出る。見間違いかもしれないと、そっ……と目を逸らしてからもう一度見やると、少年はガボガボと口から泡を吐き出していた。

「キャア！」

悲鳴を上げて逃げようとするも、足を掴まれて水中に引きずり込まれた。

「ぼくはおいしくないですー！」

床にしがみついて必死の抵抗をするが、少年は胴にしがみついてくる。

床のデコボコの岩肌を掴んだまま抵抗を続ける雪夜に抱きついたまま、何とか水中から顔を出した少年は「ぷはっ！」と息を吐き出してから話しかけてくる。

「すまない！　助かった！」

雪夜は床を掴んだまま、自分にしがみついて水面に顔を出した少年を見つめる。

「ぼく、なにもたすけてないのに、なにをいっているんですか！　さては、フシンシャのヒトですね！」

怪しい人物だと思い、這い上がって人を呼びに行こうとするも、少年にズボンを掴まれた。

「違う！　話を聞いてくれ！　自分は怪しい者ではない！」

「キャア！　エッチ！　やめてください！　ズボンがおちるじゃありませんか！」

「すまん！　だが、鉱族《こうぞく》は水に浸かると弱体化してしまうんだ！　全身が水に浸かると身動きが取れなくなるから、少しでも水から体を出していないと困るんだ！　頼む！　助けてくれ！　お前は誘拐犯の仲間じゃないんだろう？」

「ちがいます！　ぼくはつかまってるおんなのこたちをたすけようとかんがえてるほうです！」

「良かった……！　ならますます助けてくれ！」

それから雪夜は水中に沈んでいた少年に手を伸ばして水から上がる手助けをした。

時間はかかったものの、救出された少年は服の水を絞りながら自己紹介をしてきた。

「すまない！　助かった！　自分は鉱族《こうぞく》の商人でロカ・デ・クリスタール。ロカと呼んでくれ」

水滴を垂らしながらも爽やかに答える少年は何だかとても凛々しく見えた。

「か、カッコイイ、いいかた……！　ぼ、ぼくのことはユキヤくんとよんでくれ！」

「キリッとした顔で真似してるが『君』づけ希望なのか……」

「そうです！　ユキヤくんのほうが、カッコイイのが、さらにカッコイイおなまえになるからです！　でもロカおにいさんは、どうしてみうごきがとれないのに、オフロのなかにいたの？」

その純粋な疑問にロカは凄い勢いで首と手を振った。

「自分はここの奴隷商人達に仲間に誘われたが、奴隷売買など自分の商売人の矜持《きょうじ》に反すると、奴らに真っ向から反論したんだ！」

「カッコイイ！」

褒めるとロカはフッと得意げに笑う。

が、声のトーンが少しずつ小さくなっていった。聞き取り辛い程に音声が下がったので、近づいて耳を傾けると、ようやく聞こえた。

「そうしたら、この水牢にブチ込まれてな……。お前が来るまで何も出来なかったんだ……」

カッコイイりゆうなのに、カッコわるかったんですねぇ……と思わず本心を漏らすと、ロカは顔を赤くして食ってかかってきた。

「お前！　冷たい水の中で一人、孤独に耐えながらも機を待ち続けた自分の心まで冷やそうとしてくるんじゃない！　鉱族《こうぞく》は溺死はしないが、水中では身動きが取れない。凄まじい恐怖を感じていたのだから、少しは温かく励ましてくれないか！」

よしよし……と、正座しているロカの頭を撫でてやりつつ、雪夜も自分の境遇を説明した。

子供特有の要領を得ない説明で、かなり時間がかかったものの、ロカは面倒くさがらず根気よく話を聞いてくれた。

どれだけ時間が経ったかは太陽が見えないのでわからないが、空腹を感じる程度には経過した。

ローゼン達の事や令嬢が拉致されている事など、全てを聞き終えたロカは頷《うなず》く。

「随分と無茶をしたんだな……。特に親しくないどころか、どう聞いてもイジメてきた令嬢を助けるなんて、お人好しが過ぎる……」

褒められているのかと思い、エッヘンポーズをする。

「それにお前が来なければ、自分は水牢から出れなかったんだ。感謝する」

雪夜はロカを不思議な少年だと思った。

皆は雪夜を子供扱いするが（子供なので当然なのだとは思うが）ロカは、まるで雪夜が同年代の対等な存在のように接してくれる。

それが何だか嬉しくて誇らしくて、ロカに近づいてニコニコして見せる。

「こんな状況なのに、笑うなんて雪夜は肝が据《す》わってるな」

ロカは驚きつつ、しげしげと見つめてきた。

「もっとほめてくれていいです」

「ズイズイくるな？　しかし、あのガルニエ公爵閣下の話は、お小さい頃から聞き及んでいたが、まさか彼が子供を育てるような成長をされるとは……」

「ほほう……。ローゼンさまとは、おしりあいですかな？」

問いかけると、ロカは少し微妙な顔をした。

「知り合い……と言えば知り合いかもしれないが……。彼が少年の頃と、成人されてから、何度か行商の話で顔を合わせた事がある」

おぉ……！　と、興味津々で食いつくも、ロカは明後日の方を見て儚《はかな》げな笑みを浮かべた。

「まぁ『汚らしい土くれどもと交易などするつもりはない！　砕かれて海に撒《ま》かれたくなければ即刻、消えろ！』と花蝶《はなちょう》で追い立てられたが……」

知人以下の関係だった。

いや、少年の頃から……？　と聞いて雪夜は不思議に思った。

ロカはどう見てもキリと同い年か少し上くらいにしか見えず、ローゼンの方が遥かに年上に感じられたからだ。

外見年齢について問いかけると、ロカはさらりと説明した。

「ああ、鉱族《こうぞく》は三種族の中でも最も長命だからな。自分はまだ六百歳程の若造だが……」

「ろっぴゃくさい……？」

数の把握が出来なさすぎて、もう指で数えるのも諦めてロカの話に耳を傾ける。

「基本的に鉱族《こうぞく》は肉体がほぼ不死に近い為、心が死なない限りは数千年は生きる種族だ。逆に華族《かぞく》と樹族《きぞく》は千年程度の寿命だから、四百数歳のガルニエ公爵閣下は自分にとっては遥かに年下なのだが……。成長速度の違いなのか、年上に見えるというのは妙な感覚だな」

ロカよりも背が高くて大人っぽいローゼンやヒルシュの方が遥かに年下という事態に混乱しつつも、感想を漏らした。

「ロカおじさんだったんですねぇ……」

「おい！　さっきまでおにいさん扱いだったのに急に中年呼ばわりするのは止めてくれないか！　それに六百歳なんて鉱族《こうぞく》じゃまだまだ若造だし、おじさんじゃない！」

スケールの大きさと、若く見えるロカの方がローゼンやヒルシュ達より年上のおじさんと聞いて驚いていると、ロカは立ち上がった。

「現状はわかった。令嬢達が売られる前に助けなければだな！」

言うなり、彼はドアに近づいて耳を当てた後、部屋の中央に戻ってきて頭上を見つめる。

「部屋の外には当然、見張りが居るだろうな。となると、あの通気口か……。網は何とか外せるが、自分では通れないな……」

「ぼくがテイサツしてきますぞ！」

「雪夜が？」

こくこく頷《うなず》いてロカを真っ直ぐに見つめる。

子供だからダメだとか、チビだからダメだとか言われるかと覚悟していたが、ロカは少し考えた後に握手をしてきた。

「……確かに、体格的には適任だし、何事もヤル気のある者が成果を出すものだ。危険な任務を頼んで申し訳ないが、此処はお前の力を借りたい」

と、一人前の扱いをしてくれた。

「ぼ、ぼくがやっていいの？　ホントに？」

思わず問い返すと、彼は不思議そうに頷《うなず》く。

「ああ？　雪夜はやれると思ったから立候補したんだろう？　自分も雪夜の申し出は有難いと思ったんだ」

それが嬉しくて「まかせてほしいんだぞ！」と片手を上げながらジャンプして意気込みを見せる。

しかし天井まではロカの身長を足しても届きそうになくて悩んでいると、ロカが話しかけてきた。

「だが、雪夜は戦闘能力は低そうだから、危険を感じた時は直ぐに引き返してきてくれ」

「ひきかえしてきても、ロカおじ……おにいさんもヨワかったらダメだとおもう」

「ところどころ失礼な物言いを入れるんじゃない！　自分は確かに弱い……というか、鉱族《こうぞく》は肉体が頑強なだけで、純粋な戦闘能力は底辺だが、その分、明確な弱点もある！　知恵を使うんだ！」

ロカは履いている靴の踵《かかと》の辺りを押して、ボールペンのようなものを取り出した。

黙って見ていると、彼はその白いボールペンを一振りした。

途端、ボールペンが焼く前のピザ生地ソックリに広がり、丸い布になった……かと思えば、半月の風船みたいにポンッと膨らみ、鞄《かばん》になったのだ。

その鞄《かばん》を腰のベルトに装着しながら、ロカは説明を始める。

「自分が最近、開発したばかりの圧縮型道具入れだ。これに入れたものは鞄《かばん》の形状に従い、圧縮しても軽量化が可能という逸品で、しかも完全防水で……」

「わあ～！　よじげんのポケットだぁー！　そういえばロカおにいさんのアタマのイロ、あおいタヌキさんにソックリだ！　わーいわーい！　ドラやきください！」

見覚えのあるそれに雪夜が鞄《かばん》をツンツンしながら大喜びする。

「違う！　そんな名前じゃない！　こら！　鞄《かばん》をツンツンするな！　というか、もしかしてこの道具、既に誰かが発明していたのか？　くっ……！　新商品になるかと思っていたのに、出遅れるとは……！」

ロカは困惑しつつも、いまは何よりも令嬢を助け、脱出する為の情報収集が必要だと軌道修正し、鞄《かばん》から様々な道具を出してくる。

「次に、これは水につけると膨らんで土嚢《どのう》代わりになる小袋だが、これを幾つか重ねて足場にしてから、雪夜を天井の穴に入れる。それと道中は暗いだろうから、このハナホタルの発光性質を利用した小型の筒状照明を持っていくといい。ただ、あまり暗い場所で点灯を繰り返すと、見張りに見つかる可能性があるから気をつけて使ってくれ。あとは身を守る為には……これとそれとあれを……」

鞄《かばん》から惜し気もなく、ひみつの道具を出しては渡してくれるロカ。

それらをこれまた取り出した黄色の鞄《かばん》に入れてプレゼントしてくれた。

それも先程のロカの腰の鞄《かばん》のように大容量の収納&軽量化させる、試作品の鞄《かばん》らしい。

「わー！　テレビでみた、ようちえんカバンにソックリだー！」

大喜びしている隣で、ロカは複雑そうな表情だった。

「こ、これも既に誰かに開発されていたのか！」

「ユキヤくんは、ようちえんにシュウショクしました！　ぼくはムショクをソツギョウです！」

「ま、まぁ、お客様の生活が便利で豊かになったならば、商人としてこれ以上ない充実だと思おう！」

そうして準備が整ってから、雪夜はロカが網を外した通気口に押し上げられ、よじよじ侵入する。

「じゃあ、いってきます！」

振り返れないので尻を向けたまま声だけかけると、ロカは何度目かの忠告を繰り返した。

「ああ。すまないが、頼む！　だが危ないと思ったら絶対に無理はせずに引き返してくれ！」

「アイアイサー！」

「ア……何だそれ？　と、とりあえず気をつけてな！　危ないと思ったら無理せずに戻ってくるんだぞ！」

「わかりました！　よーし！　トツゲキだー！　すすめすすめー！　カベをわれー！」

「こらー！　偵察は、静かに行くものだ！　壁も割るんじゃやな……いや、割れないだろ！　そもそも音をたてるんじゃなーい！」

何かを頼まれるのは初めてで、張り切って狭い通路を四つん這いで進む。

ロカが『装備品を充実させておいた方がいいな』と、上着等をくれたので、壁に擦れても痛くないのが助かった。

真っ暗かと思いきや、少し進むと灯りが見えてきた。

覗《のぞ》き込むと、網の下では泣きじゃくる女の子達がいる。ここは少女らが囚われている部屋らしい。

(スグにたすけるから、まっててね……！)

見張りが居るとバレるかもしれないと思い、声はかけられないが、心の中で呼びかけて更に進む。

その先の灯りは、見張り達が集まっている部屋のようだった。

ワルそうな顔の男達がトランプのようなものをしたり、お酒みたいなものを飲んで話していた。

「今日は豊作だったな。まさか華族《かぞく》の名家の娘が護衛もつけずに走ってるとは」

「蝶よ花よと育てられた馬鹿娘揃いだから、少し怒鳴って脅せばアッサリ心が折れるしな」

「大半が売られちまうんだろうが、何人かは俺等の処理用に回してほしいぜ」

「よせよせ。華族《かぞく》のメスなんざ、鉱族《こうぞく》や樹族《きぞく》のメスどもと違って脆《もろ》いんだ。直ぐに壊れちまうぞ」

むむ……！　なにかワルイコトをいってるな？　ここにローゼンさまかヒルシュおにいさんがいたら、みんなトゲトゲでバシバシされてるか、タコさんなぐりにされてるんだぞ！　と、思いながら脳内でローゼンとヒルシュが悪者をボコボコにしてる想像をして、怒りに燃える心を落ち着ける。

それから、雪夜は彼等に気づかれないように、そろ～っと網の上を通り、更に進む。

そのまま進んでいると、また灯りが見えた。

今度は若い男性と女性の会話が聞こえる。

そろりと覗《のぞ》くと、網の下では豪華な毛皮のカーペットや大理石のテーブルがあった。

明らかに今までの部屋とは違うオシャレなお部屋の観察を始めると、テーブルでは男性と女性が向かい合って話している。

その男女はローゼンやヒルシュくらいの年齢の外見をしていた。

女性は黒髪でオカッパ、真っ赤なドレスを着て同色のハイヒールを履いた足を組み、目元にはホクロがある綺麗な人だった。

そして頬にはトランプの模様のような赤い宝石が鱗《うろこ》のように何枚か貼りついていた。特に目を惹いたのは、彼女の頭部に生えた、赤い珊瑚《さんご》のような角だった。

対面している男性は、その女性とは真逆の色遣いをした、これまた美しい男だった。

彼の口の両端には大きなツギハギの傷があったが、それが何故か茨の棘のようで華やかに見える。

男は銀の長髪で真っ白なスーツを着こなし、かぶっているシルクハットにはウサギの耳の飾りがついていた。

長い前髪で右目は隠れていたが、天井から見てもわかる程に青く煌《きら》めく左目に、純白の長い睫毛《まつげ》が瞬きするたび、白い鳥が羽ばたくように、ふわっと動いている。そして左目の目元には雫型の青い宝石が在った。

(ホウセキのウロコがあるヒトが、コーゾクだったはず……)

しかし会話しているように思えたが、喋《しゃべ》っているのはほとんどオカッパの女性の方だった。

「サイアン様、アタイの命の恩人のアンタが、まさかこのような場に来てくださるなんてねぇ」

そう言いながら赤い液体が入った瓶の中身をグラスに移そうとするオカッパ女性に銀髪の青年は微笑みながらグラスに手を伏せて無言で飲み物を断っている。

「いえいえ。アナタが御健勝であられるならば何よりデス」

青年の発音は少し変わっているように思えた。

どういう関係の人達で、ここではどんな立場なのだろうと偵察していると、オカッパ女性は赤い液体を一人で飲みながら、溜息まじりに呟《つぶや》く。

「五十年前のローゼン・ガルニエが起こした薔薇戦争の時、樹族《きぞく》の男達に襲われていたアタイをアンタが救ってくださらなければ、アタイは蛮族どもに慰み者にされて、粉々に砕かれて海にバラ撒かれてる所だったよ」

笑顔で話を聞いているサイアンという男性に、オカッパ女性はグラスをテーブルに置いて、上気した頬で得意げに語っていた。

「でも今やアタイはそんな華族《かぞく》や樹族《きぞく》どもを売り飛ばして、鉱族《こうぞく》の中でも指折りの富豪となった！　見てくれしか取り得の無い華族《かぞく》どもを変態に売り飛ばし、暴力と頑強さしか能がない樹族《きぞく》は鉱族《こうぞく》の実験施設に送るか、闘技場で見世物にすりゃあ金が無限に入ってくる！　この商売はオイシすぎて止められないさね！　今日も華族《かぞく》の上物の生娘達が手に入ったし、今夜は祝杯をあげるしかないよ！　それもこれも、華族《かぞく》どもと樹族《きぞく》どもの捕獲方法を教えてくれたサイアン様のお陰さ！」

嬉しそうなオカッパ女性に、サイアンは「コーラル」と呼びかける。

すると、それまでペラペラ喋《しゃべ》っていた女性・コーラルはピタリと口を止めた。

そのコーラルにサイアンは続けて話しかける。

「一つ、質問を宜しいでショウか？」

サイアンに話しかけられてコーラルは嬉しそうに頷《うなず》いていたが、サイアンは淡々としている。

「疑問なのデスが、どうしてアナタは御自分が樹族《きぞく》に辱められた過去があるのに、同じ事を華族《かぞく》と樹族《きぞく》の少女達にしたのデスか？」

サイアンの問いかけに、コーラルは笑いだした。

「なんだ、何かと思えば、そんな事かい！　サイアン様は華族《かぞく》と樹族《きぞく》の成体だけを売れと仰ったが、このショーバイ、売れるのはどうしても若いのでねぇ。それに華族《かぞく》のオスは気が強い上に花蟲《はなむし》だの毒の花粉だの飛ばしてくる攻撃的なのが多くっていけねぇ。かと言って樹族《きぞく》のオスは力が強いし、群れで暮らしてるからほとんど外に出てこねぇ。だから、手っ取り早くカネになるのは非力なメスのガキが一番さね」

「……そうデシタか。疑問が解けました」

にっこり笑うサイアン。

しかし、彼はテーブルの上に両肘をつくと、組んだ手に顎《あご》をのせて低い声で告げた。

「……女は別にどうでもいい。だが、私は、異種族とはいえ、幼子には絶対に手を出すな、それは私の美学に反する……と最初に告げたはずだが？」

その声音にコーラルがビクッと怯《おび》えた。

構わずにサイアンは続ける。

「一度目は見逃す。二度目は許す。だが……三度目は殺す」

サイアンが言い終わっても、しばらくコーラルは青ざめ、震え続けていた。

空気を変えたのは当のサイアンだった。

「それで、華族《かぞく》の美しい女が随分と手に入ったようデスね」

陽気な声音にホッとしたのか、コーラルは立ち上がった。

「そ、そうなんだよ！　サイアン様、華族《かぞく》の名家のメスが大量に手に入ってね！　ああいうお高い家柄の令嬢は生娘が多いだろうから、特に見目がいいのを連れてくるんで遊んでっておくれよ！　アンタならどの商品を使っても壊しても全然、構いやしないよ！」

「わかりマシた。此処《ここ》でお待ちしておりマスので、どうぞごゆっくり」

サイアンが淡々と返すと、コーラルは意気揚々と部屋を出ていった。

静かになった部屋の中、一人残ったサイアンを雪夜がジーッと見ていると、不意に彼が此方《こちら》を見た。

澄んだ青い片目と視線が合う。

（わ！）

驚いて声を上げかけたが、ロカに言われた通りにハナホタルの懐中電灯は見つからないように消していたし、顔もそこまで網の上に出していない……けど、怖いのでズリズリと元の道を下がろうとした時、通気口の網が音をたてて外れた。

「わ！」

思わず悲鳴を上げてしまい、慌てて口を押さえた。

しかし相手は既に此処に人が居るのを確信しているらしく、通風孔からは白い腕が動き回って侵入者を探している。

「わ、わ」

逃げようとするも、伸びた腕に服を掴まれ、引きずり下ろされた。

「ワー！」

そのまま天井から床に叩きつけられる事を想像して目を瞑《つぶ》った雪夜だったが、いつまでも衝撃がこない。不思議に思って、恐る恐る目を開けると、顔の真ん前にサイアンが居て此方《こちら》を見つめていた。

「ウワー！」

悲鳴を上げると、相手は何故か酷く驚いたような顔をしていた。

そしてジッと見つめられる。しばらくの後に問いかけられた。

「……どうして……此処に……？」

雪夜は相手の目を真っ直ぐに見つめ返して告げた。

「どうしてかというと、ワルイコトをしようとしているヒトのところに、かぜのようにあらわれるセイギのヒーローだからです！」

テレビのカッコイイ台詞《せりふ》を言っただけなのだが、何故かサイアンは眉を寄せていた。

とりあえず両足をジタバタさせて逃げようとするが、襟首を掴まれて宙づりにされているので逃げられない。暴れすぎてくたびれてきた雪夜にサイアンは呟《つぶや》いた。

「……そんなに弱い身で一人で脱走しようだなんて、無謀デスね」

「ちっ、ちがいます！」

その言葉に雪夜はブランブラン揺れて抗議する。

「ぼく、ひとりでにげたりしないです！　つかまってるおんなのこたちを、たすけるためにがんばってるんです！」

「ほう……？　子供のキミが……デスか？」

片眉を上げるサイアンに、ブランブランするスピードを上げながら反論し続けた。

「そうです！　だからはやくゆかにおろしてください！　できればやさしくゆっくりと！」

「ちゃっかりリクエストしてきマスねぇ……」

それでも優しくゆっくりと下ろしてもらえたので、そのままダッ！　と入り口に走ろうとする。

しかし鞄《かばん》を上から踏まれて転んだ。

「うぶ！」

べちゃっと転んで、ジタバタしていると、サイアンが屈み込んできた。

「小さなナイト殿、囚われの姫君の中に、愛しい方でもいマシたか？」

「イトシーカタ？　そんなヒトいませんが？」

「ふむ？　いないと？」

「いません！　でも、ないてるヒトがいたらたすけるのは、ヒトとしてトーゼンのことなので、どうかどうか、みのがしてくださいです！」

真剣な顔で頼むと、サイアンはキョトンとした後に、大声で笑いだした。

「ウフフフ！　戦う力も、ワタシを騙《だま》す話術も、説得できるだけの知恵も交渉術もお持ちでない。無知で無力な守られるだけの子供。身の程も弁えず、自分にも何か出来るに違いないと何の根拠もなく信じ込み、周りと事態を引っ掻《か》き回す迷惑で足手纏《まと》いな道化者！　その自覚も無いとは何とも面倒で無様な生物デショウ！」

「それは……ほめてませんね……？」

意味がわからないが、馬鹿にされているのはわかった。

サイアンが上機嫌で笑っている間に床を這って逃げようとしたが、今度は服を踏まれて阻止された。

その靴先を雪夜は手でパシパシ叩いて怒る。

「こら！　ふまないでください！」

「でも踏んでないと、逃げマスでしょう？」

「ふんでてもにげますので、はなしてください！」

そうやっていると、サイアンは踏んだままクスクス笑いながら指を立てて、提案をしてきた。

「勇猛で無謀な勇者様。ワタシは此処では奴隷商人達に話が通じマスから、彼等に話して、キミだけなら逃がしてあげてもいいデスよ？」

「えっ……？」

起き上がると、サイアンはニコニコしたまま頷《うなず》く。

「おうちに帰りたいのデショウ？　一人だけなら助けてあげられマスよ？」

「えー！　いいんですかー？」

ぱぁっと喜ぶ。サイアンは顔を俯《うつむ》かせ、その素顔は長い髪に隠れる。、構わずに雪夜は彼の銀髪を引っ張って話しかけた。

「ぼく、かんちがいしていました……。サイアンおにいさんは、いいひとだったんですねぇ！」

「いえいえ。ウフフフフ……」

「おれいに、ぼくのたからもののクッキーをにまいもあげます！」

サッとポシェットから薄紙に包んだクッキーを二枚渡す。

「これはこれは、ご親切にどうも」

サイアンは、そのまま上着のポケットに入れていた。不思議に思って聞いてみる。

「なんですぐたべないんですか？　クッキーはジカンがたつと、おいしくないですよ？」

そのモソォ～ッとしたクッキーも雪夜は大好きなのだが、この問いかけにサイアンはポケットに触れてにこやかに語る。

「こんなに素晴らしいものは後で大切に食べようと思いマス」

「お……おぉ……！」

クッキーの良さがわかる人、すなわち天才という認識の雪夜は感激の声を漏らしつつ、キラキラした目でサイアンを見つめる。

「サイアンおにいさんは、フウリュウなオカタですな！　クッキーのワビサビがわかるなんて！　これはショウライユーボウなクッキーハカセをみつけてしまいました！　サインください！」

「フフフ。ワタシ、文化人デスからねー。サインは握手会の時にお願いしマス」

そんな青年を雪夜はニコニコ見つめながら、彼の周りをぐるぐる歩く。

「よかった～！　おうちにかえれる～！　みんなにダイボウケンのおはなし、いっぱいするぞー！」

ウキウキしていると、サイアンは笑みを消し、屈み込んで此方《こちら》を見つめてきた。

そして耳元でボソリと呟《つぶや》く。

「やっぱり、此処に来た子は、こうなりマスか……。ここまで変貌させるとは、華族《かぞく》も樹族《きぞく》も大したものデス……。それとも、まだまだ変わってしまうのか……」

ローゼンやヒルシュが褒められているのかと思った雪夜はテレテレする。

「デヘヘ……。だいすきなひとたちのことは、ドンドンほめてください！」

そう答えると、相手は唇を噛んだ後、仄暗い声で告げた。

「……ええ、クッキーのお礼に、ちゃんと良い場所に連れてってあげマスよ」

そう言ってサイアンは、首に手を伸ばしてきた。

そんな彼に雪夜は両手を掲げる。

「ありがとうございます！　じゃあやくそくどおり、すぐに、ぼくとロカおにいさんと、つかまってるおねえさんたちをおうちにかえしてください！」

ピタリとサイアンが動きを止めた。

「……一人だけって言いマシたよね？」

問いかけてくる男に雪夜は大きく頷《うなず》く。

「はい！　ぼくとロカおにいさんとおねえさんたち、ごうけいひとりです！　よろしくおねがいいたします！」

「……足し算を豪快に間違えているようデスが……」

「たすけてくれて、ありがとうございます！　ありがとうございます！」

もとから自分一人で帰るつもりはなかったので、当たり前のように主張すると、重苦しいような空気が、ふっと和らいだ気がした。

「しかも話を聞いてマセンね～」

何処かほっとしたような声音に聞こえたが、雪夜はサイアンのコートを引っ張る。

「はやくはやく～！」

催促すると、彼は目の前にしゃがみ込んだ。

「無力なのに全能の如《ごと》く生きているボウヤ、アナタはワタシを信用しているようデスが、ヒトを疑う事を覚えなくてはいけマセンよ？」

「わかりました！」

「うん、これはわかっていマセンね～」

困っているような口調でありながら、サイアンは何故か目を細めて苦笑していた。

雪夜は自信満々に自分の胸をドンと叩いて告げる。

「だいじょうぶです！　ぼくはヒトをみるめがあるので、だいじょうぶです！」

「……ほう……？　ヒトを見るメが……？　ほう……？」

凄く生温かい視線を感じたので必死に説明した。

「ぼくにめせんをあわせてはなしてくれたヒトは、みんなやさしかったからです！　ローゼンさまも、キリも、ヒルシュおにいさんも、ロカおにいさんも、サイアンおにいさんも、おんなじポーズでぼくとカイワしてくれたから、いいおにいさんたちなんです！」

「……」

サイアンは少し黙った後に、また笑みを張りつけて口を開いた。

「……無垢《むく》と阿呆は紙一重のボウヤ、良い事を教えてあげマショウ」

「わー！　やったー！　ありがとうございます！　なんですか？　おいしいクッキーがうってるオミセとかですか？　それともブロックがいっぱい、はえてるはたけですか？」

青年は、そこで帽子をかぶり直して笑った。

「……ふふふ。クッキーやチョコよりも、もっと甘くて苦くて病みつきになる、華族《かぞく》と樹族《きぞく》と鉱《こう》族《ぞく》……三種族の悪意デスよ」

「アクイ？」

「フフ……」

彼は指を三本立てて見せた。

「お気をつけなサイ、非力なボウヤ。華族《かぞく》は美を愛し、樹族《きぞく》は力を誇り、鉱族《こうぞく》は自由な探求心を尊びマスが……。言い換えれば、華族《かぞく》は醜悪を憎悪し、樹族《きぞく》は弱者を虐げ、鉱族《こうぞく》は無知である事に甘んじる者を見下しマス」

そんな事ないと言いかける唇をサイアンの指が触れて閉ざした。仕方なく黙って聞いていると話は続く。

「デスから、彼ら三種族は人間を愛せマセン。醜《みにく》く、弱く、無知を恥じぬ人間は彼らにとって見下すべき存在……。そして三種族にとって、人間の血肉は霊薬にも等しいのデス」

れーやく……？

繰り返すと、相手は頷《うなず》いて見せた。

「ええ。彼等は人間の体液や肉を摂取すると、体力が回復し、力が湧くのデス。つまり、強くなりマス」

語るサイアンを見つめていた雪夜は、話し終えた彼に頷《うなず》いて見せる。

「ながくて、ムズかしくて、よくわかんなかったけど、サイアンおにいさんのことば、いっぱいへンです！」

サイアンがピクリと反応していたが、顔には薄ら笑いを貼りつけたままだった。

雪夜はサイアンが語った以上に、三種族について話した。

「みんな、ぼくのこと、イチニンマエのニンゲンあつかいしてくれたよ！　だれもぼくのこと、いじめてないです！　ぼくがキズだらけでブサイクっていわれてたときも、ローゼンさまもキリもやさしかったし、ぼくがカワにおちてゴーッてながされてたときは、ヒルシュおにいさんがたすけてくれて、ロカおにいさんはぼくをバカにしたりしないで、なかよくしてくれた！」

「……」

黙るサイアンの姿に、彼が落ち込んでいるのかと思った雪夜は元気を出してもらおうと告げた。

「だから、おにいさんもみんなをこわがらなくていいんだよ！　すきでいていいんです！」

そう言った時、彼は目を見開いて驚いていた。

「怖がる……？　私が……？」

何故そんなに驚くのかと思ったが、サイアンはそれから、ボソリと呟《つぶや》いた。

「……最初は、誰もがそう思うのだ。自分が裏切られる事などないと……」

そうしてから、ふとサイアンは何かを聞きつけたのか、雪夜を抱え上げた。

(だっこからの、おうちへのおみおくり……？)

ソワッと期待したが、サイアンは、そのまま雪夜を天井の通気口に戻そうとした。

「え？　あれ？　おうちにもどしてくれるんじゃないのですか？」

通気口に押し込まれまいと、入り口のあたりに手足を広げてムササビのように張りついて抵抗していると、サイアンはにこやかに話しかけてくる。

「ええ。気が変わりマシた」

面と向かって約束を破る発言をしてくる。

「そんな。はなしがちがうじゃありませんか！　ぼくのクッキーをうけとったのに！」

「はい。御馳走様デシタ。またクダサイ」

「ダメです！　クッキーは、かぎりあるキチョウなシゲンです！　にがしてくれるというおれいだったんです！」

「今、こうして来た道に逃がしてあげているデショウ？」

「これはにがすではなく、もどすです！　ひどい！　ぼくをだまして、もてあそんだんですか！」

「人聞きの悪い事を……。そもそも、一人だけ助けると言ったのに、人数を増やしてゴリおししてきたのはキミなんデスけどねぇ……」

「まけない！　ぼくは、まけない！」

しかし脇腹をくすぐられて思わず笑ってしまった瞬間、無理矢理にポンッと押し込まれた。

這い出ようとするも何かを投げ込まれ、それが額に当たる。

「あぁ〜……オデコがぁ〜……」

痛みで額を押さえている間に素早く蓋をされた。

下からは笑顔のサイアンがマッチを見せてきた。

「まだウロチョロしていると、火で炙《あぶ》って焼きネズミさんにしてしまいマスよー？」

思わず後ずさった時、何かが手に触れた。

さっき額に当たったものらしいが、指で掴み上げてみる。

それは銀色に光る鍵だった。

鍵を見ていると、部屋の戸が開き、コーラルが戻ってくるのが見えた。

「サイアン様、お待たせしちまったねぇ！　実は今いる華族《かぞく》の令嬢どもよりも遥かに美しい娘が手に入ってねぇ。それも清楚系やら妖艶《ようえん》なのがね！　どっちにすりゃいいかアタイじゃ選べないから、サイアン様が選んどくれよ。二人同時に遊んでくれてもいいしね！」

そう話すコーラルにサイアンは無言のままついていく。

しかしサイアンは部屋を出る間際に、雪夜の方を見てきた。

まだ覗《のぞ》いている雪夜に気づいたサイアンは笑い顔のまま口パクで『はやく』『もどれ』『ころすぞ』と告げて、親指で首を掻《か》き切る仕草を見せてきた。

なんてひどいオトナなんだー！　と雪夜はプンスコしながらも鍵を鞄《かばん》に仕舞い込み、これ以上は収穫も無さそうなので来た道を戻る事にする。

何とかロカが待つ部屋まで近づき、覗《のぞ》き込むと、ロカは先程の水牢の中から天井を見ていた。

見張りが来た時にバレないように水牢に居るふりをしているようだが、その水牢の中の水分は何をどうしたのか、全て無くなっている。

ロカは雪夜の姿に気づくと直ぐに水のない穴から飛び出し、踏み台を準備して手を伸ばしてきた。

「とうっ！」

ドスン！　とロカの腕に飛び降りる。

「雪夜、大丈夫か？　ケガはないか？」

まず心配してくれた。

いいひとだ……！　と思いながら、雪夜は見てきた事を話す。

全てを聞き終えたロカは考え込みだす。

「サイアンという男に見つかったのに、見逃されたのか？　おかしな話だな……」

その言葉に雪夜は拳を振り上げて抗議する。

「おかしくないし、みのがされてないです！　ぼくのクッキーをタダでおもちかえりしておいて、オンナノコとあそびにいくんだ～って、コーラルおねえさんとあそびにいっちゃったんですぞ！　ぼくもまざりたいのになかまはずれなんて！」

プンスコ怒っていると、ロカは気まずそうな顔をした。

「いや、その、この場合の遊びというのはだな……というか、サイアンとは仲間じゃないだろう？」

答えようとした時、ドアの外が騒がしくなった。

ロカが慌ててまた水牢の中に戻り、鉄板を半分だけかぶせて元の状態にカモフラージュする。雪夜もロカを隠す手伝いをしようと焦って鉄板の上に飛び乗った。

乗った瞬間、物音を聞きつけた見張りがドアの上の四角い穴の蓋を開けて覗《のぞ》き込む。

「おい！　チビ！　何騒いでんだ！」

雪夜は鉄板の上に胡坐《あぐら》をかいたポーズで必死に誤魔化す。

「さわいでません！」

「嘘つくな！　ドーンって、すげぇ音してたぞ！　しかもその鉄板の下、水だから落ちるなよ……って、華族《かぞく》だから水に落ちても平気なのか！　おい、逃げ出そうとか考えるんじゃねぇぞ！」

「はい！　ぼくはイイコなので、そんなことしません！」

「よーし！　いい返事だ！　後でリンゴぐらいは差し入れしてやるよ！」

「はい！　ありがとうございます！　ずっとここにすみます！」

大人しく返事をしていると、見張りはドアの小窓を閉めて去っていった。

それから、雪夜はコソコソとドアに近づいて音を探ってみる。

上の小窓が少しだけ開いたままになっている。その所為《せい》か、外の気配が前より聞こえるようになり、見張りの男達の噂話が聞こえてきた。

「サイアン様が今日の獲物の中から、上物を選ぶらしいぜ！」

「珍しいな？　いつも奴隷には興味ねぇって人なのによ」

「それが、今回の獲物はスゲェらしいぞ！　上物の中の上物だとよ！　見に行こうぜ！」

「もしかしたら、選ばれなかった方の上物のメスのおこぼれに預かれるかもしれねぇしな！」

盗み聞きしていると、いつの間にか水牢から出てきたロカも雪夜の頭の上で扉に耳を当てていた。

そして静かになると、ロカが呆《あき》れたように言った。

「……おい、見張りが一人も居なくなったみたいだぞ」

「おしごとちゅうなのに……。おしごとをサボると、キリにガミガミおこられちゃうんだぞ」

そう言う雪夜にロカがフォローを入れた。

「いや、鉱族《こうぞく》は基本的にだな、その……『興味を惹かれたら、坂道を転がる石のように、それしか目に入らなくなる』性質があってだな？　それが良い方向に作用すれば専門的な分野での研究や開発という、文明の発展に繋《つな》がるんだが……」

そう言えばローゼンが『認めたくはないが、鉱族《こうぞく》の国は三種族の中で最も識字率が高く、文明も進んでいる。かの国では華族《かぞく》の国とは比較にならぬ程、文献も多い』と口にしていた事を思い出す。

しかしロカは葛藤しながら続けた。

「だが、我らの興味本位の性質が良い作用を起こさなかった場合、華族《かぞく》達からは『空気が読めなくて無粋で身なりも気にしないキモイオタクども』と言われ、樹族《きぞく》達からは『いつも部屋の片隅で本ばかり読んでる、頭でっかちな根暗ガリ勉野郎ども』と表現され侮蔑《ぶべつ》される。視野が狭まりやすいタチなんだ」

「へ～？」

どうでもいい話なので雑に聞き流していたが、ロカは苦し気に語っている。

哀しそうなので喋《しゃべ》ってる口にクッキーをたくさん入れてあげた。

だが彼は食べながらも嘆いている。

「ゴホッ！　美味い！　だが鉱族《こうぞく》全体が社会不適合というわけじゃないんだ！　未知のものに興味を抱き、調べ尽くしたくなるのは鉱族《こうぞく》特有の抗えない性質なだけなんだ！　我らにとって探求心は何より尊ぶべき価値観だから仕方ないんだ！　だからキモオタだとか馬鹿にしたり嗤《わら》わないでもらいたいんだ！」

今はそんな事を話してる場合じゃないのに……とは思ったが、必死の訴えだったので言えなかった。

華族《かぞく》のローゼンらが美しさや良い香りに価値を見出し、樹族《きぞく》のヒルシュは強さを尊ぶように、鉱《こう》族《ぞく》のロカらは『知らないものを知りたいと思う』心を大事にする種族なのかもしれない。

「しらないことをしりたいとおもうのも、しらべるのがたのしくてムチュウになっちゃうのも、よくわかります！」

「雪夜……」

「それにぼくもローゼンさまやヒルシュおにいさんたちやクッキーのことなら、いくらでもしりたいので！　だから、ぼくたちはキョウツウのシュミをもったともだちだ！　ともだちをばかにしたりしないから、オーブネをかったつもりでアンシンしなさい！」

「は？　トモ……ダチ……？」

目をぱちくりさせるロカに雪夜は胸をドンと叩いて見せる。

「ぼくたちはともだちです！　ボールはともだち、こわくない！」

「え？　は？　ボールって何なんだ……？」

「そういうわけで、いそいでダッシュツけいろをさがすんだ！」

見張りがいない今のうちに、早く女の子達を助けて逃げようと、ドアの周りを調べている雪夜にロカが背中からしがみついてきた。

「わー！」

ゴン、とドアに頭をぶつけて「あぁ〜」と頭を押さえる雪夜にロカが言う。

「トモダチとか……トモダチとか、本当にいいのか？」

その目は涙でいっぱいになっていた。

それより脱出が先なのに、と雪夜は背中にしがみつくロカを剥がそうとする。

「ちょっと！　やめてください！　なんなんですかアナタ！　ヒトをよびますよ！」

急いでるのに邪魔されてプンプン怒る雪夜にロカは涙を拭《ぬぐ》いながら鼻を啜《すす》る。

「いや、すまん！　鉱族《こうぞく》は他種族と比べて、格段にボッチが多くてな……。人付き合いが大体みんな最悪に苦手なんだ……」

「なんでそれで、オミセヤサンをしようとおもったんですかねぇ……」

それなら商人であるロカにとって、オミセヤサンでの接客もダメなんじゃないかと思った。

「取引を挟んだ接客と、仕事が間に無い長期的な友人関係はまるで違うんだ！」

ロカは雪夜にはよくわからない感覚を話しだした。

「相手が大事なお客様だと思うと『よし！　気合いを入れて、おもてなししよう！』『ご満足いただけるように頑張ろう！』と、店員という役者の仮面をかぶれるが、対等な友人関係だと思うと……何を話していいかわからん！　天気の話題しかない！　だから自分は生まれてから六百年、友達らしい友達はいなかった！　だから、こんな自分と、華族《かぞく》がトモダチになりたいとか……トモダチに！　なりたいとかッッ！　べっ、別に凄く嬉しくて今日を記念日にしようとか思ったわけでは全然まったく無いんだが、ちょっとだけビックリしてな！　おっと、目から塩水が！」

そう言いながら、ぶわっと泣きだした。

もう～急いでる時なのに……と思いつつ、ちょっと可哀想になったのでロカの頭をナデナデしてあげた。そして安心させるように話しかける。

「ともだちってセンゲンしなくても、ぼく、あったときからロカおにいさんのことはすきだなあ～っておもったから、しんぱいしなくていいです！」

「えっ……」

「だからおうちにもどったら、たくさんいっしょにあそぶんだぞ！　ぼくは、ぼくにやさしくしてくれるロカおにいさんをだいじなともだちだとおもってるから、しんじてほしいんですぞ！」

また泣きそうになるロカの肩を叩く。

その為にも、はやくおうちにもどらねばならない。そう決意すると、再びドアに向き直り、ゴソゴソゴソ調べ始めた。しかし特に目新しいものは見つからない。

しばらくそうしていると、ロカが隣に来た。

またしがみついたり泣きだすのかと身構えたが、彼は宝石のように煌《きら》めく瞳をドアノブに向け、ツリ気味の眉と瞳を更に引き締めた。

そして腰の鞄《かばん》から、また幾つかの道具を選び取る。

「……先程、雪夜が偵察中にも調べてみたが、ドアの鍵自体は単純な造りだ。時間さえあれば手持ちの道具で解錠は出来る。見張りが居る状態では不可能だったが、今ならば奴らが離れているので可能だ。しかし作業中に見張りが戻ってきた場合は……」

（か、カッコイイ……！）

先程までの微妙な姿を記憶から消して尊敬の念を抱くが、そこで雪夜はふと思い出した。

「カギ……カギといえば、サイアンおにいさんから、こんなのをなげつけられました」

鍵をロカに見せる。ロカは雪夜からそれを受け取ると、鍵穴と見比べていた。

「ムリョクなこどものぼくに、こんなカチカチのものをなげつけるなんて！　ひどいオトナなので、こんど、おわびにクッキーをゴマイは、しはらってもらいます！」

プンスコ怒っていると、ドアからカチッと乾いた音がした。

「……鍵が開いたんだが？」

ロカが鍵穴から先程の鍵を抜いて唖然とした様子で振り返る。

「ええーっ」

驚く雪夜にロカは罠《わな》かと怪しんでいたが、そのうちブツブツ言いだした。

「いや……。それならもっと効率的に貶《おとし》める方法があるはずだ。排気口にこんな小さな鍵を投げ込むなど、雪夜が気づかない可能性もある……。そんな不確定な罠《わな》では罠《わな》として成立しない――」

「ちょっと！　ロカおにいさん！　ジタイはイッコクをあらそうんですよ！　なんでスイリしてるんですか！　はやくしないと、おんなのこたちがあぶない！」

考え込みだしたロカの上着を引っ張って急かすと、彼はハッと我に返った様子だった。

「そ、そうだった！　……ちなみに鍵の素材だが、これは鉱族《こうぞく》の国でも割と一般的な――」

と、直ぐにまたブツブツ言いだした。

「それはいま、ひつようなわだいなんですか！」

事あるごとにさまざまなものに興味を示すロカを引きずりながら先に進む。

幸い、通気口から部屋の並びを見ていたので、雪夜とロカは囚われている令嬢達の方向まで迷わずに行けた。ちなみに、見張り達の詰め所もカラだった。仕事をする気が無さすぎる。

少女らは雪夜達が囚われていた部屋の近くに纏《まと》めて閉じ込められていた。鉄製の牢に入れられている所為《せい》か、手枷《てかせ》などはつけられていない。

「あ～！　おねえさんたち、いた～！」

雪夜がロカの後ろから顔を出して鉄格子に駆け寄る。

監禁されている娘達にロカが近づくが、彼女らは鉱族《こうぞく》のロカを見て、奴隷商人の仲間が来たと怯《おび》えだした。

ロカは奴隷商人の仲間ではないと説明していたが、聞く耳をもたない娘達に雪夜が話しかける。

「おちついて！　ロカおにいさんはローゼンさまのしりあいで、ぼくのともだちだから！」

まだ納得していない者も居たが、ローゼンの名に、囚われの少女らはようやく納得してくれたらしい。

「あ、あんた！　公爵閣下の所にいたチビ！」

「という事は、公爵様が助けに来てくださったのね！」

「ちょっと！　早くここから出してよ！　もうこんな薄暗くて汚い所にいたくないわ！」

声を聞きつけて見張りが戻ってきてはいけないと、雪夜が人差し指を唇に当てる。

「シーッ！　シーッ！　おくちにチャックで！」

そう静まらせようとするが、話を聞いてくれない。

困っている雪夜に代わって、ロカが声をかけた。

「お嬢さん達、落ち着いてください！」

「えっ……」

「あ、あら、よく見ると凄く美形……」

ロカの顔の良さに何人かの令嬢は静かになる。美しいものに価値を見出し、愛する華族《かぞく》の習性が生かされた瞬間だった。

雪夜は令嬢達にロカは奴隷売買を嫌って監禁されていた、鉱族《こうぞく》だけれど味方なんだと説明した事でようやく彼女らは納得した。今度は落ち込みだした。

「じゃあ、公爵様が助けに来てくださったわけじゃないのね……」

「こんなドチビと、顔は良いけど弱そうな鉱族《こうぞく》だけじゃ逃げるなんて無理よぉ！」

全く言う事をきかないで泣くばかりの令嬢達に、雪夜がチラッ……とロカを見る。

「こら！　そんな明らかに『もうぼくらだけでダッシュツしましょう！　クッキーもタダぐいされたし、やってられないんだぞ！』みたいな顔をするんじゃない！　屋敷で育てられて荒事に慣れてない華族《かぞく》の令嬢だから、適応力が無いのは仕方ないだろう？」

そう叱られて、雪夜は反省する。

「それに奴隷商人達も、彼女らが危険を冒してまでは脱走しないと思っているから、見張りもサボって、最も美しい娘とやらを見に行って――」

そう言いかけたロカに檻《おり》の中の少女らが一斉に怒りだした。

「最も美しい？　わ、私だって、一族の中では美少女と名高いのよ！」

「どこの家門の娘よ！　許せない！　早くここを開けて！　その女の顔を見てやるわ！」

急に勇ましくなった令嬢に、これが華族《かぞく》の美への執着か、とロカが引いた様子を見せる。それからロカは格子の鍵穴を見て、何かに気づいたかのように先程のサイアンの鍵を出してきた。

雪夜はロカの行動の意味が理解できずに見ていたが、ロカは鍵穴と鍵を見比べて、何やら考察している。

そうしてロカが檻《おり》の鍵穴にサイアンの鍵を挿し込む。直ぐにカチンッと音がして開いた。雪夜はロカと顔を見合わせる。

「……開いた」

「……」

部屋も鉄格子も全部同じ鍵という雑さに雪夜が驚いていると、ロカは鍵を見つめてまた一人で喋《しゃべ》りだした。

「助かったが、形状的に全ての鍵穴に対応した、施設の主がもつ鍵のようだがブツブツ……」

また余計な事に興味をもちだしたので、彼の鞄《かばん》をパシパシ叩いて軌道修正する。

「ロカおにいさん！　いまはそれどころじゃ……」

言いかけた雪夜の耳に、廊下から話し声が聞こえてきた。

「あ～クソッ！　オレもサイアン様みてぇに、エライ身分になりてぇ～！」

「だよなぁ～。あんな美人を抱けるなんて羨ましいぜ！　まぁ、サイアン様の好みじゃなかったにしろ、選ばれなかった方も、とんでもねぇ別嬪《べっぴん》だ！　このメスは売るんだとよ」

「しかし、本当に良い女だよなぁ～。いいケツしてやがるぜ」

声が近づいてくる。ロカも振り返って唇を噛んだ。

「まずい！　見張りが戻ってきた！」

「あ、あわわ！　かくれるばしょないんだぞ！」

檻《おり》の中に入ろうにも、小柄な令嬢達の後ろではロカの体がハミ出してしまいそうで、身を隠す場所が見当たらない。

「ロカおにいさんのカバンのなかにかくれましょう！」

雪夜が、よじのぼって入ろうとするとロカに制止された。

「だ、ダメだ！　この鞄《かばん》は生きた者は収納できないんだ！　構造的には物質を一旦……」

そんな事を言っている間に、見張りの鉱族《こうぞく》が来て見つかってしまった。

銅鑼声《どらごえ》が次々に飛んでくる。

「ああ？　てめぇ！　チビ！　どうやって部屋から出やがった！」

「しかも俺らに刃向かって水牢にブチ込まれてたロカまで出てんじゃねぇか！」

「コーラル様に見つかる前に、ぶちのめしてやらぁ！」

奴隷商人の手下達は棍棒《こんぼう》やナイフを構え、それを見たロカが雪夜を背に庇《かば》う。

しかし、雪夜は男達の後ろに居た黒髪の美女が目を見開いて自分を見つめている事に気づいた。

男達よりかは幾分、小柄だが、艶《つや》やかな黒髪を結い上げ、くっきりとした目鼻立ちが化粧で更に強調されている、目立つ美女だったが……

彼女の顔を見た雪夜は「あ～！」と声を上げて駆け寄ろうとした。

「危ないぞ！　雪夜！」

ロカが抱え上げて止めるが、雪夜は黒髪の美人を指差して騒ぐ。

「ローゼンさま！　ローゼンさまだ～！」

美女は口元に指を立てて雪夜に騒がないようにジェスチャーしていたが、どう見ても女性の姿の存在に、振り返った男達は困惑していた。

「は？　ローゼン？　戦争で鉱族《こうぞく》を殺しまくった薔薇の公爵の？」

「なわけねぇだろ？　あの残酷で有名な公爵は、すげぇ薔薇臭ぇデカい男って聞いたぞ」

「だよなぁ？　しかもこのアマ、さっき華族《かぞく》の癖に樹族《きぞく》の娘に美しさで負け……」

言いかけた手下の頭を女性……というか、どう見ても表情がローゼンの美女（？）が掴む。

「……貴様、よほど殺されたいらしいな」

青筋を立てた額で怒りが滲んだ声を漏らした。

その声に、男達は一瞬にして全員の頭や胸に赤い薔薇が突き刺さった。

刺さった赤薔薇は次第に白く変わり、その後に男達は泡を吹いて倒れ込む。

それを見たロカはメモ帳に何やら書き始めた。

「赤薔薇から毒が流れ込む事で花弁の色が白く変わる、優美かつ恐ろしい技……！　毒と謀略を好むと言われる華族《かぞく》でも、高位の者は猛毒を帯びた植物を生み出せると聞いたが……これが噂の赤薔薇公の毒の妙技か！」

鉱族《こうぞく》は毒では死なないのか、まだビクビク動いていた。

頭をローゼンは赤いヒールで踏みつける。

「二度と私をあの脳筋より劣っている等と、のたまうな！」

そう激怒して、アッサリと砕き潰した後、こっちを振り返った。

「ローゼンさま！　ローゼンさまー！」

「雪夜！」

ローゼンが心配げに此方《こちら》を見た。

雪夜はロカの腕から飛び降り、一心不乱に駆け寄る。

「ローゼンさま！　ぼ、ぼく、あいたかったよぉ～！　ローゼンさまローゼンさまー！」

駆け寄って抱きつこうとした瞬間だった。

バシン！　と鋭い音が耳の奥から響く。

頬に熱い衝撃を感じた雪夜は思わず立ち止まった。

「……え？」

ジンジンと痛む皮膚に、頬をひっぱたかれたのだと理解したのは、目の前のローゼンが手をかざしていたからだった。

今まで彼からは一度もぶたれた事が無かった雪夜がポカンとしていると、ローゼンは肩を強く握り、凄まじい勢いで怒鳴りだした。

「この莫迦《ばか》者が！　何故、勝手に城を出た？」

「あ……」

「そなたが姿を消してから、どれだけ探し回ったと思っているのだ！　一人で城の外に出るなと何度も何度も言い含めておいたというのに、何故、私の言う事がきけぬのだ！　どうして言われた通りに大人しくしていなかった！　いつもいつも周りを振り回して反省もせぬ莫迦《ばか》者が！」

「……」

「何故、そなたはいつも黙って危険な事に飛び込もうとするのだ！　私やキリがどれだけ心配したか、わかっているのか！　しかも奴隷商人に掴まるなど……！　一歩間違えれば、死んでいたか、死ぬより惨《むご》い目に遭っていたのだぞ！　二度とこのような事はするな！」

その怒声に、雪夜はブルブル震えだす。

大人の男の怒声と暴力。

ローゼンに迷惑をかけてしまった悲しみに加え、体と心の奥に刻み込まれた恐怖の栓が抜け、堪らずに泣きだしていた。

「うわぁあああん！　うわぁあああああん！」

ローゼンが肩から手を離し、口を噤《つぐ》む。

涙まみれの視界越しに、怒っていたローゼンが後悔と戸惑いを混ぜ合わせた表情で手を伸ばしてきた。しかし怒声と叩かれた事で雪夜は今までの経験を思い出し、蹲《うずくま》って頭を抱える。

そして泣きながら叫んでいた。

「ごめ、ごめんなさい！　ごめんなさい！　もう、ぶたないで！」

「……何？」

「ぶたないで！　おとうさん、おかあさん、なぐらないで！　けらないで！」

ローゼンの手が止まる。だが雪夜の言葉は止まらなかった。

「ぼく、いいこにするから、なぐらないで！　ごめんなさい！　ごめんなさい、ごめんなさいごめんなさいごめんなさい……うわぁあああああん！」

恐怖の思い出が呼び水のように記憶の中にわきだす。

ローゼンは話す事も動く事も出来ずに凍りついていた。令嬢達も息を飲んでいた。

「大丈夫だ」

そんな中、ロカが近づき力強く告げる。

涙まみれの視線を上げると、ロカは雪夜の頭に優しく触れた。

そしてローゼンとの間に割って入り、深々と頭を下げた。

一瞬、ローゼンと向き合うロカの動きがぎこちなく見えたが、彼は直ぐにその空気を霧散させた。

ローゼンは不快な表情を浮かべて彼を睨《にら》み据《す》えている。

「ローゼン・ガルニエ公爵閣下。自分は鉱族《こうぞく》の商人、ロカ・デ・クリスタールと申します」

「どけ！　鉱族《こうぞく》の土くれ風情が！　その子に触れるな！」

「その前に、公爵閣下」

雪夜に近寄ろうとするローゼンをロカは制止する。

ローゼンの殺気に満ちた眼差しにすら怯《ひる》まず、己の意見を口にした。

「雪夜は確かに軽率で無鉄砲な所があります。彼とは出会ったばかりですが、己の力量を考えずに無茶をする傾向がある」

「……知った風な事を」

ロカの言葉にローゼンは余計に苛立《いらだ》った様子を見せた。それでもロカは冷静に応じる。

「ですが、それも全ては貴方を想っての事です。彼は自分と共に居る間、ずっと貴方の事を楽し気に、大切に語っていました。出逢った時から優しく、いつでも傍に居て守ってくれた素晴らしい存在だと……。令嬢達に何かあれば困るのは閣下なのだと、彼なりに考えて行動していたのです。彼は自分を守られるべき子供だからと考えず、か弱い女性を助ける事が出来ると信じて必死に考えていました」

「そんな事は貴様等に言われずともわかっている！　私は……」

そこでローゼンが目を伏せた。

ぶたれた雪夜よりも辛く、痛みを抱えた表情に変わる。

「……私の地位や立場などよりも、他の誰の命よりも……その子を失うのが耐え難い！　代わりなど居ない、かけがえのない命が常に死地に飛び込もうとしていれば、生きた心地などしない！　この気持ちが貴様などにわかろうはずもない！」

その言葉にロカはただ静かに頷《うなず》いた。

「はい。自分には閣下のお心まではわかりません。ですが、血族や親しい者を失った悲しみを思い出し……、想像する事は出来ます。だからこそ、貴方にお伝えしたい。貴方が彼を案じて身を引き裂かれるような想いをされていらっしゃるのは理解できますが、彼はどうやら『心配しているから叱る』と『憎いから怒鳴る』の区別がついておりません」

ロカの言葉にローゼンがハッとして、雪夜に目を向けた。

雪夜はブルブル震えたまま目を逸らし、ロカの後ろに隠れる。

（おかあさんとおとうさんみたいに、ジャマになったら、けとばしたり、どなったり、なぐるのは、ローゼンさまもいっしょなのかな……？）

辛い過去を思い出して声を押し殺して泣く雪夜にローゼンは見る見る青ざめる。

しかしロカは雪夜を抱え上げ、目を見て話しかけてきた。

「雪夜、公爵閣下はお前が憎くて嫌いで邪魔だから怒っているわけじゃない。お前の事が大切で、心配だからこそ感情が昂《たかぶ》ってしまわれたのだろう。お前は……想像だが、たぶん、あまり家庭環境が良くなかったんだろうな。だが、誰もがお前を邪険にする酷い奴ばかりじゃない。怖い思いをした記憶を思い出して、本能的に恐れてしまったんだろうが……。お前は閣下から優しくされたり、慈しまれた事をちゃんと覚えているだろう？」

「……うん」

ズビ……と鼻水を啜《すす》ると、ロカは背中をポンポンと優しく叩いた。

「よし、えらいぞ。それに、お前、ずっと言っていたじゃないか。ローゼンさまがだいすきで、いっしょにいたいと……。なら、お前は自分が感じた気持ちを大事にするんだ。恐怖を覚えた記憶に、お前が抱いた愛情が踏み潰されてはいけない。愛されて嬉しかった気持ちと、愛して満たされた気持ちをしっかり持って、曇りのない目で相手を見るんだ」

「……」

ローゼンを見ると、彼は痛々しい程の表情で見つめていた。

だが、雪夜にはロカの言葉が本当の意味で理解が出来なかった。

気分次第で構われたり、殴られた経験しかなく、無償の愛というものを経験してこなかった。

だから、自分が『愛されている子供』という自覚が全く無かったのだ。

機嫌が良かったり、余裕があれば抱き上げられて構ってもらえる。

だが、邪魔になったり鬱陶《うっとう》しいと思われれば、昨日と同じ事をしても殴り飛ばされる。

そんな大人達の顔色を窺《うかが》って、明るく元気な道化として生きていた雪夜に愛情というものを語られても『直ぐに変化する歪《いびつ》なもの』という認識しかなかった。

揺るぎない信頼など、今まで経験してこなかった。

黙ったままの雪夜に、ローゼンは体が引き裂かれたかのように苦し気な顔をしていたので、雪夜は考えた。

理解はしていないけど、理解した事にしないと、きっとローゼンもロカも困るのだろうと。

なので、こくりと頷《うなず》き、謝った。

「うん！　じゃなくて、はい！　わかりました。バカなことしてごめんなさい」

そうしてロカの腕から下りてローゼンに近づいたが、彼が不安げに差し出した両手をジッと見つめてから、そろっと抱きついた。

「ごめんなさい、ローゼンさま」

「あ、ああ……」

「もう、バカなことしません」

「……？」

ローゼンは眉を寄せて見つめてきたが、雪夜は直ぐに彼の腕から飛び降りて部屋の隅に走る。

まだ何か言いたげなローゼンを雪夜は観察するように見ていたが、そこでロカがローゼンに話しかけた。

「……それと……あの、閣下、大変に申し上げにくいのですが……その、何故に女装していらっしゃるのです……？」

ロカの疑問に、ローゼンがハッとして、己の装いを見つめる。

露出の低い赤のドレスを見事に着こなしていたが、高身長を誤魔化す為に中腰だったらしく、背を伸ばすと本来の彼の背丈に戻った。

「これは、雪夜が奴隷商人に攫《さら》われたと、逃げのびた令嬢から聞き及んだ為、キリの提案で……」

とローゼンが説明をする。

雪夜が馬車に隠した令嬢は、あれから一人で逃げ出し、幼馴染みで初恋の相手である男性が暮らす村に救いを求めたらしい。

その男性はローゼンの領地内の村にいた、あのオクサリスで、話を聞いたオクサリスは令嬢を連れ、ローゼンの元に馬に乗って急いで知らせに来たという。

令嬢の情報で奴隷商人が出没した地点から花蝶《はなちょう》を使って捜索した所、この洞窟をようやく見つけたものの、人質がいるから花蟲《はなむし》を襲いかからせて正面突破も出来ない。

思案するローゼンにキリが『令嬢に変装して、ワザと攫《さら》われて内部からボロクソにすりゃいいんじゃないですか？』と雑な提案をし、ヒルシュも『いっぱい殴れるならそれでいいです〜』と雑に賛成し、ローゼンも普段なら女装など死んでも嫌だと拒否する所を『雪夜を無事に救出できるなら……』と、ヒルシュと共に変装して捕まったふりをしたのだという。

「雪夜と再会できたのは喜ばしい事だが……」

ローゼンはそう言いつつも、また額に青筋を立てて声と握り締めた拳を震わせだした。

「……首領らしき兎の帽子の男の元に、ヒルシュと共に連れられた。奴は、私よりも樹族《きぞく》のヒルシュの方が美しいと……！　可憐で清楚で、いかにも莫迦《ばか》そうな方が、美しいが小賢しそうで威圧感がありすぎる私よりも、此処に置いた方が面白そうだ、私は牢に入れておけ等と……！　しかも此処に向かう途中、下賤な者に臀部《でんぶ》を撫で回され……ッッ！　殺す！」

思い出しギレをし始めたのか、花蝶《はなちょう》がブワッと涌きだした。

しかしローゼンは己の怒りに夢中で花蝶《はなちょう》の噴出に気づいていない。わなわなと手を震わせていた。

「雪夜を攫《さら》った時点で万死に値する愚行だが、更なる屈辱を味わう事になるとはな！　美を極めた華族《かぞく》の私ではなく、脳筋の、しかもヒルシュを！　私が樹族《きぞく》よりも醜《みにく》いなど……！　こんな屈辱があるか！　薄汚い鉱族《こうぞく》どもめが！　全員、雪夜を攫《さら》った愚行を後悔し、生まれてきた事を悔やむ程に粉々に破壊して川底に遺棄してやる！」

凶暴な花蝶《はなちょう》の召喚とローゼンの憤怒をロカが慌てて止める。

「か、閣下！　それはただ単に、閣下よりもヒルシュという男性の方が女性的に見えたという主観の問題であり、純粋な美や高貴さの比較ではありませんから、蟲をおおさめください！」

ロカの言葉に、牢に居た令嬢達も「違いますわ！」と強い口調で言いだした。

そして彼女らがローゼンにゾロゾロ駆け寄る。

「お姉様より美しい女などいません！　ただ単に、相手の見る目が腐っていたのです！」

そう言われ、ローゼンが唖然とした表情になる。驚きで花蝶《はなちょう》が消えたが、令嬢達は構う事なく、ローゼンの元に集まると口々に彼に賛辞を向けだした。

「だからお姉様、お怒りにならないで！　私共はお姉様から溢れ出る美しさも気品も比類なき美だとわかっております！　樹族《きぞく》の小娘などに負けるはずがございませんわ！」

「そうですわよ！　ワタクシ、こんなに美しい華族《かぞく》のお方、見た事がございませんものお姉様！」

「ああ、お姉様……なんて鮮烈なお美しさ……！　どうかそのヒールで踏んでくださいませ！」

「お姉様の為なら、何でも出来ます！　どうか豚になれとお命じくださいお姉様！」

何かに目覚めた令嬢達が目をハートにしてローゼンに言い寄っている。

ローゼンは、わなわなと震えていた。

「ふざけるな！　私は男だ！」

「いいえ！　そんなに美しい殿方がいるわけありません！」

「そうですわお姉様！」

「お姉様！」

彼女らはローゼンの男の姿を見ているはずなのに、彼が男の姿をしていた時よりモテている。

ロカはその状況を見て、すかさずメモをとりだした。

「ふむ……興味深い！　華族《かぞく》とは美への執着と敬愛が強い種族とされているが、異性に対してよりも、同性の圧倒的美しさの方が心酔しやすいという事なのか？　これは研究の余地があるな！」

サラサラとメモをとるロカにローゼンがまた怒りだした。

「おい！　貴様！　この状況で研究云々《うんぬん》と言っている場合か！」

ローゼンが袖で口元の紅を拭《ぬぐ》うと、頬に伸びて乱れたそれにすら少女らが騒ぎ立てる。

「きゃああ！　お姉様！　お化粧が乱れても更にお美しいだなんて！」

「好き！　しもべにしてくださいまし！」

逆にいえば、この状態のお陰で令嬢達は大人しく言う事をきくようになったのかもしれない。

その後、ローゼンが入り口のあたりにキリが逃走用の馬車を潜ませている事を告げ、少女らにそこまで向かうように伝える。

「お姉様がそう望むなら……！」

全員が納得していた。（スムーズに事態が進んでいたが、ローゼンはとてつもなく嫌そうな顔をしていた）

「しかし閣下、入り口までは見張りが……」

ロカが疑問を口にすると、ローゼンはそれを鼻で笑った。

「問題ない。直ぐに人手は減る」

そう断言した後で、大地を揺らすような轟音《ごうおん》が洞窟内に響き渡った。

驚くロカと、怯《おび》える令嬢達。

しかしローゼンはイヤそうな顔で呟《つぶや》いただけだった。

「ヒルシュめ……。手加減なしで暴れているな。どちらが選ばれても雪夜を見つけ出すまで待てと伝えたにも関わらず……」

その言葉を裏付けるように、悲鳴と絶叫が続けて聞こえてきた。

「ぎゃああ！　儚《はかな》げな美女樹族《きぞく》が、いきなり寝台を抱え上げて振り回しだしたぞー！」

「中身が詰まった酒樽まで投げつけてきやがった！　バケモンだ！」

阿鼻叫喚《あびきょうかん》の地獄になっているようだった。

それを聞いてローゼンは少しスッキリしたのか、優雅に微笑んだ。

「ヒルシュが敵を引きつけている間に脱出するぞ」

『選ばれた方の美女』であるヒルシュは今頃、首領の部屋で大暴れしている事なのだろう。

「しかし、閣下、お仲間を置き去りで宜しいのですか？」

「私の仲間は雪夜だけだ！　他に仲間など此処には居ない！」

ロカの戸惑いに満ちた質問をローゼンは一刀両断する。

そのままアッサリと仲間を捨て石にして、令嬢達を連れ、出口に向かった。

ロカが道案内役を引き受けた事で最後尾を務める立場になったローゼンは、雪夜を振り返る。

それまで大人しくしていた雪夜は差し出された手に、そろっと近づいた。

ローゼンも壊れ物でも扱うように恐る恐る抱き上げてきた。

少し離れていただけなのに、初めて会った時よりも何だかローゼンが遠く感じてしまう。

そんな雪夜に、ローゼンが話しかけてきた。

「雪夜、脱出するまで私から離れてはいけないぞ」

もう手間をかけるな、もししたら、お前のようなクソガキは殴り飛ばすぞ！　と、父母なら言うであろう言葉をどうしても思い出してしまい、雪夜は静かに返事をした。

「ヒルシュおにいさん！」

何があったのかと雪夜も彼の視線の方を振り返ると、そこにはヒルシュが立っていた。

ローゼンが突然、振り返る。

ブルブル震えていると、走っていたローゼンが心配そうな顔つきをする。そんな時だった。

(こわい……。やさしいヒトが、ちがうヒトにかわるのが、こわい……こわいよ……)

つしかその笑顔すら怖くなった。

ボロボロになった雪夜が朝日で目を覚ますと、笑って抱き上げる『やさしいおかあさん』に、いつしかその笑顔すら怖くなった。

だいすきなおかあさんが金切声を上げ、雪夜が何度も何度も、やめてと泣いてお願いしても蹴《け》られ続けた孤独な夜を思い出し、怖くて怖くてたまらなかった。

おかあさんとおとうさんも『お前が心配なんだ』『愛しているから殴るんだ』と言いながら、気を失うまで殴るからだ。

今まで何があっても優しかったローゼンに叩かれて、感情的に怒鳴られた事は雪夜にとって大きなショックだった。

彼の手を煩わせて『やさしいひと』から『こわいひと』に変わってしまうのが怖かった。

戸惑いつつも走りだしたローゼンに抱かれたまま、雪夜は思い出していた。

お利口に頷《うなず》いたのに、彼は何故か困惑した表情を浮かべている。

「……」

「はい」

ぱぁっと顔を輝かせると、何故かローゼンはムッとしてヒルシュから雪夜を隠すように動く。

しかし、ヒルシュは無言のまま近づいてくる。

「ヒルシュおにいさん……？」

長い髪で表情が見えなかったが、普段は饒舌《じょうぜつ》な彼の姿に戸惑って話しかけると、顔を上げたヒルシュが飛びかかってきた。

「ヒルシュ！　貴様！」

ローゼンは身を翻《ひるがえ》して間一髪で避けたが、ヒルシュが伸ばした長い爪はローゼンの袖を引き裂き、露わになった肌に鋭い切り傷を残した。

完全に避けたはずなのに、傷を負った事が悔しかったのか、肌に傷を負う事を嫌がる華族《かぞく》の性質故か、ローゼンは怒りも露わにヒルシュを怒鳴りつけた。

「この非常時に本気で襲いかかってくるとは、何を考えている！　鉱族《こうぞく》どもを殴り飛ばしてもまだ腹が足りぬか！　このたわけたバケモノめが！」

ローゼンの言葉にヒルシュが顔を上げた。

その表情に、ローゼンだけでなく雪夜も息を飲む。

ヒルシュは目を見開き、鋭い牙をがちがちと震わせていたのだ。

それは戦いの場では常に楽し気に笑っていた彼の姿とは真逆の『怯《おび》えている姿』だった。

何に怯《おび》えているのかはわからないが、雄々しく美しい獣の王のようだったヒルシュは肩を上下させながら荒い呼吸を繰り返し、群れを追われた負け犬みたいに怯《おび》えている。

「……まだ、いる」

ヒルシュは震える声でそう漏らし、顔を上げてローゼンを見つめた。

「……父様が……、わたしが殺した父様が、まだ居る……」

「は？」

問い返すローゼンにヒルシュは吠《ほ》える。

「わたしが、生まれて直ぐに殺したはずの父様が、殺しても殺しても、まだ居る！」

「貴様、何を言って……」

「だから、母様は、わたしを見てくれないんだ……！　誰よりも強く在らなければ、母様は愛してくださらないのに！　愛されなければ、バケモノのまま、獣にも何者にもなれない！」

錯乱するヒルシュの攻撃を避けるローゼン。

しかしヒルシュはローゼンどころか雪夜も認識できていないのか、うわごとのように「殺す！」と繰り返す。

ローゼンは繰り出される鋭い爪を回避しながらヒルシュに話しかけていた。

「ヒルシュ！　止めぬか莫迦《ばか》者めが！　雪夜が居るのだぞ！」

しかしヒルシュは誰の事も認識できていないのか、目を見開いて牙を剥き、大柄な体と長い腕を使い、右に左にと斬撃を繰り返す。直撃していなくとも衣服や髪が断たれ、その鋭い爪は研がれた刃物よりも無慈悲で冷酷な殺意を露わにしていた。

「ローゼン様！　この青頭の鉱族《こうぞく》ヤローが令嬢つれてきたから何事かと思ったら……！　マジで何

やってんですか！　令嬢達は全て馬車に乗せてますすよ！　あとはローゼン様達が来れば脱出できるってのに、今ヒルシュ様とケンカしてる場合じゃないですよ！」

ロカと共に駆けつけてきたキリが叫ぶ。

「私とて、したくてしているわけではない！」

ヒルシュの猛攻をローゼンは雪夜を抱えたまま避け続ける。防戦一方だったが、そこで雪夜がヒルシュに呼びかけた。

「ヒルシュおにいさん！　どうしたの？　ぼくだよ！　はやくいっしょにいこうよ！」

「おにいさん！　ねえ、ヒルシュおにいさん！」

「ウゥ……」

「……」

くらっと足をフラつかせ、頭を押さえるヒルシュに雪夜は繰り返す。

「ヒルシュおにいさん、またいっしょにおひるねしようよ！　きのぼりもしようよ！」

そう呼びかけ、雪夜はローゼンの腕を無理矢理にほどいてヒルシュに駆け寄って抱きついた。

「ぼく、またおにいさんとあそびたいから、はやく……」

だが直後に「あいた！」と声を上げる。

キリとロカが悲鳴を上げた。

痛みを感じた雪夜が自分の顔に触れると、手にぬるりと赤いものがついた。

視線を上げると、ヒルシュがガタガタ震えたまま、血に染まった爪を向けている。

あの爪で鼻先を切りつけられたのだと気づいた。

「ヒルシュおにいさん……」

不思議だった。

ローゼンに怒鳴られ、叩かれた時はあんなに大きくて怖く見えたのに、ヒルシュは違って見えた。

それはヒルシュの姿と、父母に殴られて泣いている、鏡に映った自分の姿が重なったからだ。

ヒルシュは家族から痛めつけられて怯《おび》える自分だ。

だいすきだと駆け寄った相手に暴力を振るわれ、何が悪かったのかわからないまま、ただ怯《おび》えて怖がる、小さな自分。

信じたいのに、信じた事でより傷つく痛み、恐怖。

好きな相手を信じたいのに、信じていいのかわからなくて拒絶する心。

その時の自分は、何を欲しがっていたのだろうか……?

そう考えた時、雪夜はヒルシュにまた近づいた。

「おにいさん！　ぼく、こわいことしないよ！　だいじょうぶだよ！」

両手を広げて告げる。

「ぼく、あぶないものはもってないよ！　ヒルシュおにいさんのこと、だいすきだから！　ひどいことしないよ！　きずつけたりしないよ！　だから、いっしょにいようよ！　ずっといっしょに、ないたり、わらったりしようよ！」

あの時の鏡の中の自分に言ってあげた、自分が最も欲しかったものを雪夜はヒルシュに示した。

傷つける気はない、傍にいる、キミが必要だから。

鏡の中の自分に話しかけるように訴え続けた。

ヒルシュは困惑していたが、構わず近づき、彼にしがみついた。

自分は、何があろうとも、その場その場の機嫌で他者を傷つける人間になりたくないという想いからだった。

振り回される辛さを知っている。

いつも通りに硬い胸板だったが、力強く動く鼓動を聞いていると、彼と木の上で昼寝をした夕暮れを思い出した。

あの時の彼は、どんな困難も不条理も力で捻《ね》じ伏せ、穏やかに笑う雄大な獣のように美しかった。

あの姿こそが彼の本来の姿なのだと思っているからこそ、怯《おび》えずに抱きつけた気もする。

そうしていると、ヒルシュが一瞬、正気に返ったように、混濁していた目に光が戻ったように見えた。

だが、それも直ぐに掻《か》き消され、再び腕が振り上げられる。

そのヒルシュの腕に薔薇の鞭《むち》が巻き付いて動きを止めた。

鞭《むち》の持ち主……ローゼンを見ると、彼は紅い瞳に怒りを滾《たぎ》らせ、唇を噛み締めていた。

「よくも雪夜を……！　この狂ったバケモノめが！　殺してやる！」

ローゼンの怒りに、再びヒルシュが狼のように吠《ほ》えた。

ぶつかり合う事を察した従者のキリが走ってきて、雪夜を抱え上げる。

そしてロカが飛び出してきた。

「お、お待ちください！　閣下！」

怒りの切っ先を狙い定めたと同時に横やりを入れてきたロカにローゼンは更に怒りを爆発させる。

「どけ！　鉱族《こうぞく》の小僧は引っ込んでいろ！　貴様も切り刻まれたいのか！」

「切り刻まれたくはありませんが、落ち着いてください！　この香り……樹族《きぞく》と華族《かぞく》の血をひく者は早急に洞窟から逃げるべきです！　これは、摩薬《まやく》と言い、鉱族《こうぞく》が華族《かぞく》や樹族《きぞく》の奴隷を弱体化させたり、従わせる時に使う毒薬です！」

「何……？」

雪夜には何の匂いもしなかったが、ロカは訴え続ける。

「自分は商品で香水も扱うので、嗅覚には自信がありますし、一度でも嗅いだ香気の種類は記憶しています！　摩薬《まやく》は鉱族《こうぞく》には作用しませんが、華族《かぞく》や樹族《きぞく》には強烈な幻覚作用や精神不安定を引き起こす毒物です！　閣下は、今は御自分の強い薔薇の香気で摩薬《まやく》を防いでおられる為、自我を保てていますが、長くここに留まれば少しずつ摂取した毒性が精神を蝕《むしば》みます！　あの暴走している樹《き》族《ぞく》の彼女……？　彼？　は、恐らく摩薬《まやく》を……」

「流石《さすが》は、鉱族《こうぞく》でも名うての目利き商人だね」

そう説明していたロカの言葉を遮る女の声。

洞窟の奥からランタンのような香炉《こうろ》をぶら下げたコーラルが姿を現す。

彼女は笑いながら両手を叩き、口角を上げた。

「ご明察。そこのキレイな顔した樹族《きぞく》の男が、暴れやがったから、部屋に常備していた摩薬《まやく》の粉を投げつけてやったら、途端に怯《おび》えた子鹿みたいに震えだしやがった。それからは従順なもんさ。摩《ま》薬《やく》中毒者は強い香気……この香炉《こうろ》を持つ者には襲いかからないし、やがてはコレが欲しくてたまらなくなって、靴すら悦んで舐《な》める卑しい奴隷になる。この樹族《きぞく》はアタイが飼って有効活用してやるよ。力が強いし、見目が良いから幾らでも使い道がある。それに……」

コーラルはローゼンを見て笑った。

「まさか華族《かぞく》で最も美しく残酷だと言われる紅薔薇の公爵様までノコノコやってくるとはね！　アンタも摩薬《まやく》漬けにして奴隷にしてやるよ！　その見目なら、さぞかし高く売れるだろうね！　嬲《なぶ》られてゴミみたいになったら、同族とツガイにして種馬として使い潰してやるさ！」

そんなコーラルにローゼンは、薔薇の鞭《むち》を大地に叩きつけた。

「地を這う虫ケラに等しき鉱族《こうぞく》風情が……！　二度と下らん真似をせぬよう、粉々に破壊した後、見せしめに首を晒《さら》してくれる！　この私を侮辱した罪科、命と尊厳で支払え！」

「ハッハァー！　やってみな！　ただし、アンタの相手をするのはアタイじゃないよ！　この頑丈な樹族《きぞく》のデク人形さね！」

コーラルがヒルシュの背をヒールで蹴《け》ると、ヒルシュは低く唸《うな》った後、鋭い牙と爪で襲いかかる。

そのヒルシュにローゼンが鞭《むち》を振り上げた時だった。

「うわぁん！　キリー！　キリがー！」

雪夜の声を聞いたローゼンが振り返る。

雪夜は自分を抱えていたキリが突然、倒れ込んだ事で巻き添えで地面に転げ落ちていたが、転んだ自分よりもキリの状態を案じて泣き叫んでいた。

キリは鼻や口から血を流し、焦点の定まらない瞳で虚空を見ながら、何かを繰り返している。

「う……あ……。とうちゃん、かあちゃん……が……何度も、こ、殺されて……」

「キリー！」

ロカが駆け寄り、泣き叫ぶ雪夜を落ち着かせつつ、キリを背負って入り口に向かって歩きだした。

「雪夜！　此処から逃げるぞ！　この少年は、公爵閣下よりも香気が弱い！　だから身を守る事が出来ず、摩薬《まやく》の毒性を受けたんだ！　このまま此処にいれば彼も樹族《きぞく》のあの青年のようになってしまう！　雪夜、お前も華族《かぞく》なんだから早く逃げろ！　キツい言い方をしてすまないが、此処にいても公爵閣下の足手纏《まと》いにしかならない！」

ロカは自分と同じ背丈のキリを背負いつつ、雪夜と手を繋《つな》いで、入り口へと連れていこうとした。

そんなロカをコーラルが嗤《わら》う。

「ロカ！　テメェ、善人ぶってんじゃないよ！　アンタの善良商人ぶりには前からヘドが出るほどムカついてたが、テメェの村を水底に沈めて滅ぼした仇敵の公爵相手にまで、恩を売ってイイ顔しようってのかい？　そこまでして金を落とす客が欲しいのかよ？」

コーラルの言葉に雪夜とローゼンがロカを見る。

ロカは唇を真一文字に引き結んだまま、足を引きずって出口へと進んでいた。

それがコーラルを余計に苛立《いらだ》たせたらしい。更に煽《あお》りだす。

「聞けよ偽善者！　華族《かぞく》と樹族《きぞく》に血族を皆殺しにされても金が大事なのかい？　アンタの血族は親不孝で守銭奴なテメェが生き残って、さぞ悔し……」

「五月蝿《うるさ》いな！　そんな事、誰よりも自分が理解している！」

言いかけたコーラルにロカは振り返らずに大きな声で答えた。

ロカはキリと雪夜を出口へと届ける事だけを目的に進み続ける。

「ああ、そうさ！　自分の村は五十年前の薔薇戦争で、華族《かぞく》や樹族《きぞく》の奴隷売買を理由に、閣下とヒルシュ様によって村ごと滅ぼされた！　自分は華族《かぞく》と樹族《きぞく》の人身売買で栄えた村が嫌いで、馴染めなくて、飛び出して家出していたから不在だったが、戦の噂を聞いて故郷に帰ってみれば……」

そこでロカが、ぐっと押し殺したような声で呟《つぶや》く。

「……住み慣れた家も、友も、湖の底の遺物となり、全て変わり果てていた！　子供の頃に親に叱られる度に夕日を見ていた大好きだった丘も、星がよく臨める大きな木も、もう何も残っていなかった……。見知った村人は、身動きが取れない水中に沈んだまま、心を失い、鉱族《こうぞく》としての死を迎えて石像になっていた……。まだ心が生きている鉱族《こうぞく》が居たかもしれないが、同じ鉱族《こうぞく》の自分では助ける事も出来なかった。何とか助けようと色々調べても、通りすがりの樹族《きぞく》に懇願しても、誰も助けてくれなかった。むしろ『お前らの自業自得なんだから、さんざん苦しめ！　これは俺達が受けた苦しみだ！』と石を投げられた！　ただ、自分が馴染んだ過去がゆっくりと崩壊していくのを五十年かけて見ているしか出来なかったんだ……！」

最後には血を吐くような叫びとなり、ロカは涙を滲ませた目で振り返った。

「公爵様やヒルシュ様、華族《かぞく》と樹族《きぞく》を憎んだ事もあったさ！　当然だろ！　幾ら醜《みにく》い人身売買をしていた両親でも、自分を産み育て、自分が寝込んだ時には二人共、寝ずに看病してくれるくらいには人並みに愛情を注いでくれていたんだ！　あんなおぞましい仕事をしていても、いつかはわかり合える、いつかは改めてくれる……そして、いつかは昔みたいに暮らせるんじゃないか、血族の罪は自分も共に償って生きていけるんじゃないか……そう思っていたのに、その『いつか』を永遠に奪われたんだ！　閣下とヒルシュ様を恨まないわけないだろ！　悔しくて悲しくて……眠る事すら出来なかった！」

言葉を失うローゼンと、不愉快そうな顔をしているコーラル。

二人に向けているようで、彼は自身の哀しみや怒りを誰にもぶつけてはいなかった。

ロカは吐き出しつつも、足を止める事なく、光が満ちた出口へと向かっている。

「……でも、公爵様は村を滅ぼす前に勧告をしていたと、逃げのびた者から聞いた。仇である奴隷商人の身柄さえ差し出せば、全滅まではさせないと言っていたと。それを蹴って『華族《かぞく》はどうせ傷を負うのを怖がってマトモに戦えない』と嘲笑《あざわら》って火に油を注いだのは、鉱族《こうぞく》の方だったんだ……。それでも……それでも……自業自得だからしょうがない……、なんて割り切れなかった……」

迷いを抱えるロカにコーラルは苛《いら》ついていた。

「グダグダ五月蠅《うるさ》いね！　じゃあ憎めばいいだろ！　殺せばいいだろ！　復讐に生きりゃあいいじゃないかよ！」

「そんな単純に考えられるかよ！　恨んで憎んで、辛いのに……自分は、夢を諦められなかったんだから！　出逢ったお客様に笑顔になってもらえる商売人でありたい。誰かが誰かの笑顔を思い浮かべながら、もしくは生き甲斐として一生懸命に作ったものを流通させたい。その逸品が手元に届いたお客様の心を喜びでいっぱいにして、明日を生きる気力にしてもらいたい。その手伝いがしたい。そういう夢を……どうしても諦められなかった！　だから誰にも何も仕返せなかった！　この手を血で染めてしまえば、自分が目指す未来の自分にはなれない気がしたから……だから、これが自分の人生の……復讐への決着のつけ方なんだよ！」

そう叫ぶロカにコーラルが唾を吐く。

「テメェはただ、ビビっちまっただけだろうが！　血族をブッ殺されて、仇の公爵が居ても、強すぎて貧弱なテメェじゃ手が出せねぇだけだろ！　それをもっともらしい理由つけて逃げてんじゃねぇよ！」

「五月蠅《うるさ》いな！　これは自分の……俺の復讐だ！　お前の復讐じゃない！　外野のお前が俺の選択を正しいだとか間違ってるだとか、評価していい立場じゃないんだよ！」

怯《ひる》んだコーラルにロカが水晶のナイフのような眼差しを向けた。

「俺は誰に罵《ののし》られても、俺に恥じない自分になる！　他人の人生にイチャモンつけて満足してる外野は黙って俺の生き様を見てろ！　俺は絶ッッ対に夢を叶えてやるからな！　公爵やヒルシュ様が奪ったモノよりも、もっと沢山の人々に『生きてるのも存外、悪くない』って思わせて人生を楽しんで頂くんだ！　彼等が泣かせて心を折った者達の何倍もの人を笑わせて、励まして、元気づけ続けてやるんだ！　お綺麗な心理からじゃない！　これが俺の陰険で小心すぎる、我が人生への復讐方法だからだ！」

ロカの怒声にコーラルが気圧《けお》されて口を噤《つぐ》んでいた。

雪夜はロカに手を引かれながら、彼の想いを聞いていた。

故郷や血族の為に何も出来なかったと悔やみ、その直接の原因となったローゼンやヒルシュを恨みながらも、それでも選んだ道は『自分が思い描いた夢の為に、己の納得のゆく方法で力強く進み続ける』という、光を目指す眩《まぶ》しい生き様だった。

辛さや苦しさ、報われない事もあっただろう。

だが彼は茨の道の先に光があると信じている。

いや、仮に険しい道の先が光もささない闇の底であったとしても、ロカならば飛び込むのかもしれない。

『苦労した割に真っ暗だな！　よし！　この闇の原因を調べるとするか！　全ての事象には原因がある！　それを解明するのも楽しみの一つというものだ！』と。

そう考えて見つめていた雪夜に、視線に気づいたロカが笑った。

「……そう強く思えるようになったのは、お前のお陰だ。雪夜」

「え……？　ぼ、ぼく？」

驚く雪夜にロカは強く頷《うなず》いて見せる。

「……そうだ。自分とて弱い心の持ち主だからな……。一人で夢の為に頑張っていたが、流石《さすが》に同族に水牢にブチ込まれて、華族《かぞく》や樹族《きぞく》を恨まないで商売しているなんてオカシイと罵《ののし》られ、ちょっとそんな気もし始めていたし、これはもしかすると心が無理なんじゃないかと思いかけていた時、お前に助けられた。戦う力も無いのに、出来る事をしようと懸命に生きて、大切な者に大好きだという気持ちを真っ直ぐに向ける……。そんな『今日を全力で生きている』素敵なお客様を全力で応援したいと商売人なら思うだろ！　そして出せる時に出してこそ勇気だと、尊敬する友達のお前が言ってくれたんじゃないか！」

「ぼくが……」

噛み締めるように繰り返すと、ロカは力強く告げる。

「そうだ。お前は無価値でも無力でも無い！　人を元気づける事も、今日を楽しんで生きる事も、年齢も才能も何も関係なく出来る事なのだと教えられたんだ！　お前は凄い奴だ！」

曇っていた目の前が、ロカの宝石のような言葉でキラキラと光に溢れだすような感覚に陥った。出来る事をしようと懸命に生き、大切な者に大好きだという気持ちを真っ直ぐに向ける……それが他者から見た自分なのだと教えられ雪夜は震えた。

だが、事態は無情で残酷に変貌していた。

そう励ましてくれていたロカの体が崩れるように倒れ込んだのだ。

「ロ、ロカおにいさん？」

見てみると、ロカの首にナイフが深々と突き刺さっていた。

ナイフを辿ると、それを突き立てているキリの姿が見えた。

ロカを刺したのはキリだったと、ようやく思考が追い付いた雪夜はキリに呼びかけた。

「キリ！　ど、どうしてロカおにいさんを……」

キリは暗い顔で、光のない眼差しをナイフに向けたまま立ち尽くしている。

そして、ずっと繰り返していた。

「……ごめん、ごめん……とうちゃん、かあちゃん……なにも、できなくて……かえせなくて、ごめん、なさい……。ごめんなさい、ごめんなさい、だから、おいてかないで……。オレをひとりぼっちにして、しなないで……」

その顔に、雪夜は先程のヒルシュの表情を思い出す。

二人は摩薬《まやく》で怒ったり凶暴になっているわけではないのだとわかった。

ひたすら泣いて、謝って、置いていかないでと訴えている。

辛い過去を甦《よみがえ》らせられ、苦しみ、哀しんでいるのだ。

それを彼等はロカのように考えられる過程を見つけられておらず、今もこうして抱えた気持ちに振り回されているからこそ、痛くて辛いのだろう。

(ツライことをなんかいもみせるなんて、ひどすぎる……！)

雪夜がキリに近づこうとすると、首を刺されながらも生きているロカが制止の声を上げた。

「雪夜！　近づくな！　摩薬《まやく》が更にバラ撒《ま》かれている！　公爵閣下の息子ならば、お前も強い薔薇の香気で身を守れているのだろうが、濃度が上がれば紅薔薇の血をひいているお前でも危ない！　先に逃げろ！」

ロカの刺された首から、穴を開けられた石像のように破片がパラパラと落ちていた。刺し傷が致命傷にならない鉱族《こうぞく》でも痛みはあるようで、ロカは苦し気に刺された部位を押さえている。

ロカは雪夜を華族《かぞく》だと思い込んでいるようだったが、摩薬《まやく》は鉱族《こうぞく》だけでなく人間にも効かないらしい。正気を保ったままの雪夜は、またロカを刺そうとするキリの前に立ち塞がる。

「キリ！　おちついて！　ぼくもローゼンさまも、キリのことがだいすきで、ずっといっしょにいるから！　だれもキリのこと、おこってないから。こわがらなくていいんだよ！」

しかしキリは雪夜の姿が見えていないかのようにロカに近づくと、再びナイフを振り上げた。

以前に雪夜はローゼンから少しだけキリの家族についての話を聞いた事があった。

キリは両親と共に鉱族《こうぞく》の奴隷商人に捕まった事があるのだという。ローゼンが助け出せたのはキリだけで、両親は惨《むご》い死に方をしたと聞いた。

その時の事をキリは摩薬《まやく》で繰り返し、思い出させられているのか、鉱族《こうぞく》のロカに対して憎しみを露わにしていた。

そんなキリの周りを雪夜は飛び回ってウロチョロしながら呼びかけ続ける。

「キリ！　ダメだ！　ロカおにいさんは、キリのおとうさんたちのカタキじゃない！　おこるならカタキのヒトじゃないと！　それにキリがこわいヒトとケンカしにいくなら、ぼくもいっしょについてく！　ぼくもこわいけど、キリがひとりでこわいのは、もっとイヤだ！　キリは、ぼくのだいすきなかぞくだ！　ひとりでこわいのにたちむかわなくていいから、こわがらないで！　キリ！　キリー！」

両手でキリの足にしがみつくと、蹴飛《けと》ばされた。

転がる雪夜に、首を刺された事で身動きが取れなくなったロカが叫んだ。

「雪夜！　もういい！　鉱族《こうぞく》の肉体は再生出来る！　だから、もういいから逃げろ！」

しかしコーラルは香炉《こうろ》をかざしながら嗤《わら》う。

「確かに、心さえ死ななければ、鉱族《こうぞく》の肉体は再生する……そいつぁその通りだがね、頭部をバラバラに砕かれればどうだい！　踏み潰したテメェの頭が元通りに戻っても、生温い脳ミソまで元通りになるかどうか試してみようじゃないか！」

そう言いながらコーラルがロカに近づき、地面に倒れたままのロカの頭を踏み砕こうと足を上げた。目蓋《まぶた》を閉じるロカ。その頭部にヒールが迫る。そこに雪夜が飛び出した。

「そんなヒドイこと、やめてください！　おねがいします！」

雪夜がコーラルの足首を掴んで止めた。

しかし「邪魔すんじゃないよ！」と蹴《け》られ、手を踵《かかと》で思い切り踏まれる。

骨まで響くような一撃に、雪夜が悲鳴を上げた。

「い、いたいよぉー！　いたい、いたいぃぃー！」

思わず泣きじゃくる声にローゼンがヒルシュの猛攻をかわしながら叫んだ。

「雪夜！　くそ！　ヒルシュ……！　この駄犬めが！」

雪夜を傷つけられた事でローゼンは完全にブチギレたのか、掴んでいた鞭《むち》を手の甲に巻き付ける。

主の肉体すら傷つける鋭い棘によってローゼンの手は血を流し始めたが、その拳でローゼンはヒルシュの顔面を思い切り殴りつけた。

薔薇の棘がヒルシュの肌を切り裂き、鮮血が飛び散る。

あまりの痛みにヒルシュが吠《ほ》えた。

そのままローゼンは痛みに怯《ひる》んだ相手の頭部を掴み、地面に叩きつける。

「さっさと目を覚ませ！　無様を晒《さら》すな！　この駄犬が！」

素手で殴り慣れていないらしく、ローゼンの赤い爪が衝撃で何枚か折れて剥がれ飛んでいた。

そこからも血が滲みだしていたが、それでもローゼンはヒルシュの頭を何度も地に打ちつけている。

しかし屈強な肉体をもつヒルシュはそれでも気絶せず、怒気にかられた獣のようにガアッと吠《ほ》えてローゼンの腕に噛みついた。

「くっ……！」

腕の肉を食い千切られながらも、ローゼンはそんなヒルシュを殴りつけて腕を解放させる。

更に彼に馬乗りになって殴り、ヒルシュも暴れて吠《ほ》え、双方の返り血が飛び散っていた。

血から濃密な薔薇の匂いが漂い、それでも殴り合う二人にコーラルは眉を顰《ひそ》めて制止する。

「おい！　馬鹿野郎ども！　あんまり傷物にし合うんじゃないよ！　アンタらは一級の商品だ！

つまらない傷がつけば売値が落ちる！」

刺された首が胴体から外れて転がるロカと、座り込んだまま呆《ほう》けているキリと、二人を庇《かば》って立ち塞がる雪夜の姿にコーラルは笑う。

「ロカのクソ野郎はもう身動きが取れない。ついでに残りの華族《かぞく》の赤毛のガキと、公爵の息子のチビの首を刎《は》ねて、売り飛ばしやすく加工しちまうかね！　華族《かぞく》は足さえ斬らなければ死なないんだからさ！」

そう言い、コーラルが腰の曲刀を抜き、振りかざす。

その大きな刃の影が雪夜の顔に落ちてくる。

包丁よりも大きな刃物で斬りつけられる。それは殴られたり煙草の火を押しつけられるのとは違う痛みなのかもしれない。

そう思うと泣いて逃げ出したいのに、キリもロカも斬られても死なないとわかっているのに、雪夜は一人で逃げられなかった。

逃げた所で、外にもう味方はいない。

このまま此処で皆が倒れれば、逃げた雪夜も捕まると思った。

雪夜はキリとロカを守るように二人を寄せて覆《おお》いかぶさる。

「キリ！　ヒルシュおにいさん！　もどってきて！　ぼく、ふたりがいないとさびしいよ！　いっしょがいいよ！　ふたりがいてくれたから、しあわせだなって、おもったんだよー！」

そう叫ぶ雪夜に無情な刃が振り下ろされる。

肉と骨を断つであろう鉄の塊が、熱い液体を大量に撒《ま》き散らした。

それらが雪夜の体をべっとりと濡らす。

しかし、雪夜は不思議な感覚に陥っていた。

（あれ……？　いたくない？　すごく、あったかい……？）

眠たくなる時は寒くて冷たくなるはずなのに……と思っていると、ポタ……と、顔に何かが落ちてきた。その熱さに雪夜は恐る恐る目を開ける。

そして目にした光景に、愕然とした。

「ッ！」

ローゼンが自分を庇《かば》って、コーラルに背中を斬られていたのだ。

コーラルの刃はローゼンの胴体を肩から割るように深々と突き刺しており、赤い血がどくどくと傷から、口元から溢れだしていた。

温かいと思ったのは、彼の体から噴き出した血だったのだ。

真っ青になって声を震わせる雪夜に、ローゼンは血を吐きながらも口を開いた。

「ロー、ゼン……さ……、ま？」

「……ケガはないか？」

「ローゼンさま、す、すごいちが……ちが……」

ガクガク震える雪夜に、ローゼンは笑う。

「そなたが無事なら、それでいい……」

そう告げて倒れ込んでくるローゼン。意識を失う寸前に耳元で告げられた。

「叩いてすまなかった」と。

そうして彼は目蓋《まぶた》を閉じたまま、動かなくなった。

それでようやく雪夜は気づいた。

こんなに痛くて辛いのに、自分の事よりも叱った事を気に病んでいる彼は、父母とは決定的に違うのだと。

そしてそれを知ろうともせず、彼に対して恐怖や怯《おび》えをもった自分に後悔と、また足を引っ張ってしまった弱さが悔しくて、悲しくて、気を失ったローゼンにすがりついて泣きだした。

「ローゼンさま、ローゼンさまぁあ！　おきて、おめめ、あけて！　ごめんなさい！　ぼくのせいで……ぼくなんかのせいで……！　ごめんなさいごめんなさい！　うわぁああん！」

そんな雪夜にコーラルが怒鳴る。

「五月蠅《うるさ》いね！　死んじゃいないよ！　クソが！　足さえ斬らなきゃ死なないとはいえ、背中にこんなデケェ傷が残った華族《かぞく》なんざ底値だよ！　テメェの所為《せい》で貴重な商品がクズ同然になっちまったじゃないか！」

そんなコーラルの言葉に、雪夜は後悔と哀しみで凍え、震えている胸に何かが熱く燃え滾《たぎ》るのを感じた。

その熱は血管から指先まで瞬時に熱を満たす。

雪夜は顔を上げて敵をキッと睨《にら》んだ。

「ろ、ローゼンさまはクズじゃない！」

「はあ？　傷物の華族《かぞく》なんざ、無価値に等しいんだよ！」

「そんなコトない！　ローゼンさまは、ケガしてても、リッパでつよくてやさしい、ぼくがだいすきでソンケーするヒトだ！　ぼくみたいなバカであしでまといなわるいこにもやさしい、すごいひとなんだ！　ヒキョーなどうぐでみんなをフコウにする、おまえのほうがムカチなわるいこだ！」

「何だって？」

「おまえなんかこうしてやる！」

そう怒ると、コーラルの足に思い切り体当たりして突き飛ばした。

「くっ！　このガキ！　首を刎《は》ねられたいのか！」

コーラルに蹴《け》られながらも雪夜は敵の足を叩き返し、噛みついて怒り続けていた。

「ぼくのクビがとれても、おまえだけはゼッタイゼッタイゆるさない！」

噛みついたり引っ掻《か》いたりしているうちに、コーラルの手から香炉《こうろ》が離れた。

その隙に雪夜は香炉《こうろ》を奪い取り、一目散に走る。

これさえなければキリやヒルシュが元に戻ると思ったのだ。

追いかけてくるコーラルに捕まる前に、出来る限り入り口の方向に向けて力いっぱい投げ捨てる。

香炉《こうろ》は激しく転がって叩き割れ、香りが消えた。

しかしそこで雪夜はコーラルに背中を思い切り蹴《け》りつけられた。

「わぁー！」

洞窟から表の砂利道に転がり出た雪夜がヨロヨロと立ち上がろうとするも、その前に背中を踏みつけられた。擦り傷と打ち身だらけになってなお、反抗的な雪夜の髪をコーラルが掴み上げて引きずった。

「クソガキが！　香炉《こうろ》を破壊した所で、あの状態の樹族《きぞく》と華族《かぞく》は今更元に戻らないんだよ！　それ所か、制御がきかないで暴れだすようになっちまうだろうが！」

「う、うぅ……」

「余計な事ばっかして引っ掻《か》き回してんじゃないよ！　クソガキが！　テメェにはダメになった公爵の分も死ぬまで稼いでもら……」

顔を近づけて言いかけるコーラルの目の前に、雪夜はロカに貰ったハナホタルの懐中電灯を向ける。

「クソ！」

眩《まぶ》しさに目を閉じて、思わず雪夜を手放したコーラル。雪夜は近くの木の空洞に逃げ込み、そこから鞄《かばん》の中に入れていたドングリやクッキーの薄紙を丸めて投げつけた。

全くダメージになっていなかったが、コーラルは激怒して雪夜を引きずり出そうと手を伸ばしてくる。

「出てきやがれ！　このクソ野郎！」

「イヤだ！」

その手に噛みついて怒ると、苛立《いらだ》ちが極まったコーラルが、腰にぶら下げていた酒瓶とマッチを見せた。

「もういい！　大損こうが、手前みたいな鬱陶《うっとう》しいクソガキは丸焼きにしてやるよ！　黒焦げになった手前の死体を見れば公爵も流石《さすが》に絶望して従順な奴隷になるだろ！」

コーラルが酒瓶の蓋を開けようとする。

逃げ場が無く、炎を防ぐ手立てもなく、雪夜は目を閉じかけたが、首を振って相手を見た。

(ダメだ……！　ローゼンさまがたすけてくれたのに、あきらめたりしちゃダメだ！　ぼくも、みんなみたいに、リッパなオトナになるんだ……！)

身を挺《てい》して庇《かば》ってくれたローゼンの想いを無駄にしたくなかった。だから最後の最期まで頑張ろうと思ったのだ。

飛び出して、また体当たりをしようと身構えた時だった。

コーラルの腕を突然、横から誰かが掴んだ。

「誰だ！　邪魔すんじゃないよ！」

怒気も露わに視線を向けたコーラルは息を飲む。

そこには顔も体も衣服も血に染まったヒルシュが立っていた。

「……」

ヒルシュは無言、無表情のまま、深く浅く呼吸を繰り返している。

そんなヒルシュに雪夜は木の空洞から顔を出す。

「ヒルシュおにいさん！」

呼びかけると、ヒルシュは顔を上げた。

ジッと見つめていると、彼は微笑む。

いつもの笑顔だと気づいた雪夜は、喜びと安心感で泣きだしてしまった。

「ヒルシュ、おにいさぁん……」

そんな雪夜にヒルシュが困ったように、それでいて遠い何処かに忘れていたものを見つけたような、懐かし気な微笑みを浮かべた。

「……ご迷惑をおかけしたようで、申し訳ありません……雪夜クン」

そして優しい声音で告げる。

「もう大丈夫ですよ。後は全て、わたくしに任せてくださいな」

「ヒルシュおにいざぁん……！　よかった……よがっだよぉぉおお！」

雪夜は穴から走りだしてヒルシュの腕に飛び込んだ。

彼は雪夜を高い木の上にそっと乗せ、優しい声音で話しかけた。

「雪夜クン……、わたくしが暴れ回っている時、キミだけはわたくしを疎《うと》まず、恐れずに居てくれましたね。お顔を傷つけても、威嚇しても、それでもわたくしが必要だと言ってくださった……。だから……」

そう告げてから、ヒルシュは長い髪をかき上げる。

コーラルに向き直り、拳を握り締めて身構えた。

「キミを傷つける存在は全て喰いちぎり、骨も遺さず屠《ほふ》りましょう。わたくしの拳と牙は、キミを守る為に振るいます……！」

その姿にコーラルが顔色を変えている。

「いや、だから、手前、なんで摩薬《まやく》中毒から正気に戻って……」

ヒルシュが正気に戻っている事がわからないコーラルの疑問に答えたのは、臨戦態勢に入っているヒルシュではなく、洞窟からロカの頭を抱えて出てきたキリだった。

「おーい！　雪夜ー！　ヒルシュ様と会えたか？　無事かー？」

キリは泥や血に塗れていたが、顔色は良く、目にも光が戻っている。

「キリ！　キリだー！　キリー！」

雪夜が木の上から呼びかけると、キリはニッと笑い、手に持っていたロカの頭を掲げる。

「雪夜！　良かった！　生きてた！　オレは無事だし、この青い頭だけになってる青毛の鉱族《こうぞく》野郎クンも元気だよ！　つうか、またムチャしやがったな！　でもワンパクコゾウのオマエが時間を稼いでくれたお陰で、ローゼン様の捨て身の策が大成功したぞ！　喜べ！」

キリに掲げられたロカの頭も口を開く。

「ああ！　上手くいったぞ！」

何故に皆が摩薬《まやく》の毒から戻っているのかは謎だったが、それはローゼンの成果だとロカは言う。

「公爵閣下がワザと大量に出血して、薔薇の香気を散らしながら動き回ってくださったんだ！　それで摩薬《まやく》の匂いが薄れた！　そして雪夜が香炉《こうろ》を破壊してくれたから二人が元に戻れたんだ！」

「ローゼンさまは……？　ブジって、ヒルシュおにいさんがいってたけど……」

そう言うと全員が目を逸らした。

「ま、まさか……」

雪夜は青くなりかけたが、キリが重い口を開いた。

「……いや、ローゼン様は出血多量で立ち上がれないだけでピンピンしてるよ。けど、あのクソデ力なお体に肩かすとか無理だし、抱え上げるとかゼッッッテー無理じゃん……？　それが出来そうな剛腕のヒルシュ様は倒れてるローゼン様を飛び越えて走ってっちまうし、鉱族《こうぞく》ヤローは首だけだから、そもそもローゼン様を運べねぇし……。それにローゼン様は死ぬ死ぬ言っててもゼンゼン死にそうにねぇけど、雪夜は気づいたら死んでそうだなって思った末の苦渋の判断であって、別に置いてきたわけじゃねーからな！」

置いてきたらしい。

ロカはキリの言葉に追加した。

「い、いや！　大丈夫だぞ雪夜！　ちゃんと見張りに見つからないように、公爵閣下は洞窟の地面に埋めてきたからな！　まさか僻地《へきち》の井戸掘りに使う為の商売道具『イドホリ君四号』が役に立つとはな！　それに華族《かぞく》は土に埋めた方が回復が早……な、何で泣くんだ雪夜！」

「なんとゆうこと……」

ホロリと泣く雪夜にヒルシュが慰めようと声をかけた。

「雪夜クン、落ち込まないで！　大丈夫ですよ！　あの状態のロゼ殿では居ても居なくても特に戦闘に関係がありませんから。それにわたくしが居れば樹族《きぞく》のオスが千匹やってきても、ぜんぶ斃《たお》せちゃいますから、心配いりませんよ？」

そっちの心配ではなく、守ってくれたローゼンを置き去りにしてしまった事が不安なのだが。

騒ぐ二人に、ずっと忘れられていたコーラルが怒りの頂点を越えたのか、背中に装備していたボウガンを取り出し、それをキリに向けた。キリが怯《ひる》んで後退する。

「さっきからアタイを無視してバカにしやがって……！　おい！　クソ樹族《きぞく》！　そのまま動くんじゃないよ！　手前が動けばコッチの赤毛のボウヤの足に矢をブチ込むよ！」

キリにボウガンを向けるコーラル。怯《ひる》むキリ。しかしヒルシュは小首を傾げた。

「別に構いませんよ？」

しれっと言われ、ボウガンを向けられたキリとボウガンを向けているコーラルが唖然とした様子でヒルシュを見る。

そして二人がまた同じタイミングで口を開いた。

「ヒルシュ様！　何言ってんですか！」

「手前、仲間がどうなってもいいっていうのかい！」

しかしヒルシュはキョトン顔だった。

「えぇ……？　キリ君は雪夜クンのオトモダチですから、大丈夫、ちゃんと守りますすよ！　でも、その程度の距離からの飛び道具は、樹族《きぞく》の子供や老人も余裕で避けれる程度のモノですから」

絶句する周りにヒルシュは疑問を口にした。

「しかし、何も言わずにボウガンで狙撃した方が当たりますのに、どうして撃つ前に宣言などなさるのですか？　しかもその構え方では、足には当て辛いと思いますよ？　キリ君は小柄ですばしっこいですから、確実に仕留めるには、まず胴を狙い、その後に獲物の頭部……それも顔の骨に邪魔されないで刺さる上に視界も奪える眼球付近を狙った方が……」

「ヒルシュ様！　敵に忠告するのやめて！　狙われてるのオレ！　オレですから！　しかも樹族《きぞく》の

身体能力基準で物事を考えるのマジ止めてください！」

そして木の上の雪夜に助けを求める。

「頼む！　雪夜！　ヒルシュ様は強いけど頭が弱いから頼りにならねぇ！」

仕方ないので、雪夜は木の枝にブラ下がると、下に居るヒルシュに声をかけた。

「ヒルシュおにいさん！　コーラルおねえさんがワルイコトできないように、とめてほしいんです！」

「わかりました～。では止めてまいりますね～」

そうしてヒルシュはボウガンを持つコーラルに向き直る。

普段の笑いながら殴りかかる姿ではなく、獲物を見定めた肉食獣のように静かで、厳かな威圧感を放ちながら敵を見つめている。

「ち、近づくんじゃねぇよ！　赤毛のチビを撃つって言ってんだろ！」とコーラルが怯《おび》えて後ずさる。

しかしヒルシュは表情を消して近づいていく。

言葉が通じない獣と対峙したかのように、コーラルは震え、キリに向けていたボウガンの先をヒルシュに向けた。そして矢を放つ。

放たれた矢はヒルシュの頭部めがけて風を切る。

ドスンという鈍い音がして、ヒルシュの顔が矢を受けた衝撃でガクンとのけぞった。

命中に安堵《あんど》の笑みを漏らしていたコーラルが直ぐに凍りつく。

「ひ、ひぃいいい！」

悲鳴を上げたコーラルの前で、ヒルシュは矢を噛み砕いた。

ヒルシュは飛んできた矢を歯で受け止めていたのだ。

「と、飛んできた矢を……！　バケモノか手前！　何考えてんだ！」

ヒルシュは、そのまま矢を葡萄《ぶどう》の種でも吐き出すようにプッと吐き捨てて美味しくなさそうに、ションボリした後、両手をブラブラさせた。

「手加減とは、難しいものなのですね……」

それから彼は地を蹴《け》ってコーラルの眼前に着地する。

相手がボウガンでメチャクチャに殴りかかってきたのを屈んで避けると、ヒルシュは頭部の枝角を使ってボウガンを絡めるようにして取り上げた。

そのまま彼は頭を上げてボウガンを宙に放り投げる。

凄まじい勢いで回転しながら空を舞う武器。

その間、丸腰になったコーラルの両手を掴んで地に引き倒したヒルシュは、彼女の背中に座り込み、投げたボウガンが落ちてきたのをパシッと受け止めた。

制圧を済ませたヒルシュは溜息をつく。

「……五分、かかりませんでしたね。見誤るなんて、まだまだ未熟者です……」

「自分の道具袋に縄があるから、使ってくれ！」

あっという間の出来事に誰もが呆然《ぼうぜん》としていたが、直ぐにロカがキリにそう伝え、縄を持ってきたキリがコーラルの手足を拘束する。

それを待たずにヒルシュは樹の上の雪夜に両手をブンブン振って笑顔を見せた。

「雪夜クン！　終わらせました～。いっぱいたくさん、褒めてくださ～い」

そんなヒルシュに雪夜が一生懸命に下手くそな拍手をする。

「ヒルシュおにいさん、つよくてカッコイイです！」

雪夜の言葉にヒルシュが蕩《とろ》ける横で、コーラルの拘束を終えたキリが引いていた。

「ちくしょう……！　華族《かぞく》と樹族《きぞく》のクソ野郎どもが調子に乗りやがって！」

そんな一同に、コーラルがキリとヒルシュを睨《にら》んで呻《うめ》くと、キリが首を振る。

「オレら甚振《いたぶ》って最高の笑顔浮かべてたオマエのが調子に乗ってただろ」

「五月蠅《うるさ》いね！　また鉱族《こうぞく》を嘲笑《あざわら》って、さぞ気持ちがいいんだろうね！　ロカの故郷だけじゃなく、アタイの暮らしてた港町も、侵略してきた手前ら樹族《きぞく》の所為《せい》で台無しさ！　街を焼いて、破壊した鉱族《こうぞく》を海に投げ捨てて、物品を好き放題に略奪して、女を犯した、薄汚ぇ蛮族どもが！」

そう罵《ののし》るコーラルにヒルシュが告げた。

「知りませんよ？　そんなことは」

それにコーラルは怒りも露わに暴れだした。

「ふざけんじゃないよ！　ガルニエ公爵が率いた軍隊に、手前は樹族《きぞく》の兵士を指揮する立ち位置で参戦していただろうが！　手前の手下の略奪行為、知らないとは言わせないよ！　誰よりも鉱族《こうぞく》を破壊しまくった蛮族の首長ヒルシュ！　そんな手前が鉱族《こうぞく》を食い殺しまくって血に塗れた手でガキ可愛がってんじゃないよ！」

興奮するコーラルにヒルシュは本気で意味がわからないといった表情で溜息をついた。

「申し訳ありませんが、わたくし、貴方の仰っている意味がわかりません」

そして口を開く。

「嘘ついて逃げてんじゃねぇ！　卑怯者！」

逃げるという言葉にヒルシュは少しムッとしたらしく、ようやく説明を始める。

「いいえ、本当に存じ上げません。ロゼ殿がわたくしを戦の場に連れ出す条件として、民への略奪と暴行の類は絶対に禁止だと言われましたから。殺していいのは、仇である奴隷商人の皆さんと、武器と殺意をもって襲いかかってきた相手のみで、民を一方的に殺戮《さつりく》する行為は軍律で固く禁じられていました。それを犯そうとした者は、彼が事前に凄惨な拷問や罰で排除していましたし。それは華族《かぞく》だけでなく樹族《きぞく》の末端まで周知させろと仰ったので、わたくしは樹族《きぞく》の舎弟の皆さんに言い聞かせておりました。樹族《きぞく》は乱暴者の集まりと言われがちですが、強い者の命令には忠実に従います。ですから、舎弟の方々は全ての命令に従っていましたよ」

それからヒルシュは困惑した表情で付け足した。

「それに、わたくしは海など見た事がありませんよ？」

「は……？」

困惑するコーラルにヒルシュは重ねて告げる。

「海とは、塩水が流れる川みたいなモノと聞いたのですが、塩湖でも無いそうで……。想像もつきません」

港町に行った事などないと告げるヒルシュ。

キリも頷《うなず》く。

「ああ。ローゼン様もヒルシュ様も、山間の奴隷商人の村しか行った事ねぇぞ。そもそもなんで侵略戦争じゃない仇討ち戦で、全くカンケーねぇ遠方まで行くんだよ？　そこまでオレら華族《かぞく》は領地に飢えてねぇよ」

全員からの否定に、コーラルは歯ぎしりしていたが、ロカが問いかける。

「我ら鉱族《こうぞく》にとって、情報は命綱だ。自分は故郷が滅ぼされた時、様々な立ち位置の者から話を聞いた。お前は何を見て公爵閣下やヒルシュ殿が故郷を滅ぼしたと思ったんだ？」

「それは……」

口を開きかけるコーラル。

そこでパチパチパチと、洗練された拍手が何処からともなく聞こえてきた。

「お見事。実にお見事デス」

その声に雪夜がキョロキョロと周囲を見回す。頭にコンッとドングリが落ちてきた。

驚いた雪夜が視線を上げると自分が居る木の枝の更に上に、サイアンが足を組んで座っていた。

煌《きら》めく木漏れ日の中で銀髪が輝き、天使か聖人のように神聖な美しさを見せている。

彼は雪夜を見てニッコリ笑って手を振ってきた。

「あ！　ぼくのクッキーをくいにげしたサイアンおにいさん！」

「サイテーな紹介をしてくれるボウヤデスね～。だから今、お礼にドングリをあげましたデショウ？」

「こ、これはこれでいただいておくんだぞ！」

ドングリをいそいそと鞄《かばん》に仕舞いながらそう言うと、サイアンは口元を手で隠す。

そのサイアンにコーラルが縋《すが》るような眼差しを向けた。

「サイアン様！　助けておくれよ！　こいつらは、いつまで経っても卑怯で嘘つきなクソ野郎どもで……」

そんな彼女に、サイアンはまるで人形にでもなったかのように表情をなくした。

「コーラル、アナタ、とっても良い素材デシた」

「は……？」

ワケがわかっていないコーラルに、サイアンは感情の色を消したまま口角を吊り上げて説明する。

「アナタの憎悪と怨嗟、とてもとても甘美で、濃厚で、心地よかった……。デスが、残念な事にソレも鮮度が落ちマシた。今となっては豪奢《ごうしゃ》な憎しみのレッテルを貼って売り出した、粗悪な安酒のようなもの。そんな浮ついた憎悪では、ワタシは、ひとときも酔えはしない」

「何を言って……」

混乱する彼女を置いて、サイアンは雪夜を見つめた。話しかけられるのかと思って、雪夜はゴクリと生唾を飲み込む。彼は口を開いた。

「一途で愚鈍で、人懐っこい哀れなボウヤ。キミから貰った甘くて苦いクッキーのお礼に、キミには出来なくて、ワタシには出来るプレゼントを差し上げまショウ」

そう告げたサイアンが指を鳴らすと、コーラルの前に真新しい香炉《こうろ》が落ちてきた。

眼前の代物に警戒する皆の姿にサイアンは嘲りの色を浮かべていた。

それが彼の『イタズラ』なのだと気づいたキリはサイアンを睨《にら》んでいたが、それらの視線を軽やかに受け流して道化師のような青年は告げた。

「ご安心くだサイ。そちらの中身は空っぽデス。皆さんがあまりにも楽しそうなのでプレゼントデス。なかなかお目にかかれない代物デスヨ？　摩薬《まやく》は鉱族《こうぞく》のとある港町で生み出された嗜好品《しこうひん》デスから」

そこからサイアンは摩薬《まやく》と香炉《こうろ》が生まれた理由を話し始めた。

鉱族《こうぞく》の港町で開発された『摩薬《まやく》』。

それは適量の使用ならば華族《かぞく》と樹族《きぞく》に安眠効果や精神や肉体疲労へ多少の効果が見られたのだという。サイアンは長い足を組み替えた。

「そこで鉱族《こうぞく》特有の『好奇心』が悪さしマシた。彼等は摩薬《まやく》を研究し、その効能を限界まで調べ尽くした。その結果、摩薬《まやく》は強い毒性を帯びた危険物へと成り下がり、それを鉱族《こうぞく》は更に利用した。他大陸へ輸出する為の華族《かぞく》や樹族《きぞく》の奴隷に摩薬《まやく》を使って従順な犬になるよう仕込んだり、抵抗せずに壊されるだけの廃人にした。闘技場で使う樹族《きぞく》の奴隷に摩薬《まやく》を嗅がせて無理矢理に攻撃性を高めさせて殺し合うのにも使った。でも彼等は『もっと実験に使ってみたい、もっとどうなるか知りたい、もっと華族《かぞく》と樹族《きぞく》がどうなるかを研究したい』と際限無き探求心で、奴隷商から買った華族《かぞく》や樹族《きぞく》に摩薬《まやく》を使い続け、彼等の頭も体も弄《いじ》りたおした。それでも彼等は求めた。『まだまだ、華族《かぞく》と樹族《きぞく》の実験体が欲しい』と……。だから、ワタシはその港町の望みを叶えてあげたのデス」

サイアンが再び指を弾くと、まるで手品のように香炉《こうろ》の中に宝石で出来た魚の置物と、木彫りの獣の像が現れた。

追加で彼が指を弾くと、唐突に木彫りの獣が燃え上がる。

火を恐れる華族《かぞく》のキリと樹族《きぞく》のヒルシュが警戒を強めたが、香炉《こうろ》の外に燃え広がる気配がない炎は、石の魚をも巻き込み、やがてプスプスと音をたてて消え始めた。

胸が悪くなるような焦げ臭さだけが満ちた場に、サイアンの声が続く。

「港町の周囲には、華族《かぞく》と樹族《きぞく》の有志が居マシた。挙兵したガルニエ公爵に影響された彼らは当時、攫《さら》われた血族や友、恋人を取り戻すべく、港町の周囲を探索していマシたからね。ワタシは、その哀れで勇敢な華族《かぞく》と樹族《きぞく》の皆さんの長旅を労って差し上げようと、港町の特産品である摩薬《まやく》を最大濃度で使って、おもてなしして差し上げたのデス」

当時の事を思い出したのか、サイアンはまた嗤《わら》っていた。

「華族《かぞく》と樹族《きぞく》の皆さんは、奪われた者を取り返そうと、悲しみや痛みに苦しんでおられましたが、摩薬《まやく》を吸ってからは、とても幸せそうデシたよ。本能のままに破壊し、犯し、殺し尽くし、理性の楔《くさび》が生み出す苦しみから解放されて、とてもとても楽しそうに……壊れていきマシた」

そのサイアンの言葉に雪夜は理解が追い付いていなかったが、ヒルシュらはサイアンが言わんとする事に気づいたらしい。そしてコーラルも。彼女は唇を震わせながら呟《つぶや》いた。

「そ、それじゃあ……突然、港町に凶暴な樹族《きぞく》が現れたのは……」

「はい。ワタシがやりマシた～」

手品のタネ明かしでもするように笑うサイアンにコーラルが首を振った。

「う、ウソだ！　だってアンタは、襲われてたアタイを助けて……」

否定するコーラルに、サイアンは溜息をつく。

「だって、あの時のアナタは子供だったデショウ？　ワタシは目の前で苦しんでいる子供だけは誰の血をひいていようと助けると決めていマシた。だから、あの時、襲われていたのがアナタ以外の子供でも助けていマシたし、その時のアナタが今の状態なら、ワタシは見殺しにしていマシたよ」

「じゃ、じゃあ何でアタイの復讐に手を貸したのさ！　華族《かぞく》や樹族《きぞく》どもへの復讐に！」

コーラルの問いかけにサイアンは軽快な口調で答えだした。

「それは純粋な憎悪がどこまでもつのか見てみたかっただけデス。三種族のドレが最も、憎しみを抱え続けていられるのかという、純粋な好奇心からの実験デス」

「……何……だって……？」

「だって、アナタがた鉱族《こうぞく》はこういう実験、お好きデショウ？　誰が泣こうが喚《わめ》こうが、己の好奇心を満たすのが大好きな、外道の末裔《まつえい》じゃありマセンカ？」

サイアンは悪意に満ちた表情で嗤《わら》っていた。

それが怖くて、雪夜は口を挟んでいた。

「サイアンおにいさんも、コーゾクなんじゃないの？」

急に話しかけられたサイアンは少し意外そうに雪夜の方を見たが、直ぐに目の下の宝石の鱗《うろこ》を剥がした。それを握り潰し、開いた手の平には青い薔薇の花があった。

「……いいえ。ワタシは青薔薇。不可能を示す、青い薔薇の名をもつ、サイアン・ブルーローズ」

そうして彼が投げた薔薇の花が雪夜の手の平にポトンと落ちてきた。

手品師のような青年は驚く雪夜を見ながら笑う。

「鉱族《こうぞく》の偽装は三種族の中でも最も容易デス。肌に宝石の鱗《うろこ》を貼りつけていれば、彼等は勝手に仲間だと思いマスからね。華族《かぞく》のように他者を見下す為に粗探しの観察はしないし、樹族《きぞく》のように群れたがりもしない。それでも、まさか五十年もの間、バレないとは思いませんデシタが」

「アタイを騙《だま》してたのかい！　復讐だとか、憎悪だとかいう実験の為に、街一つ潰して……！」

責めるコーラルに、サイアンは両手を上げて首を振った。

「だから、それはアナタがた鉱族《こうぞく》もやりますデショウ？　山に棲む獣を滅ぼしたら山はどうなるのか？　川に毒物を流せば生態系はどう壊れるのか？　華族《かぞく》は毒物に強いのならば、どれだけの猛毒を投与すれば苦しみ、死に至るのか？　樹族《きぞく》の闘争心は脳をどこまで弄《いじ》っても残っているのか？

そんな試すまでもない、少し想像力を働かせて考えればわかる下らない事も、実験しなければ気が済まない、おぞましい鉱族《こうぞく》風情が偉そうに能書きたれて吠《ほ》えるなよ」

敵意に満ちた言葉を吐き出すサイアンに雪夜が、ぶるりと震える。

それに気づいた青年は帽子の鍔《つば》を指で弾き、観察するように見つめていた。

そんな中、ロカが声を張り上げた。

「それは……そうだが……だが！　鉱族《こうぞく》とて、好奇心を満たす為に良心を捨て去った者ばかりじゃない！　過去の過ちに心を痛める者も多い。だからこそ……」

その言葉にサイアンは目を見開いた。

「過去……？　過去の過ち……？　今も苦しむ者が居たとしても、過去の……？」

そのサイアンの低い声に雪夜はゾッとした。

鉱族《こうぞく》への大きな憎しみに満ちた目をロカに向けていたからだ。

しかし、直ぐにパッと雰囲気を変えた。仮面をかぶったように真逆の表情となる。

「そういうわけで、ワタシは三種族の憎悪の継続時間を知りたかったのデス。まぁ、結局コーラルは途中で復讐よりも金稼ぎに夢中になり、当時の煮え滾《たぎ》るような感情は薄れてしまったようデスが……。それにアナタ、もう今は故郷とかどうでもよくなっていたデショウ？　金の事しか眼中になかったじゃありマセンか。ここ数年、アナタから金の話をされなかった事は無かったデス」

「そ、それは……」

「はい？　何デスか？」

コーラルが目を伏せた。

後悔しているようにも、まだ何かしら思う所があるようにも見える表情で。

「アンタの役に……立ちたかったから……。アンタはアタイを守ってくれて、優しい言葉をかけてくれて、アタイのワガママに何でも答えてくれたから、いつか振り向いてもらえるんじゃないかって……。だから、アタイが必要とされないなら、せめて金で……」

コーラルが涙を流しながらも本心を告げると、サイアンは溜息をついた。

「お話になりマセんね！　何処の世界に、実験用のモルモットに欲情する者がいマスか？」

「え……」

震えるコーラルにサイアンは続けた。

「ワタシは汚らしいオマエ達が手にしたモノを何一つ欲しいと思った事は一度もありまセン。ワタシは与え、奪う側デスから。アナタはワタシを理由に己の欲望と攻撃性を満たしていたに過ぎマセン」

「ち、ちが……」

否定するコーラル。サイアンは「それに」と付け足した。

「何の生価値も見出せない、生きてるだけで迷惑なアナタを、どうしてワタシが必要とすると？」

彼はコーラルを徹底的に追い詰めていた。

そして雪夜は初めて見た。

言葉で人が人を殺す所を。

怒り、悲しみ、泣いて苦しんでいたコーラルは涙が枯れ果てたように瞳が乾き、手足が硬直していったのだ。

「いかん！　白化現象だ！　鉱族《こうぞく》は心が死ぬと、体も死んで石になってしまう！　おい！　コーラル！　気をしっかりもて！　生きたいと思った願いを思い出すんだ！　死んだ方がマシだなんて考えるな！　お前、夢があったんだろ！」

コーラルにロカが慌てて声をかけるが、彼女の皮膚の色は見る見る白く変わっていく。瑞々しかった皮膚は乾いた石のように変わり、眼球も白く濁る。そうして、いつしか彼女は動かなくなった。

白い彫像となった同族を前にロカは項垂れていたが、キリは複雑な顔をしており、ヒルシュは我関せずで見ていなかった。

雪夜はブルブル震えて木に掴まっていたが、そんな雪夜の隣にサイアンが座り込む。

「キミ達が出来なくて、ワタシには出来る事……いかがデシタか？　御伽噺《おとぎばなし》ならば『悪党の奴隷商人は見事くたばりマシた。めでたしめでたし』という所デショウか？」

「なんで、こんなことするの……？」

涙目で見上げると、サイアンは帽子を目深にかぶった。

「……キミやキミが好きな人を傷つけた相手にまで、慈悲を？　ウフフフ。道徳の授業で求められれるような『かくあるべき』たる正解は、己の心の声を無視する為の蓋……。人生においてクソの役にも立ちマセンよ？」

「ジヒ？　よくわかんないけど……、あのおねえさんはぼく、ゆるせないけど……でも、なんでぼくや、ローゼンさまがおこるものをおにいさんがかわりにおこるの……？　ぼくがおねがいしてないのになんで……？」

「……」

そこでサイアンが雪夜を見つめた。

そうこうしていると、雪夜はサイアンに襟首を掴まれた。

「わー！　な、なにをするんだー！」

雪夜は暴れるが、サイアンの腰に抱えられた。

「キミはガルニエ公爵だけでなく、あの樹族《きぞく》の男すら変えた存在……」

「ぼくはなにもかえてないですぞ！　みんながもとからもってたものがでてきただけなんだぞ！」

その言葉にサイアンは首を振った。

「違う。キミは危険な存在だ。美を重んじる華族《かぞく》にその身を捨てさせ、弱者を厭《いと》う樹族《きぞく》の心を奪った。今は幼子であるキミだから、彼等はキミを一途に守ろうとする。……だが、キミが成長すれば、彼等の庇護《ひご》は一変するだろう。庇護《ひご》欲だけで収まらない程の欲望を向けられる。そして、キミはいつか彼等に汚され、喰い尽くされる」

「なにをいってるかわからないけど、ローゼンさまたちは、ぼくにヒドイことなんてしない！　ぼくがだいすきなひとたちのことをわるくいわないで！」

手足をジタバタ振るが、サイアンは細い体格とは裏腹に、ヒルシュのような筋力があった。

全力で暴れても彼の体はビクともしないのだ。

そのヒルシュは木を登りながら、襲いかかる花蟲《はなむし》を引き裂き、噛み千切って吐き捨てている。凄まじい勢いで登ってきているが、その肌に花蟲《はなむし》は容赦なく食らいついている。

「雪夜クン！」

「ヒルシュおにいさん！」

追いかけてくるヒルシュにサイアンは雪夜を抱えたまま、更に木の上へと移動する。

サイアンが呼び寄せた花蟲《はなむし》は地上のキリやロカ達にまで襲いかかりだしていた。

「ギャー！　こっちにまで来た！　すげーキモイ！」

「キリ！　自分の道具袋に土嚢《どのう》と網がある！　使ってくれ！」

ロカがキリに頼んで道具袋から出してもらった土嚢《どのう》等で花蟲《はなむし》から身を守っている。

花蟲《はなむし》一匹一匹は脆弱《ぜいじゃく》だが、数の多さが厄介だった。

ヒルシュの打撃で殺された端から新たな蟲が湧いてくる。

何度もヒルシュが叩き潰しても踏み潰し、吠《ほ》えて威嚇して噛み千切っても恐怖を知らない花蟲《はなむし》達は相手が絶対的強者であっても止まらない。

キリとロカの元にも黒い泥水のようになった蟲が迫る、そんな時だった。

キリとロカに群がりかけた花蟲《はなむし》が砕け散った。

(え……？)

雪夜は目をこらす。

毒蟲の大群は突風にでも弾かれたように一斉に吹き飛んだのだ。

鋭い棘をもった薔薇の蔓《つる》が的確に蟲達を粉砕してゆく。

粉々に破壊された花蟲《はなむし》の残骸を突っ切るようにして現れた赤い蝶は、生き残った毒蟲に襲いかかり、次々に敵を貪り尽くしていった。

「あ……」

雪夜は涙を零《こぼ》していた。

その大量の赤い蝶は雪夜の元に訪れると、安心させるように鼻にとまった。

「ローゼンさま……」

雪夜が呼びかけると、ローゼンが薔薇の鞭《むち》を持ち、眷属《けんぞく》の花蝶《はなちょう》を従わせて立っていたのだ。

「雪夜！　無事か」

「ローゼンさま！　ローゼンさまー！」

大暴れする雪夜を抱え直したサイアンが舌打ちする音が聞こえた。

しかしサイアンは取り繕うようにローゼンに話しかける。

「無様に地を這っていた美しき薔薇の公爵様が、亀より遅い歩みで今更ご到着というわけデスか。あれ程の大ケガをしていながら、それだけの花蟲《はなむし》を操るなど、老体には相当の負担では？　それともまた無様に血を吐いて倒れる曲芸をお見せになりたいので？」

雪夜がハッとしてローゼンを見つめると、彼の破れた衣装は血まみれだった。

ローゼンはいつもの薔薇の鞭《むち》を手に、赤く光る花蝶《はなちょう》を周囲に舞わせ、忌々し気に返す。

「私の従者は有能でな。摩薬《まやく》から正気に返ると同時に私を土に埋め、そこの鉱族《こうぞく》の小僧が持っていた大量の水までかけていった。それだけの養分があれば、体力の回復は出来る」

ローゼンの言葉にキリとロカが安心しているのが見えたが、ローゼンはそんな二人に何故か怒りだした。

「……が、雑な埋め方だった上に、鉱族《こうぞく》が浸かっていた芋臭い水など屈辱でしかない！　お陰で口内から、いまだに土の味がする！」

ペッと土を吐き捨てるローゼン。

「下賤が雪夜に触れているだけでも万死に値する愚行だ。貴様の所為《せい》で屈辱の連続を味わわされた苛立《いらだ》ちも併せて、その命で償え！」

「後半は八つ当たりじゃないデスか」

サイアンが呆《あき》れていたが、ローゼンは直ぐに走りだした。花蝶《はなちょう》が更に木に群がり、次々にサイアンの花蟲《はなむし》を殺していった。

ローゼンが操る花蝶《はなちょう》の精度は凄まじく、的確にサイアンの花蟲《はなむし》に襲いかかっては貪り尽くし、弾丸のような速度で毒虫を貫いてバラバラにしてゆく。

それを見てローゼンは口角を上げた。

「どうやら花蟲《はなむし》の扱いにおいては、貴様は下の下のようだな」

ヒルシュの体に喰いついていた蟲も破壊され、身動きが取れるようになったヒルシュへローゼンが発破をかける。

「力だけが取り柄の蛮族風情が何をしている！　雪夜を攫《さら》おうとしている不埒《ふらち》な輩をさっさと殺してこい！」

ローゼンの言葉にヒルシュは無言で太い枝まで登り、体を屈めて音をたてて跳躍した。そして一気にサイアンの眼前まで迫ると、その顔面を思い切り殴りつけた。首が折れ曲がる程の渾身《こんしん》の一撃にサイアンは体を傾かせる。

手から落ちた雪夜。その服をヒルシュが掴み、サイアンの手が再び伸びる前に雪夜を地上に投げ落とした。

投げ飛ばされた雪夜は、木の下まで駆け寄ってきていたローゼンの上に正確に落ちる。

懐かしい腕の中に収まった雪夜は、直ぐにローゼンの顔を見た。

「雪夜……！」

「ローゼンさま！」

抱きしめられ、雪夜は泣きながらしがみつく。

「ご、ごめんなさ……ごめんなさい、ぼく、ぼく……」

「そなたが無事なら、もう何もいらぬ」

ローゼンは雪夜の言葉を遮るように抱きしめ、優しく告げる。涙でグチャグチャの顔でローゼンを見つめると、彼は雪夜を安心させるように、ずっと微笑んでくれていた。

そんな二人の元にロカの頭を抱えたキリが近づきかけ、叫ぶ。

「ローゼン様！　やべぇ！　避けて！」

何事かと視線を上げた雪夜は、木の上から人が落ちてくる光景に悲鳴を上げる。

その雪夜の悲鳴にローゼンはすぐさま後退した。

激突は免れたが、凄まじい音と共に高所から地面に叩きつけられた人影。

落ちてきたのはヒルシュだった。

「ヒ……ヒルシュおにいさん？」

雪夜が青ざめて声をかけるが、ヒルシュは直ぐにムクッと起き上がった。

「使えんケダモノが。あんな変態に負けたのか」

それを見たローゼンが呟《つぶや》いた途端、ヒルシュがムッとした様子を見せた。

「負けておりませんが……」

そう続けて、口を押さえて苦し気に呻《うめ》いて膝《ひざ》をつく。

「あの変態さんの両足は手刀で切断して殺しました……。ですが……、ですが……ウッ！」

呪いにでもかかったように、青ざめて地面に倒れ込み、弱り始めるヒルシュ。

「ヒルシュおにいさん！」

「ヒルシュ殿！」

ローゼン以外の皆が心配する中、ヒルシュは「オエー」と、嘔吐《おうと》しだしたのだ。

雪夜は急いで近づいてヒルシュの背中をさすった。

「ヒルシュおにいさん！　おなかイタイの？」

汚いものへの拒絶感を持つ華族《かぞく》のローゼンとキリが即座に距離をとったが、ヒルシュは耐える。

「うっぷ……。思い出すだけで胸が悪くなってしまいますが……その、あの変態さんを殴った時のお味が……とってもとってもとってもとっても……マズかったのです！」

そこでヒルシュは雪夜にすがりついて泣きだした。

「もう、ほんっとうにマズくて、この世のものとは思えない味でした……。生魚さんが腐って数週間たったものに傷んだ酢をかけ、更に山の獣の肝と泥沼のヘドロさんで和えたみたいな……」

「止めろ汚らわしい！　というか貴様、そんなモノ食った事があるのか！」

「マジでヒルシュ様、最低なんですけど！」

詳細に語りだすヒルシュにローゼンとキリが青い顔で非難していたが、ロカは考え込んでいた。

「ヤドリギ種のヒルシュ殿が苦しむ程の生気の持ち主……。ふむ……？」

「考えた所で仕方あるまい。あのような変質者だ。悪食のヒルシュですら嘔吐《おうと》する程の味がしてもおかしくなかろう」

ローゼンがそう話し、キリも頷《うなず》いた時だった。

「変質者とは、散々な言い様デスねー」

その声に全員が木の上を見る。

そこには死んだはずのサイアンが木の枝に腰かけていたのだ。

驚く雪夜にひらひらと手を振ってきた。その拍子にサイアンの両足が覗《のぞ》いた。

膝《ひざ》から下が切断され、滴り落ちた血が飛び散っている。

華族《かぞく》であれば致命傷であり、死んでもおかしくない状態でサイアンは平気で笑い転げていたのだ。

その切断面を雪夜がもっとよく見ようと目をこらすも、ローゼンの手で両目を覆《おお》い隠された。

それ以上サイアンの両足の様子は見えなかったが、両足を失いながらも生きているサイアンに誰もが困惑している気配は感じた。

華族《かぞく》と樹族《きぞく》は両足を切断されれば死に至ると聞いた。

鉱族《こうぞく》は体を切られても血は流れず、心が死ねば石像になる。

そのどちらでもないように見える姿の説明がつかずにいる一同に、サイアンは笑いながら告げた。

「血で染めた花弁の彩を得意げに誇る薔薇の公爵が、拾ったニンゲンの子供一人で随分と変わられたものデスねぇ？」

ぴくりと反応するローゼン。サイアンは続けた。

「紅薔薇の公爵よ、アナタの人生は血まみれデス。幼い頃から仕え続けた老執事を毒殺し、己が血族である祖父を殺して公爵位を簒奪《さんだつ》し、戦いが苦手な華族《かぞく》達を唆して鉱族《こうぞく》の村を滅ぼし、数多の鉱《こう》族《ぞく》が華族《かぞく》の奴隷として流出する事態を見て見ぬふりをし、犠牲と被害を生み出しておきながら同族から英雄視される御自分に酔っている。悪の自覚も美学も無い、タチの悪い仇花だ」

「貴様が言うな」

ローゼンの一喝にサイアンは歯を見せて嗤《わら》う。そして彼の視線はロカに向けられた。

「ではアナタは、アナタを責める権利がある罪なき者からの憎悪を、どう清算するのデス？　アナタの過去の所業は、アナタが生きている限り付き纏《まと》う。それはいずれアナタの愛する者をも地獄の業火に巻き込んで、アナタが死ぬまで止まらないデショウ。いえ、愛する者すら華族《かぞく》にとっては軽視できるものデスかね？　その血に染まった手で抱く幼子の温もりが、浴びた血の熱と区別もつかぬ、孤独な薔薇に愛情など理解できるはずもない」

サイアンの言葉にローゼンが溜息をつき、明らかな軽蔑の眼差しを向けていた。

「長々と芝居がかった台詞《せりふ》を吐く自慰行為は楽しいか？　何処で私の過去を調べたか知らんが、下らん戯言で翻弄するつもりならば、相手が悪いと学んでおけ。死に切れぬ虫ケラの分際で」

サイアンは笑いながら手首から青い薔薇を出すと、それを雪夜の目の前に投げ落とした。

それに皆が目をとられた一瞬の隙にサイアンは立ち上がっていた。

足が生えている事に誰もが驚愕《きょうがく》する中、非道な道化師は大仰な仕草で頭を下げる。

「それでは、とても楽しませていただきマシタ。無垢《むく》なニンゲンの子よ、またいつの日か」

そう言い残して木から飛び降り、そのまま姿を消した。

ローゼンが花蝶《はなちょう》に付近を探させたが、サイアンは既にもう何処にも居なかった。

こうして令嬢誘拐事件は、サイアンの逃亡をもって幕を閉じたのだった。

最終章

鉱族《こうぞく》の奴隷商人コーラルによって華族《かぞく》の令嬢が誘拐された事件の結末は、彼女を唆した元凶のサイアンを逃がしたものの、華族《かぞく》の領地に蔓延《はびこ》り始めていた奴隷商人の捕縛の切欠となった。

コーラルの遺品を分析したロカが他の奴隷商人との繋《つな》がりを発見し、そこから芋づる式の逮捕に繋《つな》がったのだ。

それは過去に鉱族《こうぞく》の奴隷商と戦ったローゼンが再び、鉱族《こうぞく》から華族《かぞく》を守ったという評価になり（ロカは『自分は情報を提供しただけで、実際に捕縛に動かれたのは公爵閣下とヒルシュ殿だ』と表舞台に名を出す事を辞退した）華族《かぞく》間でのローゼンの名は、ますます上がった。

あの事件でのロカの人柄にローゼンもキリも鉱族《こうぞく》嫌いを幾らか緩和させたのか、それともロカという個人限定で嫌悪感が薄らいだのか、ロカをガルニエの領地に自由に出入りさせるようになっていた。ただしそれは公認という扱いではなく『問題さえ起こさなければ自由にしていい』という黙認の姿勢ではあったが。

なお、本来ならばローゼンは招いたのは彼の母親の独断だとしても、自身の結婚相手の候補である令嬢達が拉致された責任を問われそうなものだったが、令嬢らが攫《さら》われたのがガルニエ領の外であった事と、何よりも令嬢らがローゼンを責めようとする自身の親類縁者を泣いて止めた事でその責は免れた。

『お姉様は悪くありませんわ！　私達が護衛騎士もつけずに愚かに動いたからです！』

『そうです！　だからお姉様を傷つけないで！　あんなに美しく尊いお方に軽蔑されたら、私、死んでしまいますわ！』

その嘆願をローゼン自身は非常に嫌がり、何度も自分は紛れもなく男で、男装しているわけではないと言い続けていたが、令嬢達は信じていなかった。

その所為《せい》でローゼンは華族《かぞく》の上流階級の娘と逢うのを余計に避けるようになった。

ちなみに、ファビュラス様は自身が呼び寄せた娘達を結果的に危険に晒《さら》してしまった事への責任感と、息子がそれを体を張って解決した事でローゼンの婚姻について口出しするのは止めたようだった。


その事件から、しばらくの時間が経過したある日の事だった。

雪夜はオクサリスやマグおじいさんが住む村にまたやってきていた。

ローゼンは村の責任者と話しており、キリは知り合いの若者達と歓談している。

今日は村で結婚式があるので、是非参加してほしいと招待されたのだ。

新郎はオクサリスで、新婦は拉致されかけた金髪で縦ロールの元令嬢・リリィだった。

雪夜に助けられたリリィがオクサリスと共にローゼンに助けを求めた事が切欠で、二人の距離は近づいたという。遂にはリリィが実家を出奔して押しかけ女房のようになったらしい。

それを聞いたローゼンは『保護はしない、だが拒絶もしない』という、いわゆる見て見ぬふりをしていた。

が、なんだかんだで裏から手を回してリリィがまた実家に利用されないように取り計らっていたのをキリとローゼンの会話から雪夜は気づいていた。

そういうわけでローゼンは結婚式の招待も当初は辞退していたが、キリと雪夜が参加したがったので、結局は心配でついてきた。

ただし、ガルニエ公爵としてではなく『公爵に似ているけど別人』という理由で、普段の華美な衣装ではなく、村人のちょっとした礼装風の出で立ちだった。

そんな彼を見つめていると、視線に気づいたローゼンが此方《こちら》を見る。そして目元を緩めた。

ローゼンの纏《まと》う温かさに村人も気づいたのか、様々な立場の者から話しかけられている。ローゼンもキリも忙しそうなので、雪夜は一人で探索しようと思った。

ローゼンから、一人で遠くに行かないように、常に村人が居る場所で過ごすようにと念押しされ、村を見て回る。

家屋は花輪やリボンで飾りつけされ、人々の笑顔が満ち溢れていた。

道ゆく人々からも声をかけられ、その度に手を上げて明るく挨拶すると、彼等はとても楽しそうな表情を向けてくれる。

村の中心にある広場では沢山の御馳走が饗されており、テーブルの下ではヒルシュが地面に座り込んで飲み食いしていた。

美しい見た目をかなぐり捨てるように、骨付き肉から身を食い千切り、川魚は頭から骨ごと食べている。

「ヒルシュおにいさん！」

「雪夜クン！」

駆け寄ると、酒瓶から口を離したヒルシュが、ぱぁっと顔を輝かせる。

彼の周りでは酔いつぶれた村の中年男性が多数転がっていた。ヒルシュ曰《いわ》く『飲み比べ勝負』を仕掛けられたらしいが、全て返り討ちにしたという。

ヒルシュは華族《かぞく》も見惚れる程の美貌に加え、樹族《きぞく》の強盗団を殲滅《せんめつ》させたり、近くの山を暴れ回るヒグマや猛獣を倒したり、服を着たまま川に飛び込んで、魚を両手に掴んで（しかも口にも咥《くわ》えて）獲ってきたりと、結婚式の前に治安の回復や肉料理の材料の調達で多大な貢献をした事で、今も酒を注がれたり、料理でもてなされたりと非常に歓迎されていた。

ヒルシュが楽しそうなので、また後で一緒に遊ぼうと言い残して、雪夜は歩く。

「きょうは～いいひだな～ランラララ～」

歌いながら進んでいると、村の入り口で馬から下りるロカの姿を見つけた。

「ロカおにいさん！」

呼びかけると、彼はフードを下ろして急いで近づいてくる。

「雪夜、遅くなってすまない！」

そう言いながら、此方《こちら》を見て妙な顔をしていた。

「雪夜……その首から下げてる看板は、何なんだ……？」

雪夜は首に紐と板キレで作られたものをぶら下げていた。

その看板をロカが読みあげる。

「えっと……。ぼ、く、は、ローゼンさまの、おさらに、タマネギをいれた、わるガキです……？」

どういう意味なのかと目で問われたので、雪夜は顔をシワシワにする。

先程、結婚式の料理を食べている時に雪夜はタマネギのサラダを口にしたものの、あまりのマズさにローゼンの皿に自分の分をゴッソリ移した。

食べるのが大好きな雪夜が嫌がっているのを見たローゼンに問われ、雪夜はタマネギ嫌いのあまり、ニンゲンはタマネギを食べたら、頭から芽がでてくるのでダメだと言ってしまったのだ。

ローゼンは青ざめていたが、嘘は直ぐにキリにバレた。

『テメー！　このクソガキ！　オマエ、タマネギが細かく入ってるスープや肉料理は、うまいうまいって食って、ローゼン様の分までペロッと食べてただろうが！』

それで怒ったキリに首から公開処刑用の看板をつけられたのだ。（最近では何か悪さをする度にキリから尻叩きの代わりに看板をかけられるようになっていた）

その姿で村を歩き回っていると、皆がやたら笑っているので、まぁいいか～と思い直して移動していたのだが……

「でも……なまタマネギをおもいだすと、ぼくは……ぼくは……」

しょっぱい顔でマズさを訴えると、村からキリの大声が飛んできた。

「テメー！　ロカに都合のいい事ばっか言ってんじゃねぇぞ！」

「ヒィ！」

鬼の形相のキリがやってくるのを見た雪夜はロカの後ろに逃げ込む。キリはロカに軽く挨拶をすると、ロカも言葉を交わし、その自然な交流の後にキリのガミガミタイムがきた。

それをロカが阻止してくれる。

「まぁまぁ、キリ、誰にでも好き嫌いはあるだろう？」

ロカの擁護も、キリは跳ね返した。

「オレがキレてんのは好き嫌いに対してじゃねぇ！　誰にだって嫌いなモンはあるし、それを無理に食えとは言えねぇよ！　オレがブチギレてんのは、ニンゲンの生態なんだってローゼン様に心配かけてまで、ウソついた事だよ！」

パーンと頭を叩かれ、ピーピー泣いていると、キリに抱えられた。

「そろそろローゼン様が心配するから、お傍に行ってこい！」

それからキリや雪夜やロカと共にローゼンの元へ向かう。

ロカはキリや雪夜と共にこの村に何度か行商に来ていたらしいが、彼が井戸を掘ったり、火を嫌う華族《かぞく》の為に安全な石窯を設置したりしたお陰で、薔薇戦争以降、華族《かぞく》とは複雑な関係にある鉱族《こうぞく》でありながら、村へ出入り出来るまでになっていた。もともとロカは戦争前から華族《かぞく》の村を訪れては交易していたらしいが、戦後は鉱族《こうぞく》への風当たりが強くなり、なかなか思うように商売が出来なかったらしい。

最初はそんなロカを警戒していた村人達も、キリや雪夜と交流している姿と、自分達の為に労力を惜しまぬ誠実さを見せた事で、少しずつ偏見も溶けているように見えた。

勿論、まだロカを良く思わない者も少なくはないが、それでも鉱族《こうぞく》と見れば石を投げられていた頃からすると大きな前進だと、ロカが嬉しそうに語っていた姿を思い出す。

村では楽師達が演奏を始めており、心躍《おど》るようなメロディと共に、恋人や友人、親子などがダンスを楽しんでいる。

「いいなあ～！　ぼくもおどりたいなあ～！」

キリやロカを見上げる。背が低すぎて誰とも踊れない雪夜は、それでも場の空気を楽しもうと一人で前後左右に動き回って歌って踊っていると、目の前に大きな手が差し出された。

「あ……」

ローゼンが膝《ひざ》をついていた。

「ローゼンさま！」

名を呼ぶと、彼は共に居てくれた。

身長差があるので移動を含む踊りは出来なかったが、ローゼンはその場で雪夜の手を握り、好きに踊らせてくれる。

（いつか、ぼくがおおきくなったら、いっしょにおどれるかなあ～）

未来を想像して口元が緩む。

そんな雪夜の頭上には、祝福の花弁が風に乗って、いつまでも舞っていた。

エピローグ

雪夜は城に毎日、大量に届く令嬢達からの花束や贈り物を玄関からキリと共に運んでいた。重いものはキリが担当してくれていたので、雪夜は手紙や紙袋を両手に抱え、頭に乗せたり背中に入れたりしつつ、キリの後を追いかけて廊下を歩く。しかしキリに叱られた。

「雪夜！　オマエ、運んでるつもりなんだろうが、ちゃんと持って歩け！　オマエの歩いた後に、手紙が転がり落ちてんじゃん！」

振り返ると、玄関から足跡のように贈り物が転がっていた。拾おうとして屈み込むと、背中に入れていた手紙が大量に滑り落ちて拡がる。それを見て雪夜は腕組みをして頷《うなず》く。

「こうゆうこともある！」

「ねぇよ！　言い訳してないで拾え！」

キリがゲンコツする体勢になったので雪夜は頭を抱える。すると台所からローゼンの怒りの声と、ヒルシュの絶叫が聞こえてきた。

キリと顔を見合わせながら台所へと向かう。

そこでは髪を結い上げたローゼンがヒルシュを罵倒しながらも、石窯から鉄のトレイを道具を使って引き出していた。トレイの上にはフカフカに膨らんだ、きつね色のスポンジケーキがのってある。ヒルシュはローゼンから離れた壁の傍に座り込んで震えていたが、その姿にローゼンが再度ヒルシュに吠《ほ》えた。

「ヒルシュ！　この莫迦《ばか》が！　邪魔するなら帰れ！」

「嫌です～！　わたくしも雪夜クンの為に、けぇきとか、くっきーなるものを作りたいんです～」

「作っておらぬではないか！　それどころか準備していた果実を盗み食いするなど、この薄汚い泥棒猫が！」

眉間を寄せて怒るローゼンと、四つん這いで威嚇するヒルシュは犬と猫のケンカのように見えたが、雪夜は空気を読んで言わなかった。

ローゼン達はケーキを作ろうとしているらしいが、石窯で火が燃えているのを見たヒルシュは炎を恐れる樹族《きぞく》の本能によって悲鳴を上げたらしい。

そのヒルシュの傍に立つローゼンは、同じく火を嫌う種族だというのに普通に石窯の前に居る。

彼よりも離れた場所に居るキリですら炎に怯《おび》えて硬直しているのに、ローゼンは多少、眉間を寄せているぐらいで動じていない手つきだった。キリやヒルシュの反応と比べると、それは異質に思える。

「ローゼンさま、すごいね！　ひ、だいじょぶになったんだ～？」

雪夜が近づくと、ローゼンがそれを手で制した。危ないから近づくなという事らしい。

歩きだす体勢のまま停止している雪夜にローゼンはトレイを専用のテーブルマットの上に置いてから、此方《こちら》に歩み寄り、身を屈めて頭を撫でてくれた。

「えへへ～」

少し不器用な手つきで撫でられる喜びに雪夜が笑みで返すと、ローゼンも目を細めた。そして雪夜の問いかけに答える。

「そなたの喜ぶ顔を思えば、炎への恐怖など問題ではない」

しょっちゅうクッキーを食べたがる雪夜だったが、ローゼンの居城が街から離れた僻地《へきち》である為、遂にはクッキーの自作という考えに至ったのだ。

華族《かぞく》にとって恐怖の対象である火……それを使った料理など、通常の華族《かぞく》や樹族《きぞく》からすると『命をかけてまでやりたくない』と思えるらしい。

そういった仕事は華族《かぞく》の中でも火に耐性をもつ一部の種族や、鉱族《こうぞく》の奴隷にやらせたりするとの話だったが、ローゼンはどうしても自分でやりたかったのだという。

爵位持ちが菓子作りをする事をキリは嫌がっていたが、そんな従者にローゼンは「そなたの母も、そなたの為に焼き菓子を作っていたではないか。愛する者に、善きものを食べさせたいと願う気持ちに身分など関係ない」と告げると、それからキリは何も言わなくなった。

しかし菓子作りの為とはいえ、石窯は火の調整が難しいらしく、ローゼンは苦労しているようだった。が、火傷や本能的恐怖よりも叶えたい願いが大事らしく、何度も果敢に挑戦していた。

その姿も、何処か楽しそうに見えた。

焼き上がったケーキの匂いが鼻をくすぐり、雪夜がそちらに視線を向ける。ローゼンは立ち上がると、テーブルの上に山と並んだ食材やクリームを見せてきた。

「そなたの誕生日までには、間に合わせてみせる」

誕生日を知らない雪夜にローゼンは、この地に来た日を誕生日としてはどうかと提案してくれた。此処に来て、様々な出会いを得ながら過ぎる日々は目まぐるしい程だったが、一年先のお祝いの準備を既に始めている彼の姿に胸が温かくなって拍手していた。

「ローゼンさま、すごいや！　ぼくも、しょーらい、ローゼンさまみたいな、ポシェットもつくれて、クッキーやさんで、ケーキやさんにもなれるオトナになりたいです！」

「いや、雪夜……。気持ちは嬉しいが、私の本業は公爵なのだが……」

絶賛したのにローゼンは複雑な顔をしていた。

すると床で震えていたヒルシュが背中に抱きついてくる。

見た目の割に筋肉で重くて硬いヒルシュの体に今更ながら驚いていると、彼は頬擦りしながら涙目で訴えてきた。

「わたくしも、雪夜クンの生まれ日にお祝いします！　山で一番大きい猪さんと鹿さんとカブトムシさんを捕まえてきますので、雪夜クン、ぜんぶ食べてくださいね！」

カブトムシを食べさせようとするヒルシュの姿に慌てたローゼンに引き剥がされた。キリがドン引きした顔をしていたが、カブトムシさんは食べ物じゃない！　と腕を組んでプンスコ怒る雪夜の背後で、台所の窓が音をたてて開く。

「火を不得意とされる、華族《かぞく》と樹族《きぞく》のお客様に、火を直接、扱わずに料理を作れる道具があるのだが！」

何故かロカが爽やかに立っていた。

「窓から失礼する！」

そして窓から颯爽《さっそう》と入ってくる。その軽やかな身のこなしが格好良かったので、雪夜も真似しようとした。

が、雪夜の足は短いし窓枠に手が届かないのでダメだった。窓の下の壁をガスガス蹴《け》っている不良のように見えたらしく、ローゼンに止められたし、ヒルシュはもう少し筋肉をつけて構えを変えれば壁を壊せますよと的確に破壊のアドバイスしてきたので、また二人がケンカしだした。

そんな雪夜には真似できないカッコイイ動きが出来るロカにキリが食ってかかりだす。

「おい！　雪夜の成長に悪影響すぎだろうが！　そんな品の無い入室すんじゃねぇ！　つか、なんで玄関から入ってこねぇんだよ！　ヒルシュ様と同列の下品なケダモノかよ！」

ヒルシュの名が悪口に使われていたが、ロカはそこには突っ込まずに反論し始める。

「違う！　自分は誇り高くて便利で気さくな鉱族《こうぞく》の商人だ！　筋肉で全てを解決する樹族《きぞく》になど、なりたくともなれるものか！　鉱族《こうぞく》は三種族中、運動能力は最底辺な引きこもりばかりなんだからな！」

ほこりたかい、うんどうのうりょくさいていへん……と雪夜が繰り返していると、ロカが咳払いした。

「ち、違うぞ！　べっ、別に、寂しかったから混ぜてほしいとかじゃないからな！　玄関で何度も呼びかけても誰も出てこなかったから、留守なのかなと庭を歩いていたら、中から楽しそうな声が聞こえて、仲間に入りたいとか、ホントに寂しかったとかじゃないからな！」

ちょっと涙目だった。

寂しかったのか……と皆に見つめられながら、ロカはローゼンに新たな調理器具の売り込みを始めていた。

キリは胡散臭《うさんくさ》そうに見ているし、ヒルシュは驚き疲れた後に雪夜に抱きついて安心したのか、床で丸くなって寝ていたが、雪夜だけはロカの実演販売に付き合ってあげた。

「この鉱族《こうぞく》の国で産出される石を使った調理器具なのですが……」と、土鍋に見える物体を手に持ちながら良い声で説明を始めるロカ。

その合間に雪夜はテレビの通販番組を思い出して口を挟んだ。

「でも、オタカイんでしょう～？」

するとロカが狙ったようにお値打ち価格を告げる。

その値段に雪夜はまた、番組の女性達の反応を思い出して口元を手で覆《おお》いながら一人で声を上げる。

「マア～！」

「おやすい！」

「すごーい！」

「キャア～」

音声（全部ぼく）でお送りしているその茶番に、ローゼンとキリは呆《あき》れているようにも見えたが、同時に感嘆の言葉も漏らしていた。

「……何故だか、とても良いように見えてくるな……」

「雪夜の合いの手が何かイラッとするのに不思議と合ってるのがまたムカつくっていうか……」

文句を言いつつも、二人は色々お買い上げしてくれていた。雪夜はロカとハイタッチする。

ロカは調理器具を設置しながらも、しみじみと喜びを口にしていた。

「雪夜が居ると商売が上手くいくな」

実は雪夜がロカと一緒にオクサリスの居る村に遊びに行った折、この実演販売（？）で器具が結構売れたのだ。あの村は小麦が沢山とれるらしいので、市場に出回る焼き菓子やらが増えるかもしれない。この世がクッキーでいっぱいになるのが楽しみだった。

「おへやも、みちも、かわも、クッキーでいっぱいの、たべてもたべてもクッキーだらけな、へいわなせかい……ウフフ、たのしみだなぁ～！」

想像してヨダレを垂らしていると、ローゼンに口元をハンカチで拭《ふ》かれた。キリからは「世界の終わりじゃねぇか！」等と言われたが、キリは普段から何かある度に尻を叩いたり頭にゲンコツをしてくる『わるもの』なので、クッキーの美味しさを伝えなければいけないという使命感にかられた。

そう考えていると、ロカが自分と旅に出てみないかと誘ってくる。

「商売が上手くいく事だけじゃない。雪夜が居てくれると幸せな気持ちになれる。見慣れた景色も雪夜が居ると鮮やかで楽しく思えるからな。雪夜は本当に凄い」

真正面から褒められて、つい照れてしまう。

「そ、そんな、やめてくださいよ！　ぼくは、とおりすがりの、こうせいねんですから！」

テレテレしながら謙遜しているとキリが後頭部を軽く叩いてきた。

振り返って見上げると、彼はニヤついている。何処に出しても恥ずかしい『わるもの』の顔だと察し、両手と片足を上げて威嚇のポーズで身構える。

「なにをする！　ちょいワルのキリ！」

「おねしょするのが治ってから言えってーの！」

「あっ……」

しかし攻撃ではなく言葉のナイフが飛んできた。

突然の公開処刑に全員からの視線が集まる。雪夜は顔を赤らめつつも急いで抗議した。

「し、してません！　おねしょなんて！」

「昨日してただろ～。しかもバレないようにローゼン様の寝床に逃げ込んでさ～」

「しし、してませんよ！　やめてください！　めいよきそんでうったえますよ！」

恥ずかしい秘密をバラされて怒ったが、キリはアー、ハイハイと聞く耳を持っていない。しかもロカからはオネショ用の道具を差し出された。どう見てもオムツだった。しかも赤ちゃん用だった。

「むっきー！」

そのオムツを怒りのままに床に投げ……ようとしたが、ロカはワルのキリと違って善意の行動であったし、そもそも売り物なので投げてはいけない。近くに居たローゼンにスッと手渡した。

「はい！　ローゼンさま！　ぱす！　ぱす！」

「ぱす？　いや、私が貰ってもな……。その、どうしろと言うのだ、雪夜。これを買えば善いのか？」

パスされたローゼンは困惑していたが、オムツが必要な赤ちゃんと思われたくないので、顔を左右に大きく振る。

「ちがいます！　いりません！　へんぴんこうかんです！」

「返品交換？　買ってないのに交換は出来ないのだが……」

「ノン！　オムツはいりません！　ぼくはリッパなオトナなので、オムツとか、かつやくするスキもないんです！　きょうこそは、ローゼンさまのベッドに、ひなんしなくていいように、がんばるんです！　でもダメだったらローゼンさま、ごめんなさい！　またベッドをビシャビシャにしてもいっしょにねてください！」

「おい、雪夜！　宣言しておいて予防線をはるんじゃねぇ！　しかもローゼン様を尿漏れの道連れにするんじゃねぇよ！」

キリから野次がとんできたし、ローゼンは迷わずオムツを買っているし……。

誕生日の話をしていたのに、赤子扱いされてちょっとムッとした雪夜は台所から飛び出していく。

出る前に、ヒルシュの横を通り過ぎ……かけて戻ってきて上着をかけてあげてから退室した。

振り返るとキリは大笑いしており、ロカは何で雪夜が怒ったのか考え込んでいたが、ローゼンは心配そうな視線を向けつつも、遠くに行かないようにと声をかけてくれた。

「わかりました！　ユキヤくんは、ローゼンさまや、みんながダイスキなので、ゼッタイゼッタイかえってきます！　ここがぼくの、おうちです！」

　そう告げて手を振ると、何故かローゼンは少し驚いたように目を見開いてから、開いたばかりの花ように柔らかな表情を浮かべていた。

　家に戻る度に優しい笑顔で迎えてくれる存在が居る事は幸せなのだと今ならわかる。

　ローゼンの言いつけを守り、長い廊下を通って玄関を駆け抜ける。階段を一段一段ジャンプして着地する動きを楽しみながら庭へと出た。

　澄み渡った青空は広く高く、いつか見たバスタブからの空とは別の存在のようだった。

　全身を震わせるようにして大きく深呼吸していると、シロツメクサを見つけた。

「お？」

　ケーキが完成した時にテーブルに飾ろうと思った。ついでに花冠や指輪にして皆にあげようとも考える。せっせとシロツメクサを摘み、地面に座り込んで夢中で花冠を編んでいた時だった。

　ふわりと冷たい風が頬を撫でる。

「わ！」

　目蓋《まぶた》を閉じたが、それは恐ろしいものではなく、熱を出した時に頭を冷やしてくれた優しく懐かしいタオルの温度に似ていた。

「……あれ？」

　風が止んで目を開けると、いつの間にか雪夜の周囲に散らばっていたのは、色とりどりのドングリや葉っぱだった。青々とした草原の中で、それらは何処か懐かしく、それでいて心を躍《おど》らせる。

「わ〜！　すごいや！　きれいだなぁ〜！　よーし！　これでロボをつくるぞ〜！」

雪夜は目を輝かせて拾い集めるのだった。

この作品に対する皆様のご意見・ご感想をお待ちしております。

おハガキ・お手紙は以下の宛先にお送りください。

【宛先】

〒150-6019 東京都渋谷区恵比寿 4-20-3 恵比寿ｶﾞｰﾃﾞﾝﾌﾟﾚｲｽﾀﾜｰ 19F
（株）アルファポリス　書籍感想係

メールフォームでのご意見・ご感想は右のＱＲコードから、
あるいは以下のワードで検索をかけてください。

アルファポリス　書籍の感想　検索

ご感想はこちらから

本書は、「アルファポリス」(https://www.alphapolis.co.jp/) に掲載されていたものを、
改題、改稿のうえ、書籍化したものです。

転生《てんせい》したいらない子《こ》は異世界《いせかい》お兄《にい》さんたちに守護《しゅご》られ中《ちゅう》！

薔薇《ばら》と雄鹿《おじか》と宝石《ほうせき》と

夕張さばみそ（ゆうばり さばみそ）

2024年 3月 20日初版発行

編集－飯野ひなた
編集長－倉持真理
発行者－梶本雄介
発行所－株式会社アルファポリス
〒150-6019 東京都渋谷区恵比寿4-20-3 恵比寿ｶﾞｰﾃﾞﾝﾌﾟﾚｲｽﾀﾜｰ19F
TEL 03-6277-1601（営業） 03-6277-1602（編集）
URL https://www.alphapolis.co.jp/
発売元－株式会社星雲社（共同出版社・流通責任出版社）
〒112-0005 東京都文京区水道1-3-30
TEL 03-3868-3275
装丁・本文イラスト－一為（Kazui）
装丁デザイン－AFTERGLOW
（レーベルフォーマットデザイン―円と球）
印刷－図書印刷株式会社

価格はカバーに表示されてあります。

落丁乱丁の場合はアルファポリスまでご連絡ください。

送料は小社負担でお取り替えします。


ISBN978-4-434-33456-6 C0093